Qiu Huadong
Collection

邱华栋文集

长篇小说

夜晚的诺言

邱华栋 著

江苏凤凰文艺出版社
JIANGSU PHOENIX LITERATURE AND ART PUBLISHING, LTD

图书在版编目（CIP）数据

夜晚的诺言 / 邱华栋著 . -- 南京 : 江苏凤凰文艺出版社 , 2018.6
（邱华栋文集）
ISBN 978-7-5594-0487-9

Ⅰ . ①夜… Ⅱ . ①邱… Ⅲ . ①长篇小说 – 中国 – 当代
Ⅳ . ① I247.5

中国版本图书馆 CIP 数据核字 (2017) 第 126266 号

书　　名	夜晚的诺言
著　　者	邱华栋
责任编辑	黄孝阳　王　青
出版发行	江苏凤凰文艺出版社
出版社地址	南京市中央路 165 号，邮编：210009
出版社网址	http://www.jswenyi.com
印　　刷	三河市人民印务有限公司
开　　本	690 × 960 毫米　1/16
印　　张	19.5
字　　数	235 千字
版　　次	2018 年 6 月第 1 版　2021 年 6 月第 3 次印刷
标准书号	ISBN　978-7-5594-0487-9
定　　价	45.00 元

目　　录

自　序

写这本小说的时候我大概是二十二岁，时间是 1992 年。当时我刚刚大学毕业，被分配到了北京的一家单位。我住在办公室里，白天办公，晚上就睡在办公桌上，或者把钢丝床打开来睡在上面。记得那个办公地点在什刹海附近，下了班，我就在北海、前海和后海边溜达，观察悠闲或者匆忙的北京人。晚上，我还会坐电车，在王府井街口下车，步行来到天安门广场上，坐在那里喝啤酒，看晚上放风筝或是散步的人。

有时候，我中午吃完了饭，会躲进郭沫若故居里面休息，可以感觉到轻微的风在吹。我还会去老辅仁大学的校园里转悠，看北京师范大学那些年轻的学子们匆匆穿行在老斋舍的大楼里。当时，阳光是那么的宁静，仿佛凝结在树木、房子和我的身上。那种心情，十分悠闲和惬意。但是，也有一种淡然的忧伤弥漫在我的心里。毕竟刚刚从大学毕业，对于大学的美好生活的回忆，构成了我平时做梦的主要内容。我经常在梦中，回到了我的母校武汉大学的校园中，在武大那山水凝重的校园里走动，似乎过往的每一刻时光都是那么让人感伤。我想起了我的爱情，我的阅读生活，我喜欢的音乐，比如鲍勃•迪伦。我是那么的怀恋刚刚过去的大学生活，以至于我根本就无法适应我的工作状态。

当时，我每个星期都要去怀柔黄花城水库工作，在那里负责一个培训中心的文字工作。怀柔黄花城有一个小型的水库，还有一段很古老陈旧破败的长城，蜿蜒在附近的山峦之上。我会经常爬到长城上，手搭凉棚，眺望北京。作为一个初来乍到者，我对已经展开在我面前的北京的生活，感到是那么的手足无措。北京的浩大和复杂，深沉和活跃，僵化和冷酷，旋转和生长，都是我每天都能感受和需要去面对的。我的心情格外的微妙，在瞬间发生着变化，也常常怀想自己所走过来的路。

于是，我就在自己的小录音机和电台音乐节目的伴奏下，在深夜里，一节节地写下了这本小说。这本小说是双线结构，可以说是我对北京生活的最初的感受和打量。既有从大学校园生活的延伸，也有对茫茫前程的眺望和迷惘。音乐，酒，对女孩子的幻想穿插其间，构成了小说的肌理。两条线索，分别描绘了小说主人公乔可在大学里和毕业之后的经历。十八岁的大学生乔可不甘寂寞，读书之余写小说，听爵士乐，喝酒，开车，当电台主持人，同时在几个女性之间周旋。乔可在酒吧邂逅外校大学生龙米，一夜风流之后，龙米终于离开他而去。富商之女梁百黎心高气傲，暗中爱上乔可却不为乔可所知道，失望之余，驾驶汽车自杀，以极端的方式结束了她的青春之恋。经过了一番爱情的磨难，乔可发现他一度迷恋的女艺术家竟然是一个精神病患者和杀人犯……在对青春与成长的书写中，我用了十分轻松俏皮的笔调，描写了成长的烦恼，堪称 20 世纪 90 年代北京年轻人生活的万花筒和小型纪念册。

现在看来，这本小说明显受到了塞林格的小说《麦田里的守望者》和村上春树的小说《挪威的森林》的影响，可能我就是另外一个霍尔顿和在寻找属于自己的“挪威的森林”的人，但是，我来到的是北京，小说中那种生命的体验和情感，都是我自己的。福楼拜说：“包法利夫人就是我”。

那么我可以说，“乔可就是我”吗？小说的原名叫《答案在风中飘》，后来改成了《夜晚的诺言》。

现在来重新阅读这本小说，我仍旧会感受到二十二岁的我那个时候的心跳和情感，稚嫩和激情，猥琐和自大，以及梦想和天真。作为我的“北京时间”系列写作的开端，我在这本小说里不断地回望我的青春大学校园生活，又有着对未来那种不可知命运的瞻望。这构成了我这本小说的最重要的两个面向，回首青春期的尾巴，然后走入到生活的浩瀚和阔大之中。就这样，在几个月的时间里，我完成了这本小说，也逐渐地告别了我大学的影子，进入到在我面前像转盘一样不断地转动的北京城，去体会这座城市的伟大，她的当下现实和历史的无限丰富性。

这本小说完成了之后，就一直锁在柜子里。1997 年，江苏文艺出版社的汪修荣学长拿去放在“新生代长篇小说书系”里出版了，这套书的其他作者还有何顿、刘继明、虹影、海男等。然后，就是现在经过了修订之后的这次再版了。

一本书有一本书的生命和命运。二十年之后的今天，这本小说仍旧有它自己的光，是我可以从字里行间感觉到的，就是那青青的生命，在磨盘和岩石的缝隙里，在暴风骤雨的间歇处，在回首和前瞻的停顿和犹豫中，散发出来的尖锐而白芒的光亮。是这光亮让我继续写作，在北京的时间和空间里行走，并一直走到了今天，并再次来到了你的面前。

2013 年 2 月

一、城市夜晚的独语

我是城市上空偶尔飘过的气球

我可不稀罕只做个稻草人

多年以来我一直随着“猫王”——埃尔维斯·普莱斯利的曲子机械地跳着舞步，心中充溢着坚毅而感伤的情绪，像个袋鼠一样拼命地在这块大陆上东西南北的一座座城市之间蹦跳，也许还像是一只上了发条的铁皮鸭子。我真的不知从哪儿讲起，你一定听过日本电影《人证》上的那首有关草帽的歌，我想也许我该算是一个丢失了草帽的人。这事儿说起来真的令我感到忧伤。我一直想离开那些拿着气枪想打鸟的人，因为他们甚至连一只铁皮鸭子也不想放过。你读过伪君子塞林格的大作《麦田里的守望者》吗？那部小说的主人公想做个站在悬崖边的稻草人，我可从来没想过要站在悬崖边上，傻呆呆地想拉住那些四处乱闯的孩子。我只是丢失了我的草帽。我说不上是哪一天，那一天我醒来之后就发现我的草帽不见了，真的不见了，然后我开始在城市之间浪游了。我琢磨如果那顶草帽飘到了悬崖下面，我也会飞身而下，去把它找回来。我可不稀罕只做个稻草人。

我简直就像我去过的不少城市上空偶尔飘过的气球，嗯，这比喻绝对没错。我现在就坐在北京一家五星级饭店——昆仑饭店的迪斯科舞厅里。我躲在一边拼命地喝着听装的贝克啤酒，我实在喜欢贝克啤酒。我还有一个习惯，就是在人多的地方挑上一个漂亮小妞一直盯住她瞧个不停。再就是舞厅里再吵我也要带着我的那台女朋友般的Walkman，现在我就听着格里格的《阿尼特拉舞曲》，要知道这首曲子与舞厅里的狂躁音乐有多么不同，可我就是喜欢这种对比，就像我一直盯着那个长着一对麦基山般的乳房的美国妞一样。她在没发现我之前一直在扭动着她的大胯骨，把一个中国小伙子撞得四分五裂的，我琢磨从她的大腿往下也许比科罗拉多大峡谷还深。后来她看见我在暗处盯着她，就晃动着她的麦基山乳房向我冲了过来，她那眼神风骚得真像一个发情的蓝眼母猫，可你知道我不会吃这一套，喂小妞，趁早收起你的后殖民主义般的胯骨和乳房吧，我可不吃这一套，我一口干完了贝克啤酒高兴地想。

从窗户往外望出去，这座城市的黑暗中有无数点宛如镶嵌在黑绸缎上的珍珠一样的灯光。我的心中涌动着一些甜蜜的忧伤。这会儿我想起了多年以前，也就是我大学时代一位亡友的一句话“死在哪里，都是死在夜里。”他在把这句话写在了一张白纸上之后，就割开了自己手腕上的血管，然后由于忍受不了血液喷出的疼痛而冲上了楼顶，从上面像一件带着衣架的衣服一样飘坠了下去。

十九岁一过，我就被一种想做英雄的冲动所笼罩着。那时候我刚刚告别头发已经发白的母亲——那天她像个孩子一样在火车站把眼泪和鼻涕都抹在袖口上了，跟小时候我挨她揍时一模一样；和瘦弱得如同一根芦苇的妹妹——这会儿她羡慕我可羡慕得要死，从遥远的天山脚下的一座终年被热烈而又冰凉的阳光覆盖的城市——那座城市里到处都是又圆又大的可以砸死人的石头，以及在荒野上像一整连的士兵一样站立着的风车，坐上了火车，背负着婴儿一般的行囊，来到了北京一所著名的大学念书。我像是一只由于赌气而离开了家的小狗一样独自闯入了浩大的世界，一切对我来说都新鲜得如同当天的牛奶一样，令我垂涎欲滴而又紧张恐慌。因为并不是每一个渴望营养的人都能叼住幸运的奶头的，我早就这么以为了。即使是好多年以后的今天，我仍能够透过麦当劳快餐店玻璃窗上映现出的五彩缤纷的夜景,看见潜行在多年以前的大街上的那个离家的表情茫然的青年，站在电线杆下，朝前方张望。

大概是我十六岁的时候，我热恋的第一个女友，在一个天空中奇异地布满蜻蜓的黄昏死了之后，我就有一种强烈的写作的欲望和冲动。我真的无法完全理解这个世界，就像我不理解为什么我的草帽和有些孩子会在悬崖下边消失一样。虽然我像个候鸟那样在城市和城市之间奔忙，但每当我拿起笔来,一种茫然和绝望就会像狗爪子一样牢牢地抓住我,使我无法下笔。也许我还能够描述十六岁那年黄昏里霞光的奇异变化，我还能就古巴比伦的圆形废墟写点儿什么，可是我竟然没法脱掉脚上的雨靴来回忆与写作。可是穿上它我就会像给生殖器戴上“透明的小袜子”一样无法真正地一诉衷肠。

我得给你说说我的父亲：他是一个高个子的男人，一险的络腮大胡子。他的嗓门像高音喇叭一样响亮。他是一个筑路工人，就是干着把路铺向永无尽头的远方的活儿的那类人。我小时候一直觉得他十分伟大来着，可后来我才发觉自己有多么愚蠢透顶。与那些真正伟大的人相比，我父亲简直平凡得像无数颗麦粒中的随便哪一颗，你甚至在人群中都分辨不出他来。当然这是我后来长大了才这么想的。真正伟大的人物毛主席大手一挥，我父亲就和几千万热血青年扑向了荒山野岭去赌了一回青春。但我想父亲仍算是一个英雄，一个活在伟人巨大的手臂和身躯的阴影里的英雄，和伟人一样被埋在历史的纸堆里了。在我小的时候父亲外出几个月回来，就会亲热地把我举在半空，任凭我的脚在空中乱蹬，然后用力地用他那满脸的胡子茬儿扎痛我的脸，那会儿我真是又想哭又想笑。大约在我十岁那年的冬天，我父亲带领着一支推雪的推土机队伍，向天山山脉中被大雪封住了的冰大板进发后就再也没有回来。我长大以后听说那次我父亲他们一共去了十二辆推土机，去推高达三米的盘山路上的积雪，为天山南北的运输畅通扫清道路。我父亲就是在那年冬天死在冰大板之中的，回来的推土机只剩下了七辆。我听说现在经过那座大板时司机依然能够看见封存在冰川中的推土机和人的身影。我就是这样在十岁失去了我的父亲，一个粗豪而勇敢的人，直到今天我依旧想能够有一天可以躲在他高大的身影里痛哭上一场。

然而，我终于想讲点儿我的事儿了，虽然我真的不知从哪儿讲起。那个长着一对麦基山大乳房和科罗拉多峡谷般的腹股沟的美国妞让我想起了很多往事，那些往事如同翻飞在马蹄上的泥土一样缤纷缭乱，我甚至都有些无所适从，但我想努力试一试。我一直有一个幻觉，那就是总会有一天，所有的动物都会回到它们原来的家，从而把人们从城市里彻底赶走。

好啦，我终于可以脱掉我的雨靴了。我终于想讲点儿什么了。

想想看，也不过才几年的时间，这个世界已经变得面目全非，犹如被我啃得残缺不全的意大利比萨饼。我一直有好多话想说，这是我十六岁以来的愿望。自从我第一个恋人琼死了之后，我发誓要用笔来声讨死亡、来表达我的愤怒。但博尔赫斯说过，世界是一团混乱，时间是循环交叉的，空间是同时并存的，充满了无穷无尽的偶然性与可能性。人活在这个世界上，就像是走进了迷宫，既丧失了目的地，也找不到归乡的路。可我这会儿打算跳进记忆的河流中，把那些男男女女的面孔一张张地从河里捞出来，然后在阳台上晾干它们。

昨天我读了一本有关摇滚乐的书，书上讲我最喜欢的“猫王”埃尔维斯•普莱斯利走红以后，有大约三百万个少女都疯狂地爱上了他，他成名之后有一天一个记者采访时问他“请问你打算什么时候结婚？”你猜他怎么说，他说：“嗯，既然我能隔着篱笆挤到牛奶，我干吗要自己再买一头奶牛呢？”你说这家伙带劲不？然而“猫王”最终还是结了婚，在他死后，留下了五百万美元和一个长相酷似他的女儿。他女儿可是一个聪明的家伙，她长到二十多岁的时候用所剩不多的钱盖了一座猫王纪念馆，结果赚了大钱。因为假如“猫王”不死的话到今年他就五十八岁了，可美国佬们至少有几百万人都怀念他，喜欢他在表演时扭动跨部的性感公猫的样子。可最近我听说“猫王”的女儿嫁给了另一个影星杰克逊，我想杰克逊也许可不是个什么好东西，因为他有猥亵小男孩的可恶的猜测性报道。再说我不喜欢他那张漂白了的脸，连皮肤都想改变的人有什么劲？在前几天林格那家伙从美国打来电话的时候告诉我，“猫王”的女儿已经依靠父亲的遗物赚了大约一亿美元。其中恐怕还有我五十美元，因为林格出国之前“借”了我五十美元以后，去美国之后做的第一件事就是给我买了一枚“猫王”纪念章了事，再不提借钱的事儿了。我正这么想着的时候，那个美国妞已经冲到了我的跟前，向左右激烈地扭动着。舞厅里的那种音乐真是狂暴极了，这时已是午夜一点，有更多的城市孤独症感染者来到了这里，迅速地加入到在变幻的灯光中颤抖的人群中。舞厅里的空气令我窒息。那个美国女孩的乳房像跳动的兔子一样差一点儿就扑进了我的怀里，她像个温柔的杀手那样对我说“伙计，要是你再那样盯着我看，我就会盯住你看个够！”她死死地盯着我，她的身材真是性感，她丰满的胸部、柔软的腰肢与宽大的骨盆，以及迅速地滑落下去的圆润的大腿，都叫我无法把目光挪开。她挑逗似地面对着我扭动着，一边向我抖动着下身——来这一招非常下流，但我还是要了一听贝克啤酒，朝她无所谓地耸了耸肩膀，觉得她大可不必对我不依不饶。也许我还真的没有勇气去碰一碰她身上的麦基山和科罗拉多大峡谷，我风趣地盯着她的猫眼想。过了一会儿，她就向舞厅另一边冲去了。一切都是破碎和转瞬即逝的，今天的狂欢只是今天的节日，谁也不会拥有久远的东西了，我望着舞池中那么多这座城市中汇聚而来的打扮奇特的疯狂而孤独的人们想。

但尽管如此，这个世界一定有些什么东西是亘古不变的，我这么愚不可及地想。

二、夏天的游戏

几个主人公出场了，他们的心是存有火焰的冰块……

我简直都不敢肯定那是秋天，或者还是一个夏天，或者是夏天向秋天的过渡也未可知，反正那种时候天热得我头晕脑涨，我琢磨如果我是一只鸡，那么下的蛋都是熟的了。嗯，这比喻绝对没错。我一个人表情怪诞地走在校园里。我穿一条有星条旗的那种大花裤衩，把双手插入两侧的裤兜里，像个没受过教育的年轻人那样在校园里晃动。我倒是想穿一条自己国家的国旗在腿上的，但那样做我反而显得不爱国了。在那么多伪君子中我保管给开除出去不可。要知道，H 大学是一个伪君子成堆的地方，说起这一点，我气都不打一处来。

H 大学约莫有一百年历史了，因而从这里毕业的人比我十九年间用手摸过的小石子儿还多，我简直都没法想象他们会有这么多。一万人是我能想象得出的最多的一群人了，可从这里毕业的家伙们简直要比十万人还多一点儿。我腰间挂着一台 Walkman，神色茫然地走在校园里，就像商店里穿着衣服的塑料模特儿跑出来了一样，看见我这张脸保险会把你吓死，嗯，我敢打赌我的脸色就那么令人讨厌。那会儿我最喜欢的作家是海明威和菲茨杰拉德。我尤其喜欢海明威的《永别了，武器》和菲茨杰拉德的《了不起的盖茨比》。像《永别了，武器》的开头和结尾简直都叫我欲哭无泪，那种压抑着的冷却的情感让我无法言说。你瞧这样的句子"那年深夏我们住在村里的一所房子里，越过河和平原可以望见群山。河床里尽是卵石和大圆石，在阳光下显得又干又白，河水清澈，流得很快，而在水深的地方却是蓝幽幽的……"这句子又简洁又生动。海明威一直说要把小说写得像电报一样简洁生动，他的确全都做到了，而且不折不扣。而最关键的在于他这部小说的结尾简直要了我的命"我走到了房间门口。'你现在不能进去。'一个护士说。'不，我能。'F说。'你还不能进去，你给我走开！'我说。'另一个也走开。'但是等我把她们赶走以后，关上房门，拧熄了电灯，并没有丝毫用处。这好像是在向一尊塑像告别。过了一会儿，我走出房间，离开医院，冒着大雨走回旅馆去。"

你想想看这样的结尾，海明威把那种与主人公的妻子的生死告别之情弄成了存有火焰的冰块，不服他简直就不行。至于菲茨杰拉德，他那部《了不起的盖茨比》，更是叫我爱不释手。你想想看，盖茨比由一个穷小子变成了大富翁，后来又死在自己的游泳池里，像个巨大的充气垫一样和落叶一起慢慢在水里转动的感觉，那种悲剧之美简直绝了。我甚至有一段时间都感到绝望了，因为即使成功了你也许仍然得不到你想要的东西，这个世界就这么严酷无情。

我穿着美国星条旗大裤衩，右手里拿着一块美式炸鸡在啃着，Walkman里放的是理查•马克斯的《Take This Heart》，琢磨着海明威所说的关于简洁的精妙论断。一时间我甚至拿定主意，要叫我说的每一句话至少是简洁得要死,删去那些形容词和副词,就剩下名词和动词该有多妙?我走着走着,才发觉H大学真是大得不得了,估计能抵得上非洲南部某个国家的自然保护区了。告诉你吧,在H大学里充满了各种各样的有趣而又古怪的人物,像我的老乡林格就是一个,说起林格来我就很容易动感情,要知道这家伙已经跑到美国杜克大学去学习摄影了。他长得简直就像俄制T—2型主战坦克,身高马大走起路来轰隆隆响,可这家伙还有一肚子的鬼主意。有一段时间他忽发奇想,把整整一打网球包上避孕套,一只一只给打到女生宿舍楼的窗户里去了,还说这叫反抛绣球,你说这家伙带劲不?他还留一头又黑又亮的长发,凭这头长发他要当个冒牌酋长简直绰绰有余。靠这一头长发他就迷倒了不少女孩子,他常常带上这么一句口头禅"我说伙计,别跟真的一样。"所以这家伙干什么都是漫不经心。我跟他不一样,我干什么事都认真得不行。比如我这会儿一边想着简洁的问题一边在校园里转悠,结果我就在"红苹果咖啡屋"门口碰见了他。

"喂,乔可,你在转悠什么呢?你真像一只从动物园里跑出来的拂猫。喂,乔可我告诉你,我要举办一个像样点儿的摄影展览了。"

"很好,好,"我把话说得简洁得如同擦干净的写字台台面,或者干脆简洁得就像光秃秃的树干,把林格和像小青藤一样挽着他胳膊的女友叶灵珠弄得目瞪口呆。"怎么啦乔可?你好像舌头尖儿叫哪个姑娘给咬掉啦,怎么结巴得像一只学不会说话的老鹦鹉?"叶灵珠漂亮的脸庞上现出了一丝红晕。嗯,我简直和林格一样喜欢她,要知道这年头一说话就脸红的姑娘可太少见了。

"简洁,我在学习简洁。吃饭?一起去?"我说。

"好啦乔可,伸出你的伶牙俐齿吧,肯定是学海明威学坏了,你瞧他说话像打电报一样。可我认为海明威是一个尽往自己胸脯上贴假胸毛的家伙。”林格晃了一下他的大个子不屑一顾地说，“你挑错老师了。”

“你这样说太不公平了。”我生气地说。

“好啦乔可，别当真，晚上有空吗？没女孩子约会吧？我们一起去练练台球如何？去练练美式打法。我对英式打法已经厌倦了。”

“OK。”我说。

那天晚上我没有去上《后现代思潮与建筑艺术》这门课，其原因在于讲课的那家伙总是鼓吹自己长得像毕加索，而且到处吹牛说自己是中国后现代美术思潮的旗手，你说这有多无聊？我和林格、叶灵珠一起来到了离校门口不远处的大亨游乐园中的台球室。在那里玩的城市无事青年真是数不胜数，我们一共打了十二局我输掉了九局，但我喝掉了五扎啤酒，比林格整整多三扎，喝得我路都站不稳，看任何一个球都是两个。林格一边嘲笑着我的姿势与技法，一边念叨着美国的某个地方。这家伙是一个美国狂，他总有一天要到美国去，我一边击球一边想，哪怕让他到伊利诺伊州的奶牛场去当个挤奶工他都愿意去，这事儿我真的敢和你打赌。

在我们击球时我一直没注意叶灵珠，而她从始至终都像个大家闺秀那样并腿坐在一边，从隔着三米远的地方看着我们。一套洁白的西服套裙使她显得端庄秀丽。这姑娘有一种凛然不可侵犯的高贵气质，让所有怀有坏心的小子都自惭形秽。在击球的过程中我有时瞅她一眼，看见她脸上的笑既宽容又高雅，不一会儿就端上来两扎啤酒。她坐在那儿的样子像一束典雅庄重的花一样，把所有的光芒比得都黯淡了下去。要是说起她父亲来那可真是大名鼎鼎，她父亲是H大学经济学院博士生导师，早年曾经在哈佛大学拿过硕士学位什么的，是经济界一个名扬中外的可敬而又可怕的人物，他养了这么个好女儿，可我一直想不通叶灵珠为什么会喜欢林格这个怪异而又粗鄙的家伙。世界上有好多事儿我都想不通，比如为什么有钱的人越来越有钱,可穷人却越来越穷;再比如琼为什么会在我十六岁那年夏天死去，我想不明白，我就是这么一个死脑筋，你骂我都没用。后来的事实证明了我的猜测，两年后林格毕业去了美国，和叶灵珠分手了。当时叶灵珠好像可以分到北京的一家保险公司去，但这事儿给了她很大打击，林格走了之后她也从学校中消失了。据说她去了青海，也有人说她去了深圳。这些说法是五花八门、莫辨真伪，可我却宁肯这样假设：她去了新疆，在林格度过童年的地方租了房子住了下来，成为一个热爱生活和隐居的人。而实际上她父亲把她弄到欧洲去了，好像是去了法国。唉，尽管有很多人说这是一个破碎的和平面化的时代，可我宁愿一定有人在恪守着一些什么。

“喂，笨蛋，你的杆子撞到我的背上了。”林格转过身对一个在邻桌打球的小伙子说。那家伙笨得简直都不知道用杆子的哪一头来击球，这时候的叶灵珠便赶快站了起来，走到我们的身边，对那个笨蛋说：“是他不对，对不起，请你接着打球好吗？”然后挽起惺怒的林格，“我们走吧，我们去看电影《温柔的怜悯》，今天你让乔可输得可真够惨的了。”

“对，我就剩下一条裤衩了。”我笑着耸了耸肩说。然后我们一同走出了游乐城。

三、离开猩猩们的群落

我得慢慢讲我的事儿

我真想像一棵竹子那样

长得老高老高

尽量长到天空里去

我想我得慢慢地讲我的事儿。我弄不明白我为什么会从一场平淡无奇的台球说起，还说起了林格这家伙，以及叶灵珠和她爸爸，还说了H大学里到处都是伪君子之类的废话，我总是分不清主次，因为我才十九岁，我的脑袋当时就像一首叫《混乱》的歌一样混乱极了。我一直梦想当个古代才有的行吟歌手，可直到今天我还没能实现。一切都得从头讲起，否则你听上去一定不知所云，简直像一块被写得十分乱的黑板一样。

那恐怕是在很久以前——我这么说恐怕不太正确，其实只是大约几年前，我从遥远的西部边疆带着一身的沙漠气息来到了北京的H大学，就像一个乡巴佬一样浑身不自在，一下火车，我就随着人流钻进了地铁，地铁在北京城底下整整转了一圈儿我也不知道该从哪个出站口出来，不过最终我认定了一个漂亮女孩，我打定主意这个漂亮的小妖精一样的女孩在哪儿下车，我就在哪儿下车。我跟着她扭动的小屁股——跟在她后面我的鼻尖差一点儿都碰了上去，一上地面我就看见一辆去 H 大学的中巴，然后我就来到了 H 大学，不得不与那个漂亮的女孩告别啦。

我到达北京的那几天刚好是多雨的季节，往日晴朗的天空总是布满了墩布似的云彩，这大约只适合手淫者生存，我生气地想。那个时候，从全国各地聚到一起的将近二千名互相尚未认同的操带五花八门方言的土狗们，在报到一周以后就被火车送到了几百里以外的某个秘密军事训练基地进行为期一个月的军训，在军训的摸爬滚打中我们终于互相都摸清了对方的脾性：谁竟敢活吞青蛙——靠这一招他令人心服口服地当上了班长，这个狗杂种；谁谁饭量大得叫我们目瞪口呆，以为他简直是从非洲来的穷孩子；谁谁走路就像是一只企鹅一样令人忍俊不禁；谁谁喜欢在梦中呼喊自己恋人的名字而让我认定他是个窥视狂，然后我们一个个又黑又胖地在秋季加深的日子又被送回了学校，在高年级善意的嘲笑和注视下，为校领导尤其是在主席台上站得像列宁塑像的秃顶校长，以及老师们和高年级的混蛋们表演了正步走过主席台。我记得那天刚好大雨滂沱，高年级的杂种们大呼小叫着在雨滴击打下四处逃窜，我正步走过主席台时看见来不及打伞的校长的秃头上迸溅出了雨点和水花，从此我便认定这是一个不错的家伙，由他当头羊我们会心服口服，才对此后迅疾地展开的大学生活充满了信心。

我们文、史、哲三个系的男生全都被塞进了一幢六层高的、加起来兴许有一百五十个房间的板儿楼里，我约莫统计过。每一间屋子里都无一例外地放了八张床，住进了八个互相只能有限度容忍的同性相斥者。每到夜晚，这幢楼灯光通明，房间里传出了杰克逊、麦当娜、胡里奥•伊格莱西亚斯、莱昂内尔•里奇、鲍勃•狄伦、理查德•克莱德曼、洛德•斯特华金、约翰•丹佛等所有家伙的音乐，间或某个窗子里飘出喜多郎的孤独音乐或是比才的小步舞曲，即《阿莱城姑娘》等一组曲，叫你觉得一大堆的俗物中兴许还真有几个有意思的家伙。但大一整整的一年当中，我都没有碰到一个至少是无话不谈的家伙，我实在受不了张口就跟你谈论股票或是最近钢材水泥的最新报价的家伙，还有那帮子靠编各种没用的辞典和畅销书发财的混蛋们。我知道现在学校里像这样的家伙越来越多，而且大都还配备了BP机，可是我就是不喜欢这类人物，我倒有个不错的想法，那就是把他们全都关到国家动物园去跟长颈鹿待上一段时间，哪怕是跟非洲大象关在一起也好，这样他们就至少不再会在上课的时候腰间的BP机也响个不停，以至于叫秃顶的老教授目瞪口呆，伤心得像是知道了自己的女儿新近做了妓女一样。

要是说起大学，唉，我不能不说到我所在的宿舍，在大约有十五平方米的屋子里硬是塞进来八个人，其凌乱和肮脏程度可想而知，没有多久，彼此熟悉了之后，便无所顾忌地将臭袜子和内裤都扔到了屋子中间的两张供学习用的大桌子上，让它们发出奇特的气味来供我们尽情地做奇特的梦。有时候，半夜里有老鼠的小分队像是勇敢的奇袭者那样敏捷地爬过我们的身体，使得蚊帐里冷不丁发出了一声杀猪般或是见了女鬼一样的惨叫。但把灯打开来之后，所有的老鼠早就逃之夭夭。

说起其余七个家伙们可真是个性纷呈。梁一川来自江苏，他习惯于在灯熄了之后躲在蚊帐里吃掉不愿与大家分享的东西。终于有一天我们实在忍不住了，一齐打亮了手电筒，把躲在蚊帐里吃威化饼或者日本小点心的骨瘦如柴哲学系社会学专业的梁一川揪出来，然后一同帮他消灭掉那些尚未进入他的肚皮的东西，同时，以颇带正义感的口气宣布他是一个吝啬的人，就像是巴尔扎克笔下的某个人物。现在梁一川已经去了广州，听说他开了一家专卖饼干和蛋糕的食品店，那么他还会像多年以前那样偷吃吗？我敢打赌他到哪儿都改不了这毛病。

在接下来的日子里，我越来越无法容忍宿舍里污浊的空气了。在我下床睡着一个来自湖南湘西的家伙。他平素里喜欢赤条条地睡觉，浑身上下长满了人猿才有的那种黑毛，因此有一天我掀开蚊帐时竟然吓了一跳。后来我一直都叫他“山鬼”。“山鬼”是一个多半算有趣的家伙，传说他六岁时就开始看塔西陀的《编年史》了，所以报考大学时他毫不犹豫地选择了H大学历史系的考古专业。有一天我听完了拉威尔的忧郁和怪异的《波莱罗舞曲》，对“山鬼”说：“真见鬼，你为什么要学考古专业呢？我实在想不通还有人会对发掘死尸感兴趣，并且要一辈子去干它。”

“这你恐怕就，就不明白了，”“山鬼”有些结巴着说，“考古是去发现种族和民族曾经有过的生活和文化的记忆。这是一项,伟大的工作。”“山鬼”说完这句话便两眼放出了奇异的光华，一边提起放在床头的哑铃练个不停。“山鬼”名叫刘东，这名字听上去像俗不可耐可其实他是一个兴许还有些野心的家伙。但是有一点我实在无法容忍他，那就是他每次手淫之后总是把那些黏糊糊的液体顺手抹在我的蚊帐上。平心而论，“山鬼”有许多我至今都想念的地方，可他这一点我简直无法容忍。“山鬼”存有一把木剑，他喜欢在半夜跑到校园西面的未名湖边一艘石舫上狂舞一通，大约是想当一个古代才有的侠士。可是大二以后他便因为心理过于压抑而休学一年，从此我再也没有见到他。传说是因为他爱上了十五世纪就死于一场流沙的西域某国的波斯美女克罗比娅。他从考古典籍中发现了她附着于文字的美丽的影子，便不可救药地害上了单相思，以至于使我蚊帐上的温麦子腥味儿愈加浓烈，这便也是促使我搬出宿舍的主要原因之一。

谈到另外五个人，归纳起来，恐怕可以分为两类。一类是以哲学系的施洋和罗放为代表，他们两个人醉心于哲学史上各种流派的斗争，醉心于东西方政治史上的各种上层宫廷斗争以及有名的政治家的口若悬河的演讲词。也就是说，他们两个大约想在政治上谋求发展，便不失时机地挤进了学生会，热衷于组织善良的和不明真相的同学对屡教不改地做出了难吃的饭菜的食堂进行惩罚性的罢餐，以至于大一结束以后，他们摇身一变，便成了系学生会的主席和副主席。

有一天我忍受不了古代汉语课的古老和冗长沉闷而逃回了宿舍，正要大喘一口气的时候，却发现施洋正对着一面残破的茶色玻璃镜子大声地练习着狂热的演讲词。听见我进来连忙收起了摊在桌上的一本书，我发现那竟然是一本内部版的希特勒的《我的奋斗》。“我刚才演讲得怎么样？”他尴尬地整理了一下他那条谎称是韩国产的真丝领带，拽了拽西装袖口，微笑着问我。

“挺不错。再来段马丁·路德·金怎么样？”我带些嘲讽的口气说。

“自然，那是明天的内容。对了，关于整顿男生宿舍卫生你有何想法？”施洋有些不快地脱着自己那与时令不符的黑色西装说。

“把那些该死的老鼠消灭掉，叫脏袜子和内裤挪到被窝里去，别占着桌子。”我说。

“太对了。消灭老鼠！清扫桌面！我马上要贴一张告示，请你先在倡议书上签个名怎么样？”他立即就取出了一张红纸。

“OK。”我耐心地在上面画了一个圈儿。

“完了？要签名吧。”他义正词严地说。

“No，还是你先签吧。”我朝他吹了声口哨，又挤了挤眼睛，赶紧溜出寝室。我可不想当出头鸟，否则，他还会拿出“义务献血签名倡议书”“整顿学习纪律和舞会告示”关于取缔校内咖啡屋的建议之类的狗屁布告了。我像气球一样远远地逃了开去，这时候我真想让自己像一棵竹子那样长得老高老高，尽量地长到天空里去。说到另一类人，我总有些忍俊不禁，因为他们都是我的同班同学，其中一个叫齐晖，另外两个分别是王家明和许中元。他们应该被称为文学爱好者一类，都属于那种才子型的。尤其是齐晖，上中学时就出版了一部诗集叫《水边的月亮》，靠这部口红一样绝妙的诗集他硬是挤进了 H 大学中文系而且不用考试，着实令许多艰难地度过了独木桥的家伙们敬畏。他们三个人带领了一群喜欢把自己打扮成一棵棵圣诞树模样的女孩子，组成了“公共汽车”文学社，热衷于在很多场合进行诗歌朗诵和各种小资产阶级情调的 Party。他们至少是利用办“公共汽车”文学社的机会每人捞了一个女朋友，我怒气冲冲地琢磨，我还听说齐晖又要出版一部诗集叫《黄土上的太阳》了。这家伙干吗老跟太阳和月亮过不去？我真想不通。有一天我百无聊赖地躺在床上，刚好齐晖进屋，他说：“哎呀呀！你……都什么时代了还读弥尔顿！”

“那我该读什么？”

“读里尔克，读荷尔德林，读艾略特、庞德、弗罗斯特、埃利时、帕斯和圣•琼•佩斯，就是读读聂鲁达和桑德堡也行，实在不行还能读读西川、海子之类，但你就是不要去读弥尔顿，哎呀！他根本不是现代派，你呀！”他摇着头做了一副不胜惋惜的样子，仿佛我已经不可救药了。

“那么但丁我该读吗？”我问他，“《神曲》好像是一部伟大的著作来着。”

“但丁？”他吃惊地瞪大了眼睛，“千万不能去读他。”他拼命地挥动手臂如同在驱赶一团雾气，“他不是现代派，你要读现代派，还有后现代派。像萨德、海明威、马尔克斯、罗布·葛利叶、普鲁斯特、乔依斯都已经过时了，现在是产现代派的天下，纳博科夫《微暗的火》读过了吗？”

“没有。”我老实地承认。

“那么戴维·洛奇的《小世界》读过吗？约翰·巴思的小说读过吗？像那本《路的尽头》？”

“没有。”我哭丧着脸说。

“巴塞尔姆的《白雪公主》读过吗？拉什迪的《午夜的孩子》读过吗？奥克利的《饥饿的道路》读过吗？托马斯·品钦的《V2 火箭》读过吗？”

“统统没有。”我的声音弱得自己都听不见了。

“你要读现代派，凡不是现代派以及后现代派，统统地不应该读，但丁？唏！”齐晖做出了一个砍头动作后，扶正了他的金丝边眼镜，扬长而去了。

我就是在这年秋天的一个细雨蒙蒙的日子搬出了宿舍。我在学校西门外的农庄里租了一间房子，部分的原因在于这里一打开窗户就可以看到秋后的麦田，呼吸到那种十分清新的空气。这种空气与宿舍里臭袜子和短裤的气味真是不可同日而语。这是一间大约有二十平方米的屋子，每个月租金一百元，还有沙发、写字台和一张床。房主是开饭馆的一对夫妇，为人十分和善。我搬进屋子所做的第一件事就是堂而皇之地把琼的照片取出来，放在相框里摆在了写字台的正中。相框里十五岁的琼站在开得正艳的粉红色夹竹桃丛中淳朴而又十分美丽地冲我笑着。她照这张照片时只有十五岁，是的，她永远也只有十五岁。

然后我买了一幅法国影星碧姬·芭铎的几近全裸的大黑白招贴画，把它贴在天花板上，这样一睁开眼我就可以看见她美妙的身体了，从而可以对即将开始的一天生活充满信心。我还买了两箱四十八瓶五星啤酒，我没法不喝酒是因为那样我会更伤感。我坐在台灯下面凝视着十五岁的琼，打算写点什么了。来到这个离家八千里的鬼地方，一边喝着冰凉的啤酒，离开了污浊的宿舍和那帮令人讨厌的伪君子和性变态，我的确应该单为琼写点儿什么。我放了一段博柔笛的萨克斯音乐，铺开了稿材、心里想……

四、听众宝贝儿

早晨窗外来了一个

辛内屈人

在那个秋天，我应聘担任北京一家音乐台的摇滚音乐节目主持人。我总是跟在推销农具的广告，诸如水泵、推土机、收割机、脱粒机、拖拉机和各种敌杀死后面，以及一些妇女用品广告之后，诸如卫生巾、连裤袜、各种棉条和洁尔阴之类后面向听众介绍好听的摇滚乐。由于我对摇滚乐的喜爱使我成了这方面的小小权威，加上据说我的如同一只公猫般的有磁性的男中音和那种别出心裁的油腔滑调，使我颇能胜任这一份工作。有时候我不说将是谁唱的歌曲，而叫听众去猜一猜是谁的歌。歌曲放完之后最先打进来的三个听众电话猜中者将得到 CD 唱盘、高级 T 恤衫和各种妇女用品之类的奖品。我发现我的节目以女听众居多，因此我的奖品碧丽丝棉条发得快极了。主持这个节目的好处是我倒能趁机逐个欣赏一番有史以来的摇滚乐。下面这首歌你能听出来是谁唱的吗，听众宝贝儿？

北方小镇的生活

救世军乐队在吹奏

孩子们喝着村橡汁

早晨延续了一天

早晨窗外来了一个

辛内屈人

小镇人都出来看新鲜

啊

北方小镇的生活

他们坐在石地上

他抽出一根烟

每个人都倾听

他说 1963 年的冬天

整个世界都凝固了

因为肯尼迪和披头士

北方小镇的生活

嘿！丢下所有的工作

啊

傍晚下起了雨

看着水流进了水沟

随着他进入车站

虽然他没有挥手告别

但火车离去时

惜别情

仍旧留在他的脸上

再见

五、黑夜里的会合

孤独就是你一个人不得不忍住恶心，三小时吃掉你自己的呕吐物。

我估计你也跟我一样品尝过孤独这玩意儿。孤独就是你一个人不得不忍住恶心花三小时吃掉你自己的呕吐物——这是我对孤独下的定义，很带劲，对吧？到了星期天，家在本市的人都回家团聚了，剩下的外乡人也大都聚到了学校的电影院看电影了。我一个人百无聊赖，对看电影又没有太大兴趣，加之远离了那帮伪君子、偏执狂，心头平添了不少寂寞与哀愁。有时候我像个孤魂一样在校园里逛来逛去，心中实在有些烦乱不堪。假如林格在的话，我们倒是可以去附近的大亨游乐场喝啤酒玩玩电子游戏机，可是他和叶灵珠居然去了秦皇岛，剩下我一个人实在有些孤独难耐。

寂寞的时候我就常常望着琼的照片发呆，看着她永远留在十五岁的样子，我的心甜蜜而又忧伤。

我慢慢地踱到校园外一条街上，竟不觉来到了“力士”酒吧门口。“力士”

酒吧是那种适合小资产阶级待的地方，那种暗红色灯光尤其适合恋人们在这个鬼地方眉目传情。这个时候夜幕已很深沉，天空中星星细碎地闪着光亮。我走进去时发现里面人并不多，只有两个长发披肩的、浓妆艳抹地把自己打扮成了青眼窝熊猫的俗不可耐的女孩，一边扭动着小腰肢，一边用卡拉OK机唱着几首歌。我找了个靠窗户的位置坐下来，要了一杯不加糖的咖啡。我发现企图让事物变得简单对我来说简直是不可能的，我天生就是一个复杂的家伙。比如这会儿我的脑子突然想起了一个怪问题，那就是非洲有一种小鸟专吃鲸鱼嘴里的残余物，我琢磨鲸鱼为什么不在小鸟吃完了那些零碎然后大嘴一合，连小鸟也吞下去？难道鲸鱼也有自己的道德标准不成？我想着想着不禁乐了，我敢肯定鲸鱼一定也有它的道德标准来着。这时我突然觉得有些孤独，我有一种强烈地希望身边有个女孩子的愿望，我抓住她的小手对她说点儿情话什么的该有多棒。可我伸出手只抓住了一把那种空气。我琢磨我兴许连鲸鱼嘴里的那类小鸟都不如，真的，这会儿我真是沮丧极了。

我一边瞎想，一边端详着窗玻璃上映现出来的我的那张脸。我现在真的不喜欢我那张脸，我的脸总有一种不成熟的轻悦劲儿，有点儿傻里傻气的，就像一只傻里傻气的鸭子一样。我一边想着一边就皱起了眉头，装出一副老头儿相，但那样更丑。于是我又笑了。我取下了脑袋上那顶红白黑三色相间的棒球帽，冲着自己那张脸做了个滑稽动作，就把咖啡一饮而尽，打算离开这里出去走走。

“在等什么人吗？”一眨眼的工夫，我对面居然坐上了一个女孩子。这当真吓了我一跳，我那种惊慌如同湖面上突然受惊的鸭子扑棱棱飞起来一样。我发觉她就是刚才矫揉造作地唱歌的两个女孩中的一个。她穿一件黑色的泛着光亮的裙子，那种裙子很紧，把她桃子一样的乳房轮廓都绷了出来。她的眼睛很奇特，有点儿像两只小泡泡眼，但透出的笑意却叫你甜得要死，原先我以为她是只可恶的化妆熊猫来着。她的发型有点儿怪，贴着鬓角向下有一绺头发向前走了下去。她笑起来在左嘴角还有一颗小酒窝。我奇怪为什么右边不也对称地来一个？她的胸脯像波浪一样在微微颤动。

“不。”我托着下巴说。我装出一副无动于衷的样子，其实我非常盼望能有个小妞坐在我对面和我聊聊。哪怕就废铁聊聊也行。

“我什么人也不等。”我说。

“可以请我喝一杯吗？”她又朝我微微一笑，抛过来的那个媚眼足有五公斤重，嘿，我觉得我的头被撞得有点儿晕。

“好的，”我招呼了一下侍者，“你是要咖啡还是饮料？”

“来一杯红葡萄酒吧，要干红。”她对侍者说。

“请稍候。”侍者转身时说。

我有点儿漫不经心地吹起了口哨，我想也许我该找个和她能聊上几句的什么话题，可一瞬间我的脑袋像卡了壳的机枪一样。葡萄酒端了上来，我们慢慢啜饮。我一直没说话，我发现她一直在盯着我看。我放下了杯子：

“你琢磨我也许像一只从动物园里逃出的狒狒，对吗？我真不知道和你聊什么。”

她笑了起来，桃子一样的乳房在美妙地晃动。她看上去约莫只有十八岁，简直比我还小一些。“不，你非常可爱。是有点儿傻里傻气的那种可爱劲儿。很寂寞吧？”她向前探了一下身子，呵气如兰般地问我。

“是的。”我阴沉沉地说，“你问这干吗？”

“我也很寂寞。你是H大学的吗？”她又问，她一边问还一边从坤包里抽出一包“摩尔”，抽出一根，点着了。她是那种抽烟的女孩。

“对。你问那么细干吗？莫非你是个侦探——不太讨人喜欢老去打听别人的那种人？”我有些生气地说。

她又笑了，那种笑容简直和清泉无异。“我在医学院读二年级。告诉你吧。我今天如果不出来走走简直要憋死了。你猜我今天干了什么？我解剖了一具尸体。我被教会了如何去缝上剖开的肚皮，如何去修补那些看上去已经破碎不堪的骨头，如何去辨认五花八门的人内脏。哎哟哟，真是惨不忍睹。你见过人的内脏吗？花花绿绿，像一堆美元和港币揉成的面团。我吐了一个下午，差一点儿都恶心死了。”她一边说一边挥动着手，尽量地把眼前的空气拨开，仿佛那空气中有人内脏气味儿似的。

“这么说你知道如何制取骨架了？”我忽然饶有兴趣地问她。

“那还不容易。用适度的硫酸溶液去泡，那骨架就出来了。一点皮肉都不剩。”

“可愿意为我弄一副骨架？”

“是人的吗？你难道是个杀人犯？”她半开玩笑半吃惊的表情真的很美丽。“把你杀的人做成骨架标本？”

“不，我想要一只老鹰的骨架，”我有些沮丧，“我有位朋友从动物园里弄了一只鹰，养活的太麻烦而且它又臭味可闻，所以我打算把它制成骨架，这样也省得喂食了。”我说。

哈，你这人，她笑了起来，“真的十分有趣。从动物园里偷老鹰，你竟然干这个？”

这又有什么奇怪的，我生气地想，倘若我愿意，我还能和格林一起把河马也做成标本放到学校的操场上，让全校的伪君子们都大吃一惊。这时我又想起了鲸鱼嘴里的那种小鸟，鲸鱼为什么不吃掉它？是因为鳞鱼也有良心吗？看着我发呆的样子，她问我在想什么，于是我就告诉了她，她笑得更厉害了，浑身跟地震似的，各种小饰物叮当乱响：

“你这个人真的又呆又可爱。我想那种鸟可能特别小的原因吧，鲸鱼一合嘴根本咬不着它。”

“就这么简单？”我问。

“当然。不过你这个人真的很有趣。我问你，可否愿意和我一同找地方过夜？”

我这会儿当真愣住了。我没想到她会来这一手。H黑，过夜这个词可吓了我一跳。我眯起眼睛仔细打量她，她浑圆的肩膀，小巧的嘴唇，颤动的乳房，以及她亮丽的笑容。有一瞬间我简直要答应她了，我还听说和脸上有酒窝的女孩子做爱妙不可言。但我的脑海中突然出现了十五岁的琼的脸，她在夜幕中对我笑着，注视着我。我甚至敢打赌这个女孩一定不是个小娘子，她只是因为寂寞想和我待上一晚，但我对她说：“不，今天是我死去女友的忌日。我不能那样，请原谅。”

她收起了笑容：“对不起，刚才你说你好像叫乔可是吗？再见乔可，你可真是个好样的，我的地址和电话给你——你要是真想弄一副骨架的话，就给我打电话。今晚别太伤心哟。”她收起了坤包，“谢谢你的葡萄酒。”

我耸了耸肩，目送她像一只鹿一样跳出了门，消失在了大街上流动的灯火中。我看清了那张纸上她的名字叫伊麦香。这名字真美，可与一个男孩只说了二十分钟的话就打算跟他上床过夜，这样的女孩可真够呛。我生气地想。要是我是她男朋友，我非把她和母象关在一起待上一年不可。

我依旧坐在那里慢慢地吸饮着葡萄酒，并且把寂寞也一同喝了下去。我可一点儿也不在乎拒绝了那个女孩的邀请，这会儿我没缘由地突然怀念起西北高地上强烈而又干净的阳光，以及那些在峡谷之中盘旋的老鹰，和深夜穿过城市的骆驼队。少年时代有一个夜晚我曾经见过那样的骆驼队。它们大约有几十匹之多，都驮着货物，慢吞吞地从容不迫地穿越灯光流溢的大街。那些脸上盖着毡帽的骆驼客在颠簸中睡着觉。那时候我真想喊醒他们，请求他们把我也一同带走，带到每天都能看见日出的开阔地带。但我只是怔怔地看着骆驼队经过城市并且在黑夜中消失而一声不吭。

我坐在那里胡乱想着。过了一会儿我看见有几对情侣进来，喝了杯咖啡，然后又像粘在一起的口香糖一样搂抱着接连走掉。我也不知道我在那里坐了多久，后来有一个穿一条黑色裙子的女孩急急忙忙地走了进来。她就坐在我侧面的位置上，在她的斜上方就是一盏发绿光的壁灯，这使她的脸色呈现一种奇特的苍白。她的脸颊小巧而又浑圆，眼睛像两枚杏子一样清新而又美丽。但她似乎有什么心事，一坐下来就连着要了两杯不加冰的威士忌，并且一饮而尽。以前我见过能喝酒的女孩，但像她这样喝酒的于我来说真是匪夷所思，后来她每次要的都是两杯，然后大口地把它们喝下去。我简直都有些惊呆了。

这个时候我听见酒吧柜台后面放着甲壳虫乐队的，《She Loves You》，接着放了一首《Daytripper》，然后是《You've Got to Hide Your Love Away》，接着是《From Me To You》，最后是《I Want to Hold Your Hand》，我看见她

在大约半小时之间喝掉了九杯威士忌。她脸的颜色变得深了起来，她端起最后一杯威士忌时手摇晃了起来，并且把酒洒在了桌面上，然后她就趴在桌面上，显然已经不胜酒力了。

我透过玻璃窗上反射的影子一直在偷偷地看着她。我看了看表，都快十一点钟了。我低下头想了好一会儿，后来我站起来走到她身边，我发现她已经醉了，我俯身在她耳边说：

“嗨！要关门了，你住在哪儿？我送你回去。”

她不说话，慵懒地推了我一把，显然并不希望我帮她的忙，然后就趴在桌子上了——她真的已经喝醉了。我拿过她的赭色的精致的小坤包，希望从中找到她的工作证、身份证、学生证或者是名片之类的东西，但小包中除了有两袋美尔柔牌卫生巾、一面小圆镜、一支唇笔、一串带有子弹头链的钥匙和大约不到一百块钱，并没有任何能说明她身份的东西。我合上坤包，我说：“老板，结账。”我咬了牙替她付了账，加上我的，今天晚上我可花得太多了，我想，然后我把她抱起来，她已醉得如同一堆梅花，浑身连骨头都似乎不存在了。我用右手揽住她的腰，并把她的左手环在我的脖子上，我就这样带着她走出了酒吧。

不知从什么时候开始，外面已淅淅沥沥地下起雨来了。冰凉的雨丝打在脸上软绵绵的。这个不知名的女孩已经人事不省。她贴紧我，任由我用力托着她，她身上有一种清香，那是一种很像桂花的香气，浓郁而又热情的香气直冲我的鼻息。我就这样带着她向我的住处走去。在我的耳边，她的柔发不时地被风吹拂起来，拂扫在我的脸庞上，有种麻痒顷刻间传遍我的全身。有一会儿为了阻止她身体的下滑，我的该死的手竟然触摸到了她的乳房，竟是那样小巧、柔软而又富有弹性。我猜想也许她失恋了。在雨中大约走了半个小时，我把她带到了我的房间。

一进门我就打开了录音机，让屋子里飘满了布鲁赫的《G小调第一小提琴协奏曲》然后我把她扶到我的床上。我先脱去了我自己身上的湿衣服，找了一件干净的披上。她睡得很死，我帮她脱掉了高跟鞋。停了一会儿，我才下定决心，帮她一点一点地褪去了那条厚厚的黑色的连衣裙。她戴着黑色的乳罩，穿一条黑色带花边的网眼三角裤。我这时内心涌起了一股怜爱之情。没敢多看几眼，我给她盖上了被子，她咕哝了几句，便翻转身子抱住了我的枕头沉沉睡去。我关闭了大灯，打开了床头的一面小台灯，让自己沐浴在一片温和的灯光中，用手托着下巴看着她。灯光下她像一只猫一样的睡着，发出了匀称的呼吸，我注视着她那张脸，猛然发现她身上和脸上有一丝非常像琼的东西。是的，没错，我敢打赌，从侧面看上去她那张脸与琼像极了。我吃惊地看了一眼写字台上相框中的琼，又看了一眼她，我想兴许我的琼又回来了？我被一种久远的情绪牢牢抓住了，伤感和激动得要命。灯光铺在了她洁白的脖颈上和缓缓起伏的胸脯上。可能是觉得热了，她已将乳罩带子解开了，那枚成熟的桃子一样的乳房露出了一半，我看见了那颗像红樱桃一样的乳头在轻轻跳动，旁边的乳晕像深色水波一样一圈圈荡开。这是天下最美的少女的乳房，我替她拉上被子想。后来我俯身贴近她，仔细端详她那张熟睡的脸。不，她只是和琼有一些相像而已。我闻到了她甜甜的鼻息，这样判断。

后来我就盖着毯子在沙发上过了一夜。早晨醒来，和暖的阳光像碎银子一样洒了进来，她还是睡得那般香甜，裸露的背部在早晨的阳光的照射下呈现了一层细密的小汗毛。我没有叫醒她，而是去煎了四个鸡蛋，并且冲了两杯牛奶。我一边吃着自己的那份，一边想着她到底会是什么人？后来我留下了二张写着请她吃掉煎蛋喝掉牛奶的条子，然后我就带上门，上课去了。

中午我回到屋子，发现煎蛋已经没有了，一杯牛奶也只剩下了半杯。她已悄然离去。我坐在沙发上闻着室内空余的她身上那种淡淡的香气，陷入了发呆状态。这绝对不是梦，我闻着空气中夹杂的威士忌酒的气味，有些茫然不知所措。

六、木桶酒吧

记忆的重叠如同死去的蝴蝶的翅膀……

我从记忆的激流中探出头来，打算暂时停止我忧伤的回忆。我从 H 大学毕业已经三年了，这三年时间我在这座城市里真的像是一只候鸟那样飞来飞去。大学一毕业我就去了北京郊县的某个山村担任副村长和现金会计，这种企图把我塑成某类接班人的“从头锻炼”真的让我受益匪浅，每天晚上，在那个长城脚下的封闭山村里，我都要头顶着星光向北京的方向探望。我确信我们班上所有的同学都已经像马一样在路上。我既孤独而又勇敢，在担任副村长的日子里，我和乡下老百姓天天混在一起，明白了人为了活下去是要连一截扔掉的狗肠子都要争抢个不停的。第二年春天我回到了北京城，却发现世界已经发生了如此巨大的变化，我的同班同学都已变成了房地产开发商、别墅推销员、“买办”、文化捕客、书商、肥皂剧写作者、广告人等等五花八门的“都市新人类”，在这座该死的城市里寻找自己生存的空间。至于我，给一位老干部借去写了三个月的传记之后，毅然成了一个自由职业者，主要是推销各类妇女用品和各种激光唱盘，还偶尔给《服装时报》写点稿子。靠着可以打听出全市所有妇女用品价格的这个职业获得了一个全新的观察人类的角度。我不知道我在这座城市里还能坚持多久，因为它一直对我虎视眈眈，打算乘我不备一口就将我吃掉，这座城市绝对不是一只纸老虎。

我从地铁站穿出来的时候感到了分外寒冷，这使我竖起了风衣的领子。我吃掉了还剩几口的在地铁站买的庄园汉堡包，向一个垃圾桶投去了空可口可乐易拉罐。我扔得准极了，这使我坚信今晚我会有好运气。我抬起头，可以听见呼啸的风掠过城市楼厦上空闪烁的那些后殖民主义气息颇浓的灯箱广告。这是颇具国际色彩的一个地区，这一刻我真想喊出一点儿什么，假如有一个外国妞在我面前，我敢打赌我会立即喊住她，叫她跟我一起去喝上一杯，借以排遣那种孤独。

我抬眼望去，皇朝大酒店金碧辉煌，华服盛装的人们在那里出入着。一些乞丐徘徊在地铁站口和大街上。一个小妇人在遛她的一条也许不仅仅用于玩赏的巨型欧洲大公狗——我曾听说过这类妇人用大公狗充当性伙伴的事儿。我大步朝“木桶”酒吧走去。我非常喜欢来“木桶”酒吧，因为这个酒吧就在皇朝大酒店的地下二层里，里面有时候还有人妖表演。我有一天甚至和人妖还接了吻，我敢打赌那种感觉简直和鲸鱼接吻一样，让人肉麻不已而又兴奋异常。这家泰国投资开的五星级饭店的确很有特点，在“木桶”酒吧，一过九点，全城的艺术家、疯子、性变态者、精神病患者和暗娼都会聚到这里来，彼此像互不信任的狗那样互相打量与嗅闻。我走了进去，直奔电梯。我来到了酒吧时那里的灯光已经十分昏暗了，到处都是男女们的身影在晃动。舞池里的人像狂风中抖动的树枝一样摇动，这使我一瞬间甚至产生了幻觉。我走向吧台，坐上了与美国西部乡村酒吧十分相似的高座吧椅，侧着身子对着舞池和沙发座，要了一杯汤尼水。我喜欢这玩意儿，这玩意儿里有一种狗尿味让人兴奋。孤独的人总是要坐在高脚椅上的。离我不远处有两个像印第安女巫一样的女孩，她们身上的饰物繁多而且闪闪发光，乳沟深得像哲学思想一样。看着她们嘀嘀咕咕寻找客人的样子我不禁哈哈笑了起来。她们瞪了我一眼，也许她们不喜欢我的长头发，我想。过了一会儿，她们向沙发座上一个孤独的中年人走去了。我看着他们成交。然后那里就只剩下了一个女孩，冲我又做鬼脸又扭动身体。我突然想起来我今天晚上来这里主要是为了聊聊，找个同样是孤独的人好好聊聊。我已经二十五岁了，这座城市只打算让我像流浪汉一样睡在大街上，可我却天天梦想着睡在一个好女人的胸脯上。这对一个二十五岁的男人来说绝不过分。我确信这一点。我又要了一杯"黑风"，没有加冰。这时我突然看见前面有个人在冲我抛媚眼。那种媚眼十分妖娆，而且在黑暗之中闪闪发亮。可我后来发现那人竟是个男人。难道他是一个同性恋吗？或者他是一个男妓？我冷冷地看着他，后来我断定他是一个男妓，因为他的媚眼就像个男妓才有的那种媚眼，真叫人扫兴。

我端着酒杯朝他走去，走到跟前我才发现他长得一点儿也不漂亮，而且下巴太长，还长了一些雀斑和疙瘩。看见我走过来他更是搔首弄姿，这真叫我恶心。

"请问，咱们找个地方待一会儿如何？"在震耳欲聋的音乐中他对我说，他的媚眼像蛇一样闪动。

我俯身对他说："狗杂种，我可不是你找的那种人。我真想找个粗木棍，从你的直肠捅进去，一直捅到你的喉咙去。你这狗杂种，你要是用那种眼神看我的话！"我喷着酒气的样子把他吓住了。因为我的确有点儿醉，他赶紧起身，像只公狗一样溜到了黑暗的地方躲开了我。

我笑了起来，又回到了我的高脚椅上。我细心地数着吧台上头冲下的那一排排高脚杯，它们可真是亮晶晶的，分外美丽。我数了三遍都没数清楚它们有多少。我旁边坐上了一个东南亚小姐。这我从她的皮肤和脸可以看出来。这简直还是个小丫头，因为她太小。但她那种美简直叫你浑身发痒。

“嗨，姑娘，你一个人来这里？”我侧过身子问她。她真是一个黑美人。

“对，我来这里喝上一杯。”她说她的汉语真是不怎么样，听上去像是一只南非的鸟在叫二样，我想。

“你好像是东南亚人，没错吧？”

“当然！你很有眼力，先生。”她对我说。

“你好像是在等人。”我说，“你真漂亮。”

“你怎么知道？”她露出了惊奇的神色，“我是在等人！一个中国小伙子，三天前我曾经在这里碰见过他。”她的脸露出了一丝忧伤。“不过他可能不来了。谢谢你说我漂亮。”

她是那种长得小巧的美人。她的一切都是小的。小的脸庞，小的鼻子，小的乳房和小臀部，小手小细腰，只有一双黑黑的眼睛是大大的。

“他是干什么的，你能告诉我吗？”

“他是一个画家。他画超现实主义的画。他叫罗马。你见过他吗？”

“罗马！老天爷，罗马在意大利！小姐你受骗了，他肯定是个骗子。中国可没有一个男人叫罗马的。陪我喝一杯如何？”我眯起眼睛问她，我这真叫见缝插针。

她摇了摇头，开始说起了英语。她说她对他一见钟情，嗨，她竟然是东亚大酒店的销售部小经理。她看上去真的只有十九岁。十九岁的酒店经理还会对中国小伙子一见钟情，而且这个男人还是一贫如洗的骗子一样的画家？我可不信。我一把抓住了她那美人鱼一样的手，带着醉意说：“你倒可以对我一见钟情……”

她急忙把手抽回去，看上去好像十分生气，她瞪了我一眼，我不禁有些心虚。我以为她会走开，但她却对我又笑了一笑，“那种酒你喝过吗？”她指着酒吧柜台上那一排排像蚂蚪一样在浮动的洋文酒瓶。

“你是说哪一种？扁肚的那种吗？”

“对，正是那种。”

“来两盎司那种酒。”我对侍者说。

“这叫龙舌兰酒，或者叫体K啦——蹦酒。”她冲我做了一个鬼脸，将侍者递给她的一盎司酒握在右手上，左手掌心放了一片柠檬，她放下酒杯又在右手掌心放了一层盐，先咬了一口柠檬，然后再舔了一下掌心的盐，喊了一声：“体K啦——”然后将手中的酒杯朝桌子上“砰”地一砸，将那酒一口喝了。

我可没几过这种喝法，我觉得有趣极了，也如法“体K啦——”然后“砰”了一下。我很开心，我们俩都笑了起来。我忽然看见有一个长发小伙子一摇一晃地走了过来，他长得真像一棵柳树，他的头发跟那种柳树梢一模一样，在昏暗的光中飘浮在他的肩头。我看见东南亚小美人的眼睛发亮了，“罗马来了，罗马！罗马！”她又像非洲的某种鸟儿那样尖叫着，那个小伙子急急地走了过来，“瑞丽，我以为你不在这儿呢。跟我去大堂酒吧坐一坐吧，这里吵得像他妈的会议场所。”他过来一把就搂住了瑞丽的小细腰，一边虎视眈眈地盯着我。

我耸了耸肩，表示是你的女友我还给你。我不过只是想请她喝一杯，我还没打算在她的腹股沟涂上点儿我的分泌物，哥们儿。瑞丽幸福得像一条宠物狗，扭着身子说：“Bye-bye，Baby”，然后和罗马一起走了。

我很生气，因为他娘的没有一个女孩在此刻属于我。过去的女友像我打的水漂一样早已没了影踪，而未来的女友则还像我的银行存款一样不见影子。这“木桶”酒吧此时真像是个黎明时的山洞，有人竟然在高唱佛罗里达州的乡村歌曲。唱得我真的非常想哭，因为我太孤独。我忽然看见，在我左侧的莲花座上，有一个女孩正在仰脖狂饮一杯酒。我就盯住她看，我发现她也许已经醉了，或者说至少是打算要喝醉。她不知从哪儿弄了一瓶大肚的烈性洋酒，在那儿自斟自饮，仿佛她周围所有的一切不过是垃圾和废物一样。我不禁对她感起了兴趣。

我端着酒杯走了过去。我说：“嗨，小姐，我想陪你一起喝。可以吗？”

“好吧，要是你也是一个深夜不回家的人的话，请你，也喝这一杯。”她像某种金属被切割那样发出了一种怪笑，她用一种媚态十足而又带着轻蔑的眼神看着我。我接过了她递给我的那杯酒，一饮而尽。一股尿骚味沿着我的喉咙冲了下去。这辈子我可真的不想再喝这玩意儿，我骂道。

“你看上去像个坏人，”她说，她醉眼惺忪地看着我，“你是那种专门诱骗女孩的男人吗？”

“算是吧，”我淡然地说，“不过我今天只是想和一个人聊聊，就和你一个人聊。”

“聊完了呢？你想把我带到哪儿？”她狡黠地笑了，“可知道你们这类人，这类城市浪荡子。”她眯起眼看我，那样子真的已经快醉了，“把我带到哪儿？”

我忽然闻到她身上一种好闻的气息。这是一种香草的味道，或者也许，也许是她的嘴唇散射出的那种迷人的噼香气息。我看着她冲我乱挤眼睛，我冷冷地说：“哪儿也不带。”

她愣了一下，手中端着的那个高脚杯中的酒溢了出来，她盯住我看了一会儿，这时候我真的忽然从她的脸上读到了一种恐惧，虽然只是一瞬间，但那种害怕在她的脸上真的出现过。她把身子探过来，仔细地端详着我，“你是……黄元！你！是黄元！”她惊恐地嘶叫起来，“黄元！你没有死，你又来找我了，你想杀害我，你想杀死我，黄元，你为什么不放过我？……”她的尖叫像一把刀刺入了一气飞球，那种尖叫声真叫我感到害怕。我知道她把我错认成另一个人了，一个叫黄元的男人，但我猝不及防，因为她将手中的酒杯朝我甩了过来。她害怕极了。她想起身逃走，但不知被什么东西绊了一下，她摔倒了。我走过去扶起她的时候她哭了起来。她真的已经喝醉了，因为她上身衣裙被她自己弄烂了，露出了她黑色乳罩的浑圆半边。她用力嘶叫着，用拳头揍我。这时几个身高马大的保安人员冲了过来。他们挟住了我。“她是我女朋友，她喝醉了，放开我，我要送她回家！”我怒吼了起来。我完全有理由这样做。

几个保安人员放开了我。也许这类事情他们见多了。我沉着地俯下身，把摇摇欲坠的她扶起来，抱在了怀里。这时我才突然感到她竟然很轻，如同一小包棉花一样。我抓起她的小坤包，咬在嘴上，抱着她摇晃着向电梯走去。我走出饭店的一路上很多人在看着我，看着一个东倒西歪嘴里还叼着一个皮坤包的抱着一个女人的醉汉，但我坚定地向出租车走去，我已经管不了那么多了。

我在车里打开了这个女人的坤包，按照她身份证上的住址叫司机向前开。车窗外的灯光像流星一样在我们两侧呼啸而过。我们来到了一幢位于城东的塔楼下，我付了车费，又抱起了她。她嘴里喃喃自语但已不省人事，我干脆把她背在了身上向那幢楼走去。我费劲儿地开动电梯，电梯停在了十楼。我用她的钥匙打开了她的门，拉亮了电灯。

这是一套两居室的房子，我醉眼惺忪地看着房间里充斥着各种各样的艺术品、雕塑、壁挂、石膏像、木刻和其他玩意儿。我醉得不得了，把她放在了她那张床上。我愣了一下，看到她醉得像一只母猫，我开始给她脱衣服，我一件一件地给她脱，脱去了衣裙，脱去了鞋子，脱去了内衣，我恍惚觉得这一切如同在梦中一样，因为多年以前的一天我同样也做过这样的事。她那隐在黑色乳罩背后高耸的乳房跳动着，她那下腹处隐秘的三角区也在弹动，而且一种迷人的嚼香气息和一种酒气正从她身上散发出来，她已经醉过去了。我跌撞着给她盖上了被子，打算去洗一把脸，但一阵突然的腹痛让我蹲了下来。我痛得龇牙咧嘴，我抬起头，却看见一尊美丽的半身白色大理石雕像正在注视着我。这尊雕像那么美，她与我过去喜欢的女孩——龙米一模一样，我简直不敢相信我的眼睛，我判断这尊雕像是这个女人少女时代的雕像。但她为什么与龙米如此相像？我痛苦地吸了口凉气。我看见雕像旁边有一个沾满了灰尘的镜框，我出于一种神奇的力量一把抓过来，却一下子愣住了：在镜框中有一个穿黑色风衣的男人正冷冷地看着我，而且，而且他长得简直和我一模一样！他是我吗？一阵腹痛让我倒在了地板上，然后，我也醉昏了过去。

七、刺杀金枪鱼

好像有一种神秘的力量在引导我向国家动物园走去，想躲我都躲不开。

到了秋天，浓郁的桂花香气消散而尽，天空陡然变得明净和高远了起来，墩布似的云彩已经无影无踪，一些鹰在空中盘旋个不停。每到这会儿，H 大学注定要搞一次所谓的“红枫艺术节”，在这个艺术节上，H 大学所有的伪君子都要出场表演一番，像施洋、罗放、齐晖、王家明之流是注定要出来表演一番的。我们系排练的是四十多年前流行在延安的那类大合唱，直唱得我们个个都觉得肚皮如青蛙聒噪般快胀破了才作罢。但除去这些让人恼火的事儿，这的确是一个不错的季节，我琢磨。那些日子，那个如昙花一现的醉酒女孩我再也没见过，有时候我一个人去“力士”吧坐一坐，在艾尔顿·约翰的曲子中孤独地朝门口眺望，希望她能突然出现，但我总是希望落空。不知为何，她的出现触动了我心灵深处的某一根弦，如同红酒“砰”的一声拔去瓶塞，“哗”的一声酒便不可遏止地流出来一样。

在这样的季节里我的灵感蜂拥而至。在一门文史哲三系混上的大课《佛教文化与唐诗》课上，我坐在大得像古罗马角斗场的大教室倒数第二排，写作一篇叫作《刺杀金枪鱼》的小说。我打算要写的小说竟然大都与动物有关，比如《跟随象群离去》《重现的河马》《鸟群到达》之类，有一种神秘的力量在引导我向国家动物园走去，想躲我都躲不开。

第一节下课铃响的时候，我依旧坐在那里想着如何杀死我小说中出现的那条金枪鱼，这时我听见我背后有一个女孩的声音说：

“你这篇东西挺有趣的。喂，接着写呀，我都等急了。”

我吃了一惊，仿佛被人看见了羞处，我十分恼火，我转过脸，看见一个漂亮女孩正翘首以待。我冷冷地说：

“你看见什么了？”

“小说呀。你在写小说，刺杀金枪鱼之类。喂，认识一下，我叫梁百黎。你叫什么？”

我这会儿才注意到她脑袋上戴着的那顶黑色的、约莫是四十年前火车司机戴的那种帽子。她还梳着两条小辫子，且都垂在胸前，身上穿一套黑色的牛仔套装，脚上——她的脚在我椅子下晃动——穿着一双镶满了银钉的黑色帆布马靴。她浑身透出了一种生动得吓人的机灵劲儿。她的眸子黑黑的，脸盘有些圆，只是嘴角残留着一丝顽皮女孩的乖戾。

“我叫乔可，”我粗声粗气地说，“我说你不该看我的东西，明白吗？这让我厌烦。”我冲她喷着响鼻。我可不在乎她有多漂亮。

“说正经的乔可，你这篇小说真不错。真的。最近我读了不少小说，像托马斯•沃尔夫的那一大堆玩意儿，可你这篇嘛，”她用食指在脑门上敲了几下，微微一笑，“有一种特别的感觉，那种青春与成长的气息叫我震动。”

“是吗，”我假装心不在焉不以为然，而实际上我心花怒放。我发现我其实也是一个伪君子，尽管我老在骂别人是伪君子，比如我就爱听好话，我说“你倒说说看，还有什么——特别的地方？”

“你看你，来劲了吧，”她嘲笑起我来，“你这人，恐怕是个专爱听好话的家伙。”

上课铃猛然响了。大家像蜜蜂归巢一样乱哄哄地闯了进来。我把小说塞进了抽屉，她说得一针见血，真是叫我扫兴，我想。我打算不去理她了。

“喂，乔可，乔可，瞧你这人。对了，建筑系正在举办一个超现实主义美术作品展览，一块去看看如何？”她把脑袋凑近我说，“这课又有什么劲？”

“太棒了。”我兴奋地收拾好东西，瞅了一眼讲台上的老师，便和她溜了出去。

和梁百黎走在一起我不由得高兴了起来，因为这个女孩一旦打开了话匣子，我就琢磨我简直和她是老朋友一样。她走路喜欢像个袋鼠似的轻轻地跳来跳去，她告诉我她家就在本市一片繁华的商业区之中。说起她家住的那个地方——那是个叫白塔寺的地方，我就有点不好意思，我是为了给林格买避孕套曾在那里转了大半天，才找到了那家叫亚当•夏娃的性用品商店的。嘿，那天我可真的是开了眼，差点儿没晕过去。我为林格买上一种产于美国的避孕套，一盒有七只，分七种颜色而且还带着为了增大摩擦的小疙瘩。美国佬在一星期中每天换一只不同颜色的，真是浪漫而又有想象力。我记得美国狂林格拿到七十只避孕套时激动得如同起义胜利的农民军领袖一样，“这可是我存在的支柱啊，”他说，“恐怕我得节省着用才行。”这家伙，一不留神就露出一副下流相，我真想不通大家闺秀叶灵珠为何对他俯首帖耳？我真是想不通，你要是想明白了就给我打个电话吧。那天我们逃了一节课跑到了建筑系的大楼边，在门口有一个人在不停地用洗发香波在洗头，后来我们才明白那人的洗头动作也是“艺术活动”的一部分。在一间像个狗屁迷宫一样的屋子里我看见有一根铁丝穿在一起的大约八百个旧信封，这作品的名字叫《大学四年的生活》；还有一堆铜丝攫成的乱七八糟的奇怪的东西被叫作《女人体》；一具崭新的马桶放在了一个大脸盆中叫作《自由的联想》；屋角堆了大约一百二十只死耗子排列的方阵叫作《关于阶级敌人被消灭的数学解释》。总之每一件“作品”都存心叫我们猛吃一惊，而且的确叫我和梁百黎大吃一惊。我还看见一个长头发的家伙蹲坐在一个草堆上，在咕咕叫着逗弄着他周围的十几只乳黄色的小雏鸡，我想起来前一年在中央美术馆搞的一个现代艺术大展，在那次展览会上有一个人蹲在一堆鸡蛋上，看来一年以后他终于在 H 大学孵出小鸡啦。

我和梁百黎走出了大楼，我呼出了一口气，问她：“感觉如何？”

“反正艺术家都是精神病、疯子、性变态者和妄想狂。不过我挺有感觉的，什么时候有时间去跟他们聊聊——我是说建筑系那几个冒牌的艺术家。我知道他们的名字。”

“好极了。”我说。我发现我很爱说好极了，这简直都成了我的口头禅，因为并不是一切时候都是好极了，比如这会儿我们没走几步，我们就到了宿舍区——我该和她分开了。我鼓起勇气说：“要是你有空，下回我约你去喝咖啡如何？就是那种不加糖和任何玩意的黑咖啡？”

她把帽子摘下来在手上绕了一圈又戴上了，“啊哈，这恐怕不是要追我吧？”说完，她脸上带上了一种坏笑，“非要再见面？”

“哪里。不过是想找个时间和你聊聊，聊聊我在小说里杀死的那条金枪鱼。那是一条非常大的金枪鱼，真的。”我显得十分认真。

她点了一下头，“嗯，那么好吧，我答应。不过你这人很特别，乔可，我是说你与好多男孩不一样——他们都在炒股票和倒卖妇女用品去了，你却还在写你的小说。有时间了我去找你吧，再见。”她用手腕向上一转，做出了个再见动作，就向宿舍楼跑去，“我知道你住的宿舍！”嘿，她当真知道吗？

八、摇摇滚滚的路

洛德·斯特华金是一个花花太岁，他曾与好多欧洲名模都有一手。不过，他现在已经改邪归正，娶了好莱坞明星阿兰姗·汉弥尔顿做夫人。

啊哈，你们好，朋友们，我是乔可又到了由我主持的“摇摇滚滚的路”节目时间了，我的节目总是排在各种农具和妇女用品的广告后面是很有趣吧？我同样不会劝大家去买奶牛的，如同埃尔维斯·普莱斯利那样。我们马上就能听到好听的两首曲子——洛德·斯特华金的《Tonight's The Night》和《People Get Ready》。他是一个十分有趣的家伙，因为有时候他在舞台上简直像个小丑一样狂奔乱跳，让人想起他短暂的足球生涯。不过他在生活上可是个花花太岁——据说他和好多金发长腿的欧洲名模都有一手。不过，他现在已经改邪归正，娶了好莱坞明星阿兰姗·汉弥尔顿做夫人。最近他推出了新专辑《Body Wishes》，他所掀起的狂潮真是一浪高过一浪，让我们马上来听他的歌。说起摇滚乐，恐怕是在一九五四年，比尔·黑利的一曲《围着时钟摇摆》掀开了摇滚乐的第一章，《Rock And Roll》便成了摇滚乐的名词。这个词的原义是滚石磨动，指的是黑人土著做爱时的激烈动作，于是“摇滚乐”便应运而生。后来“猫王”把摇滚乐第一次推上了高不可及的巅峰，然后是鲍勃•狄伦又融入了现代民谣，开创了新的道路。

……

好啦我们今天要听的曲子可真是丰富多彩，马上开始的一首是来自美国南方的汤姆•派提的《The Waiting》，接着你要听到的是深受美国中西部爱戴的老歌星巴布•赛格的《Hollywood Nights》。这是一首描述一次令人伤感的爱情经历的重摇滚歌曲。此外我们还将听到歌坛新秀“切割大队”的《Any Colur》，主唱尼克曾经是整形外科医生，也就是说他曾经真的切割过别人的脸。第四首曲子是“新浪潮”超级巨星乔治•鲍的一首曲子。至于第五首，则是钢琴怪杰艾尔顿•约翰的《Sland girl》，OK，那么让我们忘掉那些该死的农具广告。今天我们还要进行有趣的有奖竞猜。幸运者将得到，嗯，十分棒的礼物：产于美国的黑鹰T恤衫，产于日本的CD激光唱盘和澳大利亚木雕。好啦，我们开始按顺序欣赏吧。什么，你说我自己已经快乐得像个小傻瓜？

九、飞机向大地栽去

在一片麦田里，那架飞机带着二十九个孩子的所有梦想爆炸了。

十九岁以前我曾经喜欢过两个女孩儿。在十四岁那年我明白了成长的秘密之后，我开始偷偷喜欢上一个黑脸膛的回族姑娘。她和我同班，她就坐在我前面一排，总叫我闻到她身上那种好闻的牛奶气息，那种气味真叫我迷醉。于是我几乎不可救药地爱上了她。那是一种近乎绝望的单相思。我几乎每天晚上都要溜到她家楼下，紧紧盯住她家那面橘黄色的窗户，想象着她的一举一动，心中充溢着激情与甜蜜的焦渴。那一段时间她总躲着我，像躲避一条小骚狗一样离我很远。每天晚上我看到她灭掉了灯光才回家休息。我猜测她一定知道有一个人每天都在渴盼中注视她熄灭灯光。到了这年五月的一天，我依旧充满了焦渴地站在她家楼下仰脸看着她家灯光，忽然黑暗之中钻出了一个老太太，她就是那个回族姑娘的妈妈，她一脸巫婆相，一把就揪住了我“臭小子，天天盯着我们家，是不是想要偷我们家东西？”居委会主任米老太太那天像抓住了一个小偷一样抓住了我，“我家女儿马雪说了，你再这样天天站在这儿耍流氓，她就要告诉你们老师了。快滚吧！”她像地主婆一样呵斥了我，我赶紧跑了，内心扬起了一大片灰烬。从此以后，我再也没正眼看过那个女孩。我知道，我平生第一次受到了无法弥合的伤害。

第二个女孩就是琼了。这个瘦瘦的女孩长着一头美丽的黄头发，她的脸出奇地苍白，也出奇地美丽。我们是邻居，我们从小一起长大，像是青梅竹马那样，但谁也没有想过什么。一直到我十六岁那年夏天，我们一起在郊外捕捉蜻蜓，那天天空中到处都是飞舞的蜻蜓，大地一片新绿，她穿着一条雪白的裙子。大概是在她俯身去采一束马莲花的时候我突然看见有血从她的腿上缓缓地流了下来，像一条蜓蚓一样蠕动。

“血！血！”我惊恐地说。她吓哭了，轻轻地掀开了裙子，在一阵电闪雷鸣般的震惊当中，我们一同发现了血的源头。那是她第一次初潮。

从此我仿佛知道了她的什么秘密，有一种神秘的气息在吸引我们走近。在那个春天里我们手牵在一起，大约在她死前三天，那是夏天一个燥热的日子，我们在一片小树林里彼此拥抱，笨拙地亲吻。然后我说：

“我要摸摸你的那里。”

她愣了一下，用清亮的目光注视了我好久，同意了。于是我的手像蛇一样滑过她的小腹，滑过那长着可爱的小茸毛的三角地带，滑过如海贝软体一样的水域，滑过小小的湿润的峡谷，滑过幽深的甜腥的洞口。然后我发现她哭了。

“我是你的。我永远也不会和你分开！”她严肃而忧郁地对我说，“今后我们一起生孩子，一起长大、变老。”我狠狠地点了点头。一种伟大的激情抓住了我，我那时决定为她付出全部的生命。然而三天后，作为夏令营的一员，她和二十八个男孩女孩一起，坐上了一架米黄色的农药飞机，飞上了天空，作为夏令营的一项活动，她只是为了看一看更广阔的天空与大地，看一看我们城市的全貌。飞机在空中像纸莺一样盘旋了几周以后突然向大地俯冲而去，然后一声巨响如同一个雷惊醒了睡梦，在一片麦田里，那架飞机带着二十九个孩子的所有的梦想爆炸了。我的琼就是这样死的。我的琼由此永远地停留在了十五岁。

很简单，对吧？

十、早晨的激情

我在她如同铺满了牛蒡花的丰满的胸脯间的山谷中睡着了。

我渐渐地从晨光中醒来时觉得浑身酸疼。阳光像一把金针一样扎痛了我的身体。我的嘴里有一股化肥的苦味儿，我简直像一条死鱼一样不能动。大约过了好久，我才适应了这明亮的早晨的阳光。我忽然听见旁边有什么响动，我这才注意到，我躺在沙发上——我弄不清我是怎么爬上去的，而在床上，躺着的正是那个昨天晚上在“木桶”酒吧喝醉的女人。她趴在床上仍在酣睡。只是她裸露着光洁的背部——她什么时候连乳罩和三角裤也脱了呢？我摇着发蒙的脑袋想。也许是太热了，因为酒精会像汽油一样在我们的胃部燃烧。我躺在那里又想了一会儿，才挣扎着坐起来，我站起来打算到洗手间解手，因为我的小腹胀得像一面小鼓。

我从洗手间出来的时候突然看见她已经坐了起来，她的神色有一种悲伤和迷惘。她正用手抚摸着自己光裸的上身，一脸的困惑，好像她真的不知道自己怎么到了这儿。看见我像一头大猩猩一样从洗手间里走了出来，她一下子愣住了。“你是谁？”她用双手护住自己的乳房，声音中含有着愤怒、疑惧、羞辱和凄凉。她的下巴是我见到的最美丽的下巴，我想。我向她走去，“你昨天晚上喝醉了，在‘木桶’酒吧。然后我就从酒吧把你送了回来。当然我也喝醉了。噢，我叫乔可。也许我算是一个城市流浪汉，认识你很高兴。”我打了个哈欠，淡然地说，“昨天晚上你喝得真多。”我大步向窗户走去。我轻轻掀开窗帘，注目着早晨的北京。这真是一个生机勃勃的城市，所有的空气仿佛都在战栗，那样多的楼厦像麦子一样生长，高速公路上的汽车像繁忙的蚂蚁搬运队伍一样来来往往。这座城市的节奏有一种可怕的生命力，我倒吸一口气想。庞大的城市早晨的景色在金色阳光的照射下，向辽远的地方铺展而去，这座城市是如此广大，像一架结构精密的机器。我已经听到了它在新一天的巨大的齿轮转动声。新一天又开始了。

“你，是你帮我脱的衣服？”我听到身后的她犹疑地问。

我转过了身，我看见她已披上了一件睡衣，她的头发散下来遮住了她的前额和一只眼睛。她的眼神之中含有一种冰冷和仇恨的内容。

“不，小姐，我只帮你，帮你脱了外衣。因为我并没有想干别的。我没有干别的，”我耸了耸肩，对她笑了笑。我看出来她并不相信我说的话，因为我和她的目光都扫过了扔在床边的她的黑色乳罩和那条颇具弹性的黑色花边内裤。我明白她一定以为是我卸去了它们，而且也许她还以为我乘机强暴了她。她一定是这么认为的，这一点我从她的目光中可以看得出来，因为她并不相信我的话。我也弄不清为什么她变成了光裸的人，我确信我没有卸去她最后的武装。

“你可以走了。我讨厌你。快点儿，我没有请你来这儿。”她冷冷地说，一边在摸索着什么。她的手在床边的柜子上找到了一盒烟，我掏出了打火机给她点着火。“好吧，”我说，“我马上就走”。她厌烦地看了我一眼。我明白她仍然觉得我强暴了她，而实际上我也喝醉了，昨天晚上我差点儿连钥匙都插不进钥匙孔，我还能对准别的目标？我不由得笑了起来。

“笑什么？难道你不是一个流氓吗？一个独身女人一觉醒来，却发现自己什么也没穿，而在一边的沙发上则睡着一个男人，一个城市流浪汉？”她吸了一口烟，嘲讽似地对我说。

我这会儿真的有些生气。我对她说“我真的什么也没干，不信你去医院检查好了——要是你体内有我的分泌物，你可以告我是个强奸犯，然后立即将我送上法庭。这样至少可以叫你称心如意地判我十年。”我认真地说，“你真的喝醉了，当时我在酒吧碰见了你，按照你的证件地址，就把你送到了这儿。我连你叫什么都还不知道。好吧，既然这样，我马上就走。”我站起了身。“我没打算待在这儿。”

她似乎有些相信了，“那么好吧，请……再坐一会儿。我昨天很失态是吗？我说了些什么？”她问我。她现在像个中学老师在提问她的学生一样向我发问。可我宁愿看见她裸体躺在那里，像一枚蝴蝶一样地睡着而不说话，不说一句话。那样我会更喜欢她一些。她好像想了解些什么。

“你说我叫黄元，然后你很惊恐，在酒吧里用酒泼我。黄元是谁？”我也点上了一根烟，坐在她对面问她，“你很怕他。”

“我说了吗？”她有些不自然起来，“我说过这种话吗？我对黄元很害怕吗？”

“说了，你是说了。”我肯定地说，“你大声地说我是黄元，然后想逃走。”

“可我根本不认识一个、任何一个叫黄元的男人。我还说你就是黄元？”她睁大眼睛看着我，“这不可能吧。”

“是的。”我说，“真是这样。”

“那么好吧，就算我说了。我还说了什么？”

“其余的没了。因为你醉了。”

“噢，醉了。是的，现在我还头痛欲裂。我叫杨梅雯。我是一个服装设计师，昨天我心情不好，真的很乱，我也不知道为什么，就去了‘木桶’酒吧，然后我就喝醉了。这么说应该谢谢你了，乔可，你是一个城市流浪汉吗”她眯起眼睛看我。我觉得她竟然有一种少妇的丰韵。

“应该算是吧。不过，我的职业是推销员——就是专门打听哪儿的妇女用品最便宜的那种人。此外我还推销各类激光唱盘。我确信你昨天晚上说了黄元这个人。”我漫不经心地从她那尊大理石雕像下拿起了那个镜框，镜框中那个男人，他穿着风衣正冷峻地看着我们。“黄元是他吗？他还真的跟我有点儿像。”我说，然后我把镜框递给了她。“你自己看一看。”

她呆愣了一会儿。“是的，好吧，他是黄元。我过去的男友。他已经走了。去了美国，我不想再谈他了。你想喝咖啡吗？我去煮一点儿。你早餐一般吃什么？”她一边穿衣服一边问我。

“麦片，”我说，“最好再来点儿牛奶。”我的头仍旧很晕。

“好吧，我去做早饭，乔可你稍等一会好吗？看来我还应该感谢你。”她妩媚地一笑，“是吗？”“不必了。”我说，“看见一个喝醉女人我当然要帮忙。”她走进了厨房。我去洗手间洗漱完毕，又在屋子里坐下。我这才有空仔细地端详这间屋子。这的确是一个单身女人的屋子，而且还是个单身女服装设计师的那种房间。她的房间的摆设一切都是别具匠心的。设计奇妙的坐垫，各种木雕、面具、剪纸、草编、彩陶和铜器在房间的各处构筑成了一个奇妙的世界。窗台边是她的服装设计台，上面还有一堆草图和一些诸如《世界时装之苑》之类的杂志。我走过去翻了一番，竟然发现有一本叫作《杨梅雯时装》的画册。我翻看了起来。她的作品属于那种蜡染类型的图案多一些，而且设计上概念超前，有一件概念时装竟然全部由乒乓球构成。我发现她还要为很多大型晚会设计服装，而今年是妇女大会，她的工作台上有一个为妇女大会开幕式设计服装的草案。可她为什么会在深夜一个人去酒吧喝醉？她的内心有什么样的烦忧与创伤？她生命之中经受过什么样的男人的幻影？我怎么和她相识并来到了这里？我正在想着这些问题的时候，她已经端着热牛奶、麦片、咖啡和面包——夹好了香肠并涂上了黄油，走了进来。“嗨，来吃早餐吧。”

我走过去。“真的很不错，这麦片。”我尝了一口。她在吃着面包片，神色已经很安静了。由于靠近她，这使我能够看见她额头上有一层细密的皱纹。她一定有过什么非同寻常的经历，我判定。“杨梅雯，你昨天为什么要喝那么多的酒？我坐在吧台边，看见你一杯又一杯地喝着那种烈性酒，真够厉害的。有什么伤心事吗？”

她呷了一口咖啡，“乔可，你是一个小孩子，你看上去只有二十出头，你多大？”她并不想回答我的问题。

“我已经二十五岁了。”我说。

“二十五岁。美好的年龄。我都三十岁了，所以，你不能问我有什么伤心事，明白吗大男孩？”她教训似的对我说，“你不能问。”

“那个黄元，他抛弃了你？”我仍旧不依不饶的，“他是一个负心的男人？”

“不，他已经从我的生活中消失很久了。我可能，可能是因为这座城市给我压力太大的原因吧，我才去喝酒。你知道，作为服装设计师，要做的事情太多。而且我现在突然对自己能否在这个行当干下去竟然没有了信心。我不知道该如何选择设计方向，所以，心情很烦乱。也没有人能帮我承担。这座城市简直像个恶魔一样不停地对我说，你要跳啊！你要跳！可我太累了，我跳不动了，我想停下来，”她的眼神流露出来一种悲哀，一种三十岁的女人特有的那种悲哀。“我真想躲到山沟里去，当个天天挑水砍柴的小丫头。那样多轻松啊。”

“哈，太有趣了，”我嘲笑起她来，“当个小村姑，你并不真的想去，何必要这么说。至于我，我只想在这座城市有个立足之地就够了，我可没想过那么多。事业？一个多累的词儿啊。其实你已经很成功了——我刚才看了那本《杨梅雯时装》。不过，说老实话，你真的非常漂亮，非常非常漂亮。昨天晚上在酒吧里我整整看了你半个小时，直到你喝醉了。”我看着她说。我有点喜欢她，“一切都会好起来。你本来就已经不错了，干吗要怀疑自己？我不明白。”

她抬起了头。我敢打赌她的眼睛中流露出一种妩媚和娇羞。“可你却存心摘去了我的……我的乳罩和内衣。”她幽怨地说，“你真的干了。”

“不，我真的没有。”我坚持着说，“我真的没有那样做。”可我发现她正用一种奇特的眼神看着我。我怔住了。然后她闭上了眼睛，缓缓地把嘴唇——那简直是可以淹没我的温热的沼泽地，迎了上来，她像磁石一样迎向了我的嘴唇，我们吻在了一起，一阵热浪起自我的体内。我伸出手揽住她的腰。可是她却抓住了我的手，她的手那么迫切地抓住我的手，并将之引进她的睡衣，那里，那并没有任何束缚的乳房像成熟的桃子一样在晃动，我抓住了它，并且把她压倒在她身后的床上。她的喉咙里发出一声痛苦的呻吟，之后，她的身体一下子变软了，而我则像游泳者那样开始在空气中向前挥动双臂，向她俯身而去。

我无法详述那天我们两个人在一起做爱的情景。我仿佛是一根火柴一样，把她体内压抑已久的激情、欲望与悲伤全都引发了出来。那一刻我都不敢相信那是她，她简直像一头母豹一样把我咬得遍体鳞伤。在高潮来临的一刹那，她在昏乱中再一次喊出了黄元的名字。而这时我正像岩石一样铸进了她的体内。两个悲伤的人因为短暂的相遇而在一起，那种火焰如此壮丽，顷刻之间就燃遍了我们之间的天空。有一刻她高声叫着叫我狠狠地压她，这样她才能发出那种压抑着的快乐的呻吟。我确信她也许是一个城市孤独症的患者。她和我一样都太孤独，因为这座城市太大，如同一条黑暗的河流。我和她像在黑暗的河流之中一起游泳一样，向着意识深处的水之源头不停地游去。在我们陷身的水流中，花瓣和水流一起顺流而下，淹没了我们的耳际，我听见了她发出了婴儿一般的哭声，那种仿佛是从水底发出的哭声，幽远，凄清，孤独和清澈。然后，我睡着了。我在她如同铺满了牛蒡花的丰满的胸脯间的山谷中睡着了。

十一、上发条的人

她把我的两个耳朵揪住，使劲地拧了一周。我听见我胸口的钟表又滴滴答答走了起来。

那年秋天，随着枫叶变红，我的心境也变得开朗了起来。我也习惯了租住处的宁静以及农田气息。我通常在早晨起床之后，洗漱完毕，总要煮点儿米粥或是煎个鸡蛋什么的。我哼着《Stay Awhile》，把米粥和煎蛋一扫而光，我穿上了一件花格子西装，配上了一条印有古钱币图案的领带，精神抖擞地去上课。我下决心封存我内心的阴影，比如我的父亲之死，比如琼的死。新的生活已经展开了，我琢磨我得快活一些。于是我就对着镜子中的自己乐了。

上午的两节课结束以后，我夹着《英美诗歌研究》的笔记本，来到了未名湖边。我突然发现这里有几棵银杏树的叶子黄了，落叶把地上铺得满满的。这是生命变得灿烂之后的结果。我很开心地在银杏树落叶中来回走了好几趟。昨天林格在我的房门口留了一张条，说他要在这个该死的小湖泊边上搞一个摄影展览，摄影作品全都是挂在树上的。我沿着一条长满了荆棘的狗屁小路朝前走，果然看见有一大堆人都聚在一排树下面，仰头看个不停。我也走到他们中间，这时我猛然看见穿一套黑色西装、戴着墨镜的林格也混迹在人群当中，假装成一个观众。我琢磨要是谁说了“这照片拍得可不怎么样”，他一定会在边上以一个普通观众的身份与人家大吵大闹起来不可。这家伙从来都没有什么气量，自高自大而又骄傲自满。我走到他背后，给了他一拳。他和挽着他的胳膊的女孩一同转过来身体的时候我才吃了一惊，因为我发现他挽着的女孩竟然不是叶灵珠。看着这个有些像舞女打扮的女孩，我约莫在哪儿见过。后来我终于想起来她是西语系组成的“傀儡”乐队的主唱常莉。这会儿她正用几乎一打假睫毛在朝我呼扇，这真的叫我害怕。她挽着林格的那劲头，仿佛他们已经相爱了一千年似的。

“啊哈，乔可，怎么样我的天才之作？你瞧我拍的西藏文化和江南水乡系列。我真的是一个天才，你不这样认为？”林格鼻子里喷着气说。

“我只能对你这种户外展览方式表示赞许，这可以使什么人都来看几眼，你的摄影展方式本身已构成了一个行为艺术。喂，林格我怎么没有看见叶灵珠？”我这么问简直是成心刺激他一下，尽管有常莉在场，可我一直觉得林格是一个问题人物。问题人物就是把自己的事搞得越来越糟的人。

他往后梳了一下他那头漂亮的长发，“我们已经分手了。你猜她犯了什么错误？她竟然不声不响地出版了一本书：《股票与债券的投机比较》，而且成了畅销书，这叫我很没面子。于是我就和她分手了。认识一下嘛，常莉小姐，我的新女朋友，她是不是更漂亮？”他很肉麻地搂了一下常莉的小细腰，常莉娇羞着笑得花枝乱颤。

原来是这么回事儿，我心想这个读着法学却同时又热衷于各种艺术活动的家伙其实很差劲，叶灵珠哪一点都比他强。可我知道有一天他就凭借花言巧语把叶灵珠弄上了床，成了好事，这会他一拍屁股要走人，你说这家伙该有多坏。这一刻我真想揍他，可我又一想这实在不关我的事。“你那会儿的山盟海誓都跑到哪儿去了？”我又问这个狗杂种，我倒要看看他无耻到什么程度。

“我说伙计，别这么认真，什么都在变，没有什么不变的东西，什么是永恒？根本没有。你还是看看我的作品吧，这难道不是天才之作吗？”他愤怒地吼了起来。

我不再说话了，这真的是一个狗杂种，尽管我仍旧很喜欢他。我随便地看着他拍的那一张张破照片，感到恼火得透顶。我从来都不认为摄影是一门真正的艺术，它无非是一种记录而已。可这年头连马桶都已是艺术品了，所以我当真什么也弄不明白。

“我还写了一篇叫作《树与根》的论文，打算发在《今日先锋》杂志上。我还是一个理论家。难道你没有发现我作品中强烈的生命意识、历史感、解构主义倾向？我是后现代主义者。”他兴奋得简直像一条抢到了骨头的狗一样。“我要做一个真正的精神上的流浪者，我可不喜欢叶灵珠带给我的那种安宁、温馨和停泊感，我不过只是在她那儿加加油而已，我要一直在路上，对吧常莉？”

“你要加多少油？”常莉噘起了她的性感嘴唇，“在我这儿？”

“三千升。”林格说完，一个人自得其乐地笑了起来，好像他说得十分有趣似的。他看到我们都没有笑，有些没趣地对我说：“乔可，我说咱们下午去康乐宫打打保龄球怎么样？咱们玩个痛快。”“好了，我还有两节《国际私法》课呢，再见老弟，常莉，下午我去找你。”林格突然想起了什么似的，一个人向东走去了，把我们甩在一边不管了。

“下午见，常莉小姐，我得回去睡一觉了。”我说，“我真瞌睡。”

和她告别，我回到了居所一个人蒙住毯子大睡了起来。这几天我的生物钟十分混乱，中午饭不用吃，睡上一大觉就够了，而下午三点就非得进食不可。晚上九点还得大吃一顿，否则我肚子里的青蛙便会呱呱大叫。这天中午我做了一个怪梦，梦见我终于在一个夜晚，被深夜经过城市的骆驼队带走了，永远地离开了故乡。我会被带到哪儿呢?

下午两点钟我来到康乐宫，这里看上去简直像一座现代化城堡。我没怎么进出过亚运村，但这可不意味着我不打算进去瞧一瞧。我曾经读过菲茨杰拉德的一篇叫作《一颗像里茨饭店那么大的钻石》，喜欢得不得了。我正想着，忽然看见一辆夏利出租车在康乐宫门口停了下来，林格和常莉像一对儿骗子一样钻了出来。嘿，他们的打扮可真像美国电影上的两个骗子。

我们来到了保龄球中心。可常莉偏偏想去游泳，她自己就去了。我和林格换了鞋，来到第十二球道边的椅子上。这个保龄球中心可真大，一共有二十个球道，不少狗男女都在兴高采烈地玩儿着。那种保龄球在地板上滚动的声音像飞机起飞一样。我学着林格的样子用手指扣住一个十三磅重的保龄球，然后拉开弓步甩开球扔了出去。球体击中那角锥体排列的目标时当真是摧枯拉朽，我打了个全中。林格叫了一声好，他的两眼发亮，也抛出了自己的球。但只打中了边缘的一个。

一个胖子走了过来：“打得真臭。真臭。”

林格十分生气，“胖子，你有种把脑袋支到那里，我拿你的头做目标，那我可准极了。不信试一试怎么样？”

胖子骂了一句什么，就走开了。我笑了起来，觉得林格的气量真小，臭就是臭，还不许人说，没劲极了。我们又玩了一会儿，每人打了二十个球，我水平不错，尽管是第一回打。我玩得十分开心。我忽然看见常莉又回来了，她换了一套衣服，胸部丰满得如同富士山，抖动得很欢快。她长得很性感，不过我敢打赌她肯定已不是处女了。“饿不饿啊你们？我可饿坏了。”她嘟囔着说，“我饿得像个放了水的热水袋。”

我笑了起来，这比喻真是又贴切又性感，我想。可这会儿我的肚子也惊天动地响了起来。我一看表，三点整。我的饥饿简直和健康女孩的例假一样准时。我说，“我也饿了，我去买点儿吃的去。你们等着吧。”

林格由于越打越臭，这会儿他像一头发了狂的公牛一样一次次向球道扑去，可他一个全中也没打着。我换了鞋，向通向大堂的出口走去。

我来到大堂边上的食品快餐店。这里的东西贵得我的眼珠都要跳出来了，我一边诅咒着，一边还是买了一堆汉堡包、百事可乐和土豆片。我抱着东西转身的时候猛然一怔，我发现了一个女孩，她背着一把小提琴背对着我朝门外走去，她难道不是那个在雨夜中被我扶同居所，第二天又神秘消失的女孩吗？我疑惑而又兴奋地望着她的背影。我认得她那一头黑发和她走路的样子。我正想着是否冲上去喊住她时，她已经走出了旋转门，消失在了白花花的阳光中。

我愣了半天，才快快地回到了保龄球中心。林格和常莉像强盗一样扑了过来，狼吞虎咽地吃起了汉堡包。“你怎么不吃？你不是一到三点就饿得嗷嗷叫吗？”已经风卷残云般消灭了一个巨无霸的林格这才想起了我，问我道。

“我不想吃。”我冷冷地说，“我得给我的生物钟重新上紧发条。”

“那么好吧，我来给你上发条。”常莉抹了抹抓过土豆片的油乎乎的手，把我的两个耳朵揪住，使劲地拧了一周。我听见我胸口的钟表又滴滴答答走了起来，然后我尖叫了起来。

十二、尼采与小汽车

我碰上了一个同时喜欢尼采和小汽车的人。

H 大学的图书馆倒是一个异常宏伟的建筑，说起它来我真是浑身都充满感情。它大约有二十层，里面分门别类装有四十万册图书。要说起 H 大学的建筑，那简直要把我笑死。因为为了统一建筑风格，无论是建于满清末年、北洋军阀时代，还是建于国内战争及“文化大革命”时期，以及 20 世纪 80 年代以来的新建筑，都无一例外地要统统戴上绿帽子。图书馆便是鹤立鸡群地顶着绿帽子，站在那儿一副踌躇满志的样子，你说这有多好笑？

我经常来这儿，我打算按着字母的顺序把书架上那些小说和历史哲学书全部都读完。因为海明威说过：

“作家应当什么书都读，这样他就知道应该超过什么。这好比长跑运动员争的是计时表上的时间，而不仅仅是要扭过同他一起跑的人。他要是不同时间赛，他永远不会知道自己可以达到什么速度。一个认真的作家要同死去的作家比高低。”

他说得对极了，我琢磨。那天我刚刚读完了德国佬君特•格拉斯的《铁皮鼓》，那本书写得特别棒，里面的小侏儒奥斯卡太有趣了，于是我打算借回去再读一遍。我到外借部还借了一本尼采的《论道德的谱系》和一本《世界名车博览》画册，然后走出了图书馆。我站在门口发现天空竟然下雨了。透过大树看到阳光和雨水一起洒落，非常动人。我就站在那里等雨过去，但雨点迟迟没有落尽。我就站在那里看着雨点如何打碎了水洼里树与天空的影子。

过了一会儿，我觉得身边有个小子在用目光打量我。我转过身，发现这家伙是一个戴着一副高度近视眼镜的小矮个儿。我这才发现他的目光落在了我的《世界名车博览》上面，因为他手中也拿着一本《世界轿车大观》和尼采的《权力意志》。见我瞧他，他说："莫非十分喜欢尼采与小汽车？"

"当然！"我没好气地说，"当然喜欢。"

"非常喜欢？"

"喜欢得不得了。"我横了他一眼。

"恐怕全校中一同喜欢尼采和小汽车的，只有我们俩吧？"

"恐怕是的。"我说。

"你这样的人，倒能和我交上知心朋友。"他说完，笑眯眯地伸出了手，我们的左胳膊下都夹着书，右手紧紧地握住了，简直像是两个刚刚接上头的狗特务。这时雨也停了，一道彩虹横贯天空，"那么一起走吧，咱们可以从拉达车聊起。"我说。我也觉得他这人挺有趣的。

那天我们一边向宿舍走去，一边就海阔天空地聊起了小汽车。我们聊了甲虫式的“夏利”，我们聊了愣头愣脑的“伏尔加”和并不见得标致的中法合资“标致”车，我们聊了新式2.6升的“奥迪”与新型“红旗”轿车，然后就一路聊了过去，对国产汽车聊烦了，我们又聊起了“丰田”系列、“宝马”系列、“奔驰”系列、“别克”车和“克莱斯勒”车，以及流线型的“凌志”系列。最后我们聊到了意大利新出了一辆3600吨重的汽车，这恐怕是全世界最重的汽车了，它由1152个轮子组成，牵引部分装有八部发动机，比飞机还多好几个。我们还聊到了西班牙设计的一种大型玻璃旅游车，这种车是专门供游客们能对野外的景色看个透而设计的；我们聊起了日本新试制的一种有五只车轮的汽车，只要按一下钮，第五只车轮就会接触地面，而将后两个大轮抬起来，汽车可以轻易地转动三百六十度。到了最后，我们带着惊叹的神情聊起了美国制造的世界最长的轿车，它简直有十八米长，一共装了十四只轮子，车内装有两台彩色电视机，一部录像机一套八喇叭的立体音响装置和四部电话。还有一个小酒吧，放置了冰箱和一个保险柜。在巨大的车顶上，直升机都可以起飞降落。这是那种“林肯”牌房车。直到最后我们聊得两眼发直，到末了，我们终于叹了口气，说：“唉，我们连一辆山地自行车都买不起呢。”

我和这个叫马佳的无线电系的家伙在宿舍楼门口分手，相约有时间一起去长安街上数豪华汽车，或者去动物园转转。我刚一进宿舍，迎面碰上了“山鬼”，“喂，有你电话，快点儿，是个女孩儿。我差点说你搬走了，真巧。”

他冲我挤了挤眼睛。我赶紧进了一楼的值班室，那个看门老头指了一下电话，我就拿了起来。我纳闷会有谁打电话给我？“喂，我是乔可。”我说，“你是谁？”

“啊，乔可，过得不错吧。你的《刺杀金枪鱼》写完了吗？我真想看看。

不过我有一个星期没有去上课了，于是就给你打了这个电话。”

“噢，梁百黎，我还以为是谁呢，因为从来没有人给我打过电话。你是第一个，我很高兴。”我说，我真的很高兴。

“让你意外我真高兴。我在家呢，本小姐这个星期心情十分低落，虽然我拼命想着金枪鱼来抵抗这种情绪也不行，所以我一赌气就不去上课了。喂，我把辫子剪了，烫了头发。这会儿我在家拼命在试各种颜色的旗袍，那都是我爸给我买的……”

“你是说你把发型改了？”我吼叫了一声，“这可真叫人丧气哩。唉，本来多么有灵气的女孩，这下可好。”我的确有些丧气，因为她和我认识那会儿的打扮真的很迷人。尤其是那两条辫子。“你怎么这么冲动？”

“心情不好呗。我要心情不好，天塌了我也不管。我在想是否把我们家也一把火烧个精光。”她恶狠狠地说。北京女孩的乖戾我算领教了，我想。

“别发疯，小姐。”我说，“你什么时候上课？”

“看下周我的心情如何了。如果还是乌云翻滚，我得先砸掉家里的画王电视机再说。”

“你真像个女海盗那样喜怒无常吗？我本以为你很温柔。”我刺激她，“可能我错了。”

“你敢说我坏话！不过，现在我真的有些孤立无援。什么时候到我家来玩儿？我家像一个墓穴，对了，明天下午咱们去看北京市容如何？到中央电视台发射塔上去，我手中有两张票，去不去？”

“明天不行，有两节‘戏剧文化’课，后天呢？”

“可以。那后天下午咱们在校门口见，下午两点钟。”

“喂，放弃那些砸电视机和火烧房屋的歹毒念头好吗？”我生气地说，“你这人怎么这么激烈？”

“好吧，既然你——你都这么恶狠狠地劝我。再见，傻Baby。我不那么干了。”

“再见。”我搁下了电话。

我上了楼，借了齐晖一个碗，就去食堂打饭了。一到吃饭时间，H大学便像过节一样热闹。H大学的食堂多得不得了，数我们本科生居住区的食堂最大，分上下两层。每天我都亲眼瞧见蝗虫般的大学生在半小时之间就消灭掉了几十脸盆菜和十几车蒸米饭，真是触目惊心。我讨厌人们像蝗虫一样，挤在人群中我心情很烦。我发现施洋又成立了一个所谓“伙食管理委员会”，现在食堂正受理投诉呢。有时候我还真有点儿佩服这小子，在饭香四溢的大厅里干坐着处理“群众来访”，这真有些牺牲精神。不过话说回来，伪君子永远都是伪君子，人民群众才不吃你那套呢。我远远地看着他心想。

十三、夜鸟的痕迹

我们隐匿于一片黑暗之中，我可以看见月亮的清辉像水流一样从窗外流泻进来。我们的拥抱和亲吻是那样专注而又缓慢，犹如一首渐慢曲一样。

每周有两个晚上我都要到地处建国门繁华的商业地段的电台主持“摇滚乐之友”节目。我经常站在电台高高的楼层内俯瞰周围的景观，我甚至可以感觉到这座城市在微微转动，就像一个巨大的沙盘。周围一幢比一幢高的饭店、写字楼、购物中心、商厦和高级公寓楼简直是另一种生活的代名词，叫我心向往之。靠着主持这个节目我不仅拿到了每月三倍于我的生活费的报酬，而且还能和大家一起欣赏很多老歌儿，所以我非常高兴。本来这个节目得由音乐学院才毕业的一个家伙主持，可有一天他忽然和女友去西藏玩儿了，也没说什么时候回来。刚好有一天我腰间别着那台Walkman，在校园里转来转去，碰上了电台的一个大胡子的家伙，他就在路上考我十个有关欧美摇滚乐的问题，然后就叫我去播了一次音。在试播了两次之后，大约有几十个女孩子打进电话来说她们非常喜欢我带有磁性的声音。于是电台便与我签了一年的合同，这一下可使我的生活忙乱了起来。至少每周有三天我都得又挤公共汽车又坐地铁地赶到电台去，好在我挺喜欢这活儿。

这会儿我哼着萨克斯之王波尔•博柔笛的《大顶子山高又高》的旋律，一步步走出传播大楼。刚才我差点儿被关在电梯里。因为天晓得出了什么事儿，电梯忽然卡在三四层之间了，我就不停地背世界各国的首都，背到第二十八个的时候，哈，我终于从电梯中给解放出来了。

建国门外的街景有一种国际化很强的感觉。每回到这儿来，我都要在人群之间找一个非常漂亮的洋妞，然后跟踪她一会儿。我实在喜欢她们美妙胯部扭动的样子，那种左右飘荡的臀部运动简直叫我张口结舌、目瞪口呆。这会儿我却无法去盯住任何一个洋妞，因为我简直饿得快要晕倒了，所以我就直奔赛特购物中心地下一层的餐厅去吃日本海鲜面条。赛特购物中心是北京少有的几家高档购物中心，这里的东西贵得我都直想哭。可我有一天看见一个少女买了一条价值3000元人民币的三角裤还直叫便宜呢，我琢磨也许她的小屁股还不值这么多钱呢，每一回我在这里瞎逛就感到有一种怒气在我体内四下乱窜。我到地下餐厅，忽然改了主意，要了一份意大利细面条和一罐可乐。我正埋头大吃的时候忽然发现在餐厅东面的咖啡苑坐着一个女孩儿，她侧面向我，正在一个人喝着一杯带着很高的牛奶泡沫的咖啡，我忽然想起来，那天在“力士”酒吧喝醉后被我扶回住处的女孩，不正是她吗？老天爷，你瞧那头发、腰肢、脸庞和动作，都是我所熟悉的。我的心莫名其妙地乱跳了起来，这时候我真想骂自己不争气。

我端起了我的盘子，走到了她面前，迟疑了一下就坐了下来。我发现她只是不经意地看了我一眼，便将目光移向了门口。我先只顾自己呼噜噜吃起面条来并喝掉了那一罐可乐，之后，我用餐巾擦了擦嘴，这才盯着她那张混合有十五岁的琼的特征的脸说："你认识我吗，小姐？"

她眯起眼看了我一会儿，灿灿地一笑，"我想不起来在哪儿见过你，很抱歉。"

"那是因为你那天喝醉了。想起来了吗？十天以前的一个星期天，'力士'酒吧，下雨的一个晚上，你一连喝掉了九杯威士忌——那种劣质威士忌，然后你就醉了。我扶你到了我的住处。早晨我去上课，回来后发现你已杳无踪迹。"

她慢慢睁大了眼睛："是的，对，那个人是你吗？……"

"我叫乔可，H 大学的二年级学生。认识你很高兴，你的脸很像我许久以前的一个女友。"我真诚地说，"可她已经死了。"

她搓了一下手，将头美妙地轻轻一摆。"那天是你付的账，我匆匆而去忘了把钱留给你了。我叫龙米，是北京外语学院法文系的。认识你很高兴，乔可，真的很高兴。"她开心地笑了一下。"那天，我出了很多丑吧？"

"没有，你只是抱住我的枕头就呼呼大睡过去了。只是我弄不明白，你为什么要喝那么多酒？"

"心情不好呗。人人都有过这种时候。本来想喝几杯大哭一场，却喝醉了，倒赖在你床上过了一夜，害得你睡沙发。"她微微有些脸红。龙米有一种清纯之美，这种美像开在瀑布边的花朵一样沉静，处乱而不惊。叫我赞叹。

"你是 H 大学的，为什么要在校外租住？"她的眼睛真是又大又美丽，"那要花不少钱。"

“宿舍活脱脱塞进八个人，我的老天爷，”我叫起苦来，“简直什么也干不了。”接着我就给她讲起了我们宿舍的故事，像“山鬼”刘东，“政治家”施洋、罗放、“文学爱好者”齐晖的故事，而且连“山鬼”手淫后将那液体顺手抹在我的蚊帐上也未放过。她听了咯咯笑了起来。然后我也笑了起来，我简直就控制不住自己要笑，因为这些人实在太可笑了。

“我是青岛人，”她说，“我想来北京看看，结果就考来了。今天我在等一个老外，给他当导游。这样吧，我们再约个时间见见面，我倒很想和你再聊聊。今天晚上有空吗？”

“有的。”

“那么七点钟我们在‘力士’酒吧见面。”

“OK。”我十分高兴地说。

“晚上见！”她的笑简直像阳光一样让我一阵头晕，然后她背起了小包，像一阵风一样掠过我的身边，消失在快餐店出口处那一束巨型盆栽植物后面了。我的心很快活地瞎跳着，这会儿我忽然听到了那首《帕伯军士的孤独之心》的曲子，我就兴高采烈地哼哼起来。

约莫到了七点钟，我换上了一套银灰色西装，扎上了林格送我的一条“金利来”领带，尽管它看上去又花哨又庸俗不堪。我擦了皮鞋，最后又用发胶将自己的头发固定成了悬崖的形状，到了“力士”酒吧。我透过玻璃窗望去，发现她已经坐在那儿了。我有点儿不安地走进去，朝她鸡啄米似地点了几下头，然后就坐在了她对面，这里的座位是那种俗不可耐的火车座，专为没钱而又喜欢小布尔乔亚情调的大学生设计的。酒吧里的气氛有点儿热闹，旁边有七八个女孩子正为其中一个女孩过生日，那种叽叽喳喳的热闹劲儿简直像开妇女大会一样。

“要点儿什么？咖啡？葡萄酒？今天我请客。”龙米笑眯眯地说。

“你别想偿付我什么，我说过，这得由男士掏钱。”我说。

“不不，没有那个意思。我是诚心诚意的。我今天真的想请你喝点儿什么。”她真诚地说。“那么好吧，”我让步道，“我只喝红葡萄酒。你猜我晚饭吃什么了？我打了整整两份红烧牛肉。吃肉就得喝红葡萄酒。”

她笑了，“来两杯红葡萄酒吧。”小姐不一会儿就将酒端了上来。我和她一同举起了酒杯。“为了那个夜晚和这个夜晚。”她既忧伤又快活地说。然后我们干掉了第一杯酒。这会儿酒吧里正放着该死的美国老式情歌，大约是《Lover's Tears》，音调舒缓而又柔情似水，让我浑身的毛孔都发痒。“青岛是个很不错的地方，那里很美，是吧？”我呷了一口酒，“有个栈桥什么的？”

“你只知道这个呀，太贫乏了。在青岛当然可以看到海，海鸥，渔船，还可以捡到海螺，欣赏到海上的落日。小时候我就常常一个人蹲在码头上，看那些黄昏归航的船入港。有时候海鸥还在空中撒下白色的粪便，就落在我身上。我喜欢那些脸被风吹得像红钢的渔民。也许，他们是真正懂得生活的。”她叹了口气，“你是在哪儿长大的？”

“我吗？我在新疆，在天山脚下。”我说。我琢磨她兴许一点儿也不喜欢新疆，“因为那个鬼地方太远了，你想象不出它在什么地方。”

“噢？”她显出了很有兴趣的样子，“说说看，新疆可是一个令我神往的地方。”

耳边这时响着另一首老式情歌《Tennessee Waltz》。壁灯的光线十分柔和，我的眼前出现了西北大地。“那个鬼地方，远得简直，简直像地狱一样，坐火车从这儿要走三天三夜才能到。反正到处都是旷野，天上总是飞着老鹰，一到夏天，瓜果就甜得你嘴上能凝结出糖来。再就是那些四处乱跑的马，还有那些豪爽的哈萨克人和聪明幽默的维吾尔人。维吾尔姑娘漂亮极了，简直太漂亮了。”我傻里傻气语无伦次地说。我发觉很多东西尽管十分动人，可一旦你去描述才发现那玩意儿真的又非常模糊，这种诉说真是困难，但我还是滔滔不绝讲了半天。这会儿我发现她托着下巴，正着迷地看着我，眼睛里浮现出沉浸在遥远的遐想中的那种光亮。她真的很美，哎，是那种要命的美。她这会儿忽然就打动了我，我竟然忘乎所以，从我父亲的死讲到了琼的死，讲到了我童年中那一场又一场的大雪，然后，我不知不觉已经喝了六杯葡萄酒了。真是该死，我以为，我真不该说这么多，可我什么都说了，而且又喝了不少酒。

她入迷地听着，叫侍者再来两杯。然后又问我：“琼的死对你影响很大吗？”

“恐怕是的。那是我第一次全身心爱上一个女孩子。所以她死了之后，我真的非常恨这个世界，恨一切现存的东西。”

她叹了口气，“最初的，往往是最深重的。那时候人心是一张白纸，画上什么就很难抹去了。你好像说过我……像你的琼？”

“你的脸的轮廓有点儿像，那天晚上我借着灯光端详了你好久。我以为上帝给送来一个长到十九岁的琼呢。结果不是。”

“很失望？”

“不，倒是有些伤感。”

“难免这样。”

我们又吸饮起了葡萄酒，听着《Morning Has Broken》，心境变得辽阔了起来。不知什么时候，酒吧中的情侣和那一帮女孩已经离去，夜色变得深沉了起来，大街上飞驶而过的汽车尾灯拖过的弧线非常美丽。我们静静地坐着，坐了好久，然后她说：

“我想再到你的居所看看。”

“好的。”我说。

她抢先付了账——她的劲儿可真大，把我一下子就推开了。我们后来走到了夜色中，我觉得这一切同那天晚上简直一模一样，只是今晚没有下雨。凉风吹来，我竟然哆嗦了一下。我们静静地向前走，走在一条十分幽静的路上。我们甚至都可以听见树枝断裂的声音。空气十分清凉潮湿，月光也非常柔和。如此安详宁静的夜晚真是难得，我在心中感叹，因为这座城市实际上在物欲中已经陷得越来越深。净土已经不多了。走了一会儿，我自然而然地伸出手来，揽住了她的腰肢，她的腰非常柔软，我是鼓足了勇气才这么做的。

她怔了一下，便顺从了我。又走了几步，她把头靠在了我的肩上。“有时候我常常有一种渴望，希望自己能靠在一个男孩宽阔的肩膀上，永远也不失去他。可如今长到十九岁，才发觉这样的肩膀竟是那样的难以寻找。那天夜里喝醉，也有这个原因。”

她身上散射出的不施粉黛的天然的淡淡香气非常好闻。有一阵子我都想拥抱住她去吻她，但那样也许会破坏掉我们之间的什么。一些小鸟在夜空中悄然滑过，这个夜晚是那么的神秘而又美好，我们就这样相拥着来到了我的居所。

进了屋子，我打开了灯，青黄色的灯光弥漫开来。她环顾四周，“到底是单身男孩的屋子，真是乱得可以。什么时候我来帮你收拾吧。”

我不好意思地笑了笑，说：“凑合着过呗。”

“这就是琼吗？”她走到桌前，拿起了琼的照片的相框，“难怪你那么伤心。她真的非常美丽。她的眉目中还真有一丝像我。”她坐了下来，看到了我铺在桌子上的一些文稿，“在写些什么？叫我瞧瞧。”

“别，别！”我嚷嚷着，“你千万别动！”我甩掉我的西装外套，扯开领带，穿上它们我简直像个纸糊的人，非常的僵硬刻板。我打开了窗户，让遥远的风送进来农田的清新气息，找了一盘摇滚乐金曲集放进录音机，比尔•黑利的那首《围着时钟摇摆》便响了起来。我们的脸都有些红，这显然是喝多了葡萄酒的缘故。我给她倒了矿泉水，我们坐下聊了起来。我也记不清聊了多久，总之那盘九十分钟的磁带被我放了两遍，后来，我换上了一盘德彪西的《月光》，然后，不知为何我和她便在宁静舒缓的乐曲声中拥抱了。

这一切发生得那么自然，我们拥吻在了一起。我伸手关掉了台灯，我们隐匿于一片黑暗之中。我可以看见月亮的清辉像水流一样从窗外流泻进来。我们的拥抱和亲吻是那样专注而又缓慢，犹如一首渐慢曲一样。到后来，她开始一件件地脱衣服，整个过程中我一动未动，一直到她像一座洁白的雕像一样浮现在黑暗之中。她坐在了床上，柔声说：

“到我这里来。”

我依言走到她身边，我能闻到她那呵气如兰的香气，“帮我解掉乳罩的带子。”她宁静地说。

我把手伸到她光滑的背上，解开了那个小巧的小挂钩，然后，我也脱去了我的衣服，我们侧身躺下，面对面抱在一起。在黑暗之中我们拥吻，她长久地注视着我，叹了一口气：

“你真的很特别。其实那天早晨我一个人醒来后就想，你会是一个什么样的男孩？和我安然相处竟然没有干坏事。”

“我挺可笑吗？”我说，我觉得她的身体简直像一条美人鱼一样光滑。“那天我睡在了沙发上。”

“不，非常可爱，也值得信赖。不过，你没有把我当成琼的替代物吧？”

“没有。”

“对了，男孩如果没有女朋友，该怎么办？我听说男孩子的那个欲望都很强，是吗？”她好奇地问。

我的手从她的肩头慢慢滑落，一直向她的腰部溜去。生平第一次和女孩子如此亲近，我竟不知如何是好。“倒是一窍不通，像我，性欲是特别强。上初二时，第一次知道了性方面的事，便心怀鬼胎了起来。我记得我有一个女老师，她非常漂亮，而且刚刚生了孩子，奶水很旺，有时在课堂上她的胸前也会浸湿一片。我便心中电闪雷鸣，脑子里尽是胡思乱想，后来染上了手淫的毛病，一下子就走两年，到了高中才罢休。每一次手淫，一泻完毕之后，紧跟着就是一种非常强烈的负罪感，觉得自己干了大逆不道的事，心理压力很大，像一个罪犯一样。到了高中才逐渐好了起来。”

“对，我记得那时候每次手淫，都在想象中抱紧了自己知心的女孩子。白天在班上一见到人家便觉得像犯了罪吓得头也不敢抬。哎哟，那种日子想起来真是心有余悸。你们女孩儿呢？”我问。

“倒没什么，有时候在梦中被某个自己喜欢的歌星、影星紧紧抱住，只觉得浑身发热，醒来之后发觉那不过是一个梦罢了。也没有其他的感觉。”

“你为什么要叫米？这个名字很美。”

“我爸妈四十岁时才得了我，高兴得不得了，以为是上天赐给的一粒米，就起了这么个名字。如今他们都快六十岁了。岁月催人老。他们可想我了。真的。”

“我也很想我妈。我还有一个妹妹。”

“我倒还有一个弟弟，不过他可非常坏。暑假回去他竟拿一条海蛇来吓我。唉，不知为什么，和你才见两次面竟然说了这么多话，好像我们相识已久。”

“我也不知道。只觉得一切都顺理成章，简直有些莫名其妙，就这么和你裸身躺在一起了。”

我们就这样互相拥抱着，月光铺在了墙上，像水波一样在晃动。有人在大路上唱歌，歌声远远地传来，非常美好。我能感觉到她桃子一样的乳房贴在我的胸口。我用手指轻拂她的头发。

“我可以摸摸你吗？长到十九岁，从来没有和一个男孩这样过。”她说。

“可以。”我说。

我感觉到她的手滑过我的胸口、肋骨和小腹。她轻轻地在感受着什么，这会儿她仿佛是一个盲人。她的手滑过了我的腰和瘦瘦的臀，然后，她的手滑到了我的两腿之间摸索了一会儿。

“男孩子长得可真复杂。”她说。

然后她松开手，我们紧紧地拥抱亲吻，像真正的恋人那样，我忽然感到我的嘴唇里满是咸咸的泪水——她哭了。“你为什么要哭？”我问她。她不说话，只是将脸埋在我的胸前轻轻地流泪。我的舌尖上全是她咸咸的泪水。

“我们什么都别干，就这样相拥到天明，好吗？”她在我耳边说。

“当然可以。”我说，已经有一次证明了我的自制力，“你不用担心。”

“谢谢你。”她在我怀里说。然后她又将头埋在我的臂弯中，“睡吧。”她又说。

我不再说话，只是这样静静地拥抱着她。不一会儿，她就睡着了，发出轻微的香甜的鼾声。月光已经移到了我们的身上。她的身体真的像是一条鱼，不能不叫我心生爱怜。整个夜晚我心潮澎湃。后来，到了凌晨三点，我才沉沉睡去。

早晨醒来时发现她已经不见踪迹，但茶几上放着一杯牛奶和一盘煎蛋，还有一张她留给我的纸条。上面写着叫我吃掉那些东西的话，并且还有她的地址——北京外国语学院的几楼几号房间。我摇了摇发晕的脑袋，我确信这一切已经发生过了，这一切已经不可避免地来临了。

十四、海滨别墅

她的确悄然地走了，如同一个神秘的影子一样。我依旧狂奔在海滩上，掠过我耳边的只是风，只是那种强劲、寒冷的遥远的海风。

直到今天，我仍然不能够描述我和杨梅雯之间爆发了的那种火焰与激情，欲望与恐惧。是的，我是在“木桶”酒吧第一次见到她，这个长着一双丹凤眼的瘦削而又肩膀浑圆的女人，像爆发了某种火焰那样抓住了我。这是一个城市中孤独的人，一个三十岁的单身女人，或许还算已经成功，因为她在她的行当里已经站住脚并且还赚了不少钱。可我知道，到目前为止，她并没有获得她想要的那种幸福。这个世界上人人都渴望得到幸福，她也想得到幸福，因为她是一个漂亮女人。也许漂亮女人应该得到世上的一切好东西，仅仅是因为她漂亮。我心情复杂地盯着她那张脸，那张因为某种创伤而出现了细密的皱纹的脸，这时候我甚至都为之着迷了。

这会儿她正在设计她的一幅时装草图。她得为一九九五年在北京举行的世界妇女大会设计一系列服装。我们在一起已经三天了。这三天时间我们寸步不离。而且我还通过她的口述，直接撰写了一篇关于国内最新服装时尚的文章发给《精品购物指南报》，作为他们的通讯员，我每周只要写一篇不低于两千字的该死的报道就行了。我躺在沙发了玩着一只布缝的大猴子，脑袋里像一团乱麻一样。

“你在想些什么？你直到现在都一言不发，一直在玩弄那只猴子，你就不能放下它？”她朝我轻轻笑了起来。她的嘴唇像新月一样好看。

“我在想，我希望我的出现可以使你忘掉黄元，而且帮你做点什么。”我说。在那天醉酒之后的几天中，她已经给我讲了一些与黄元有关的事情。那还是在她就读中央美术学院民间美术系的时候，黄元是该校比她高一届的雕塑系的才子。那大约是在1986年，黄元由于总是在烧制一些面露痛苦之色的陶瓷儿童，他把这些作品命名为《易碎的制品》，从而对生命进行了一番嘲讽。之后，他打算用传统手法为她用大理石雕刻一个头像。“我没有注意到他那会儿实际上已经疯了，他已经露出精神病的征兆，可我并不知道。他那一段时间每天都要在工作室为我雕刻两个小时——为此我每天也都一动不动地坐在那里。我是后来才注意到他的目光中那疯狂的东西的。直到他雕完了那尊头像，那尊我的半身像，”她在给我讲这些的时候不停地喝着咖啡，她抬眼看着我，“那天他终于完成了这项工作，他长叹一口气，突然扑了过来，用一条长筒袜——那条袜子真是结实极了，他竟然想要勒死我！我害怕了起来。因为整整一年，我是那么的爱他，可他却要杀死我！他是一个精神病患者！我和他进行了整整半个小时的厮打，我简直差一点儿就被他杀死了，但最后，我把他推倒了，他的头撞在了这尊雕像上，他晕过去了。我逃了出去。后来警察抓走了他，认为他是精神病。因为据他自称他是一个完美主义者，他不能容忍已经有了完美雕像的我的肉体存在——这简直就是疯子的逻辑，他于是决定以毁灭我来保证他的作品的唯一完美性，因为我，一个活生生的人在他看来比他雕刻的我要有缺点和瑕疵。”我一边听她讲一边仔细地看着她屋角的那尊她的半身胸像。这种白色大理石质地很好，这的确是一件完美无缺的东西，因为雕像凝聚了她全部的美，那是一种纯洁和光亮之美，那种美深深地震撼了我，叫我这个算是城市流浪汉的人简直无地自容。也许我一刻也没有拥有过这种美，不，我拥有过，那是在久远的大学时代里，但那离现在已经很远了。

“那么，他雕刻那些面露痛苦的婴儿，也是对完美的追寻？”我问她，我曾经在杂志上见过介绍黄元的文字，我想起来了那在很久以前。“不，那是一种对完美的嘲讽。所以从根本上来讲，他就是一个相互对立的矛盾人物，他完全是分裂的人。一方面以为美是存在的。另一方面却又深刻地怀疑美的存在的可能性。也许艺术家都是精神分裂症患者。”她说。

“那么你是吗？”我问她。

“我？”她的眼睛里掠过了一道幽深的光，“不，我是一个正常人，我非常正常。那次他打算杀死我，没有成功，我便再也未曾见他。我听说他在精神病院待了一段时间，后来离开了那里去了美国。他到处扬言要杀死我。你说，我该有多伤心？”她目光中含有一种刻骨的仇恨与爱恋混合的东西，“我真不明白，那时候我那么爱他，我为什么会爱上个疯子、一个精神病患者而无从察觉？”她的眼睛亮晶晶的分泌出了泪水。

“也许是命运吧，”我说，“他去美国真是去对了地方，因为那里简直是个精神病患者的乐园，一个疯子的国度。噢，因此你以为我是——我是从美国归来的黄元，打算杀死你？”我似乎恍然大悟。

“我喝醉了的时候这样想。我眼前出现了和他搏斗时的幻觉，于是我就对向我走过来的你尖叫了起来。”她抱歉似的笑了笑，走过来把我搂在她的怀里，我的脸正好埋在她香郁郁的胸脯里，“真的，很抱歉乔可，我可能把你吓住了。”

“没关系，唔，唔……”我像个婴儿一样在寻找她的乳房，顷刻而来的激情再一次淹没了我们。

后来，她告诉我她打算忘掉黄元，而且已经在逐步忘却他了，自从我出现了以后。从来没有不被淡忘的东西。而我的出现犹如一次风暴、一个春天——据她说的。我可没这么认为自己是春天——让她感到自己的生命还能有新鲜的芽儿抽出来。“我以为我已经老了，可发现还没有。这不，从天上‘扑嗒’一下掉下来个大男孩，于是我一下子又年轻了。”她快活地说，“你会从我身边逃走吗？你说过你要帮我的。”

而且我发现她的确变得快活了。我们在相识的几天中，她非常有兴致地和我吃遍了北京几乎所有的欧美风味餐馆，有美式麦当劳汉堡包、炸鸡和牛肉面，土耳其和韩国烧烤，日式海鲜饺，意大利比萨饼，南非风味食品和法式大菜，以及‘莫斯科餐厅’的俄式美味儿。我发现她的胃口好得简直就像北京城本身那样，有着巨大的包容性，几乎什么都能接受并彻底地消化干净。我的胃口在这种美食中也充分地刺激了开来，我甚至能三口吞掉一个巨无霸汉堡？和她在一起，我发现每一个女人永远都会有一些少女性的，哪怕她有多大，这种少女性也不会消退得干干净净。比如我们一起下出租车，她是用蹦的形式，而不是用下的姿势，那种少女的蹦式喜悦洋溢在她的脸上，叫我困惑，又叫我欢愉。

从某种程度上讲，我是一个怀疑主义者。我总觉得她向我隐瞒了什么最重要的东西。但生命相遇的互相切入的欢愉的激情也淹没了我，叫我无从察觉。在这座城市中，我一直在输，直到现在我根本就没有赢过。那么，一个二十五岁的城市流浪汉得到了一个三十岁的女人的爱怜，一年赢了一回吗？对此我感到茫然，但我已管不了那么多了，我想她也需要我的帮助。

“我想以你为模特儿设计一种男士服装，一种走向广大中产阶级的时装，我一定要把它设计出来。”有一天，细致入微地抚摸着我的形体的她突然跳了起来，她这样对我说。

“模特儿？不，不，我才 1.75 米，我太矮了。”我说，“我怎么能当模特儿呢？”

“不是那种模特儿，”她温存地说，“我就只为你设计一种时装。一种四个季节的服装——只为你一个人设计。因为，你给我带来了美感与真正的活力，大男孩。”

我闭上了眼睛。我想象自己穿着她给我设计的时装像模特儿那样走在四面全是隐在黑暗之中的观众面前，我走在熙熙攘攘的北京的大街上，神色漠然地走动以展示她设计的服装。所有的面孔都朝向了我，我忽然觉得她要把我变成一个没有内在个性与灵魂的时装人，我恐惧地闭上了眼睛。“好吧，我同意。”我说，“你就设计吧，只要你别再喝醉。”我们开始了亲密的相处，有一个好的开始，这真不错。有一天她忽然告诉我她想进行一次旅行。这在我看来简直是心血来潮，因为在这冬天快来的日子她却要到北戴河去。“好吧，既然你真的想去。”我耸了耸肩说，“我就陪你去，哪怕去火星也行。”

那天我们乘坐火车在深夜离开了北京，我坐在窗前看着灯火辉煌的北京像个沙盘一样地转动，并且一点一点地远离我们。城市有时候是飘浮在黑暗之中的，带着一千多万人的睡梦飘浮在黑暗之中，带着那种不可更改的节奏在前进。整座城市就是一个巨大的舞台，所有的人都在这里舞蹈，谁也不愿意停下来。城市的确在逼着每一个人叫你在这里跳动不已，否则你就尽早滚出去。在离开北京的时刻我竟然有一些忧伤，而杨梅雯却靠在我的身上睡着了，像一只猫那样呼吸着。

我们到达北戴河时那里并没有多少人。初冬海平面是那么寂寥而又辽阔，空旷而又寒冷。出发前我找到了我的一个在《世界文摘》杂志工作的名叫蒋谭的朋友——他们杂志在那儿买了一幢度假别墅，他写了封信叫我们去找别墅的管理者。我们找到了，因此只要付很少的一点钱我们就可以住下来待上很久。这是一幢三层的欧式花园别墅，就矗立在海滩边上，推开三楼的花园式阳台，我们就可以看到那海天一色的风光。那种干净和澄澈的海与天叫我简直想哭。北方的冬天充分地裸露了它的大地气质，那种趋向于广阔、干净、澄澈和寒冷的气质震动了我。

与我不同的是，杨梅雯却非常的快活。她甚至还去冬泳过一回，把她那娇小的美妙身体冻得通红。这并不是一个旅游的季节，游人很少。我们过着王孙公子式的生活，彻底地叫自己放松了。有一刻甚至都忘记了北京，忘记了我们在北京的挣扎与奋斗，忘记了那座转动个不停的沙盘城市，这一会儿时间本身几乎是静止的。

我每天除了和杨梅雯一起去玩儿，在沙滩上走一走，不停地说话，然后我就让自己飘入睡眠。有时候我和她会整天在一起做爱，练习了古罗马到中国房中术的几乎所有的姿势，直到我成了一个快被掏空的海螺。随着和她交往日深，我渐渐地被她迷住了，我发现她是一个非常诗化的人。她并不完全生活在现实之中，干很多事情都是随心所欲，早晨刚刚萌生一个想法，下午她就已经去干了。也许女人都是这样，以天生的感觉来生活。我发觉她并不太在乎从现实中可以捞到的那些东西，她好像只在乎生命本身——如何更挥洒自如地生活，几乎是她的全部目的。但她似乎有一种深深的忧郁与恐惧感，这似乎在她心中蛰伏已久。这我从她的含有蛛网的目光中即可看出来。也许是黄元把她吓坏了，从而让她彻底怀疑生命本身？我不得而知。

这应该是第四天的早晨，我穿着睡衣坐在那里看报。我突然翻到一张《法制周末报》，在头版的整版文字中，报道的全是十天以前的北京的一次谋杀案。死者是一个叫彭莉的女模特——她并不太有名，但从照片上看非常漂亮。她死在亚运村自己的公寓里，被发现时已经过去三天了，整个身体肿得不像样子。她是被一条长筒袜勒死的——我不禁愣了一下，我想起了黄元。我对正在画她的服装草图的杨梅雯说："快来，这里有篇文章你可以看一下——有个模特儿死了。"

她哼着歌走过来。她拿起那张报纸看了起来。后来她愣住了。我注意到她的脸色一下子变得十分苍白，她恐惧地扔掉了报纸——报纸上登有曾经美丽异常的彭莉的尸体照片，简直不堪入目。"难道会是黄元干的？"我大声地发问着。但我并没有得到回答。整整一天她都没有和我说几句话，脸色凝重得吓人。我后悔把那张该死的报纸给她看了，因为它的确搅乱了我们美妙的假期。下午我一觉醒来，她已经杳无踪迹。我焦急地跑出了空荡荡的大别墅，来到了海滩上，我对着大海呼喊她的名字，但风立即带走了我的声音。她的确悄然地走了，如同一个神秘的影子一样。我整日狂奔在海滩上，掠过我耳边的只是风，只是那种强劲、寒冷的遥远的海风。

十五、火中之蚁

那些蚂蚁纷纷掉入火海被吞没了。林格站起来转过身，我发现他竟然泪流满面，目光十分空洞苍茫，仿佛体验到了最为深刻的悲剧性与幻灭感。

我简直都忘了和梁百黎约好去中央电视台的发射塔上看看这座城市的事儿。因为那天午睡我梦见自己像水球一样高高地悬挂在电视塔上，在风中飘来荡去。我醒来之后发现时间不多了，我还原地不动地躺在床上，赶紧洗了一下脸就出门向校门口跑去。

我在大老远就看见梁百黎像一头焦躁的母豹那样走来走去。我赶紧跑了过去“哇，我迟到了十分钟，真对不起，刚才午睡我做了一个梦，梦见我们已经上了那个电视塔，醒来后发现自己仍在原地没动呢。你冲我发火吧。”

梁百黎笑了起来，“我怎么会发火呢？我本来就很温柔的。”她本来已经变成了一个冰美人的。我看见她穿着一条拖到了鞋面上的长裙子，手腕上戴有两个碧玉手镯，那两条调皮的小辫真的已经不在了，变成了惨不忍睹的“钢丝头”。“当然，你要再晚来五分钟，我就要在这儿放起火来。嗳，我这条裙子漂亮吗？”

“非常漂亮。只是这发型，实在不敢恭维。”我说。

“我想让自己变得成熟一点儿。”她噘了一下嘴，对我不屑一顾。这时车来了，我们赶紧跳了上去。我为她和我抢了个位置。公共汽车穿行在北京的城区中，我的脑海中全是昨天晚上和龙米相拥而卧的场景。“你为什么不说话？”梁百黎凶狠地盯着我说。

“我在想，什么时候动物会重新回到它们的家园，从而把该死的人们彻底从城市和村庄中赶走？”我一本正经地对她说。

“哈，”她快活地笑了，“你这个人的脑袋里总是装满了各种古怪的念头，你好像和动物有什么渊源似的。我觉得动物永远也回不到它们原来的家了，因为人太强大了。喂，你好像不在男生宿舍里住了吧？”

“对。那鬼地方，足足塞进八个人，老天爷。”接着我就给她讲起了施洋、齐晖和“山鬼”刘东的故事，把她惹得笑个不停，她简直都要笑死了。看来这几个家伙还真有存在下去的理由，因为他们至少可以让女孩子们笑个不停，我揣摩。“那个‘山鬼’，竟然把脏东西抹在你的蚊帐上，哎哟，真是糟糕透顶。”她简直乐不可支，我也拿她没办法。

一下车我就看见了那座矗立在一片开阔地带的电视发射塔。简直高得不得了，我仰头看它看得一阵头晕。我们进了电视塔，这会儿我简直有些害怕，我琢磨一旦这塔倒下来，我是否会在里面变成肉饼。可梁百黎却快活极了，她和一个老头儿聊起了如何养水仙花。这部很大的电梯约莫停在一千层高的地方，然后我们走了出来。这里就是电视发射塔中部的空间了。这里的一切简直精密得如同在飞碟里一样，我想我这会儿也许都变成了一个外星人。我捉住了一架望远镜，朝外面胡乱看去。这会儿全北京都在我的视界之内了，北京大得像草原一样，我傻乎乎叫起来，“你瞧，那京广中心不过像个小指头一样高。”发亮的湖泊、广场和楼厦构成了这座伟大城市的全貌，一些鸟儿在空中自由自在的飞翔。我不得不惊叹人的力量，是他们一点点地建造起整座城市。梁百黎把望远镜抢了过去，“我看看，让我来！”她像公主对待她的卫兵一样冲我又吼又叫，我真想打她的屁股，她一声不响地看了半天也没和我说话，后来她才惊叹说，“哇，北京真大，真美丽！”我们看累了，就到餐厅找了个地方坐下。

“你干吗不和男朋友一起上来看看这座城？我简直，简直什么都没看到。”我说，“你一直占着那个望远镜。”

“我男朋友？那个人，最没情趣了。他是晚报记者，整天在城市里去拿相机拍人家隐私，然后发在报纸上。我可痛恨记者这类人物了，他们总是在煽风点火，到处拿红包。我大学毕业了宁肯当个女招待，也不会去干新闻记者。”她怒气冲天地说，“学新闻挺没劲了。”

“离毕业还有三年呢。我认识不少在大学里目空一切的混蛋，可一到毕业，便如同小乌龟一样纷纷挤到国家机关和各大公司、外企、电台电视台报社之类的地方，一本正经地干起来了。这种家伙太多了。”我们瞎聊了一通，发觉坐在这上面顶没劲。我记得我曾经读过一首诗来着，说的是二个人上了大雁塔，转了一圈什么也没看见又下去了，吃也没感觉到我琢磨我们现在就是这种感觉上来坐一坐，看了看城市远景，然后再下去——你简直别指望在这里抒发一阵情感，诸如“啊！江山如此多娇！”这类的话。于是我和梁百黎灰溜溜又钻进电梯，下了电视塔。

我们手拉手在大街上走着，我们的手不知怎么回事儿，我是说那简直如同磁石一样，一下子就碰到一块儿了。反正这类事儿就这么回事呗。我们看见有个“台湾牛肉面大王”店，就走进去找个座位坐下，每人要了一碗面和一罐可口可乐。“我家离这里只有七八站电车的距离，星期天若有空，到我家去玩儿吧。平时一到星期天，我的家反而成了个墓穴，冷清得吓死人。”我们吃开了牛肉面。这种面的味道相当不错。“好吧，有时间我一定去——陪你做墓穴幽灵。喂，你父亲是干什么的？”

“我父亲？就是通常所说的暴发户那类人物。”她满不在乎地喝完了可乐，把它捏得噼啪乱响，“暴发户，有钱人。”

“有一百万块钱吗，你们家？”我说了一个能想象得出的最大的数字问她。

她的眼睛闪了一下，说：“恐怕还要多。到底有多少钱我也不清楚，反正他现在每天在上海、深圳飞来飞去，弄他的期货买卖，整天都是绿豆、黄铜之类的，真是烦死人。我上大学就是为了有一天能离开这个家，跑得远远的。”

“为什么？”

“一句话说不清，等哪一天到我家了咱们再聊。走吧？”她问我。

“OK。”我说。我们走出了快餐店，发现大街上的人真多，世界嘈杂得简直叫我心烦意乱。“喂，你什么时候去上课？心情好点儿了没有，大公主？”站在公共汽车站牌下我对她说。

“要是你打算写一篇献给我的小说，下星期我就去上课。”她说。

“这可以考虑。不过，你的发型真的叫我防不胜防。”她对我的要求也太高了。

“那下次就再变回来不就完了吗？你这家伙，特别没劲。今天你并没有怎么赞美我的裙子，其实我今天并不是为了上电视塔之类，主要是叫你看看这条裙子，因为它是我亲手做的，可你却视而不见。你这种男孩，真是没劲！扫兴！”她一脸的沮丧，仿佛这一刻我成了某种丢弃物。

我哭丧着脸：“这裙子是不错，可干吗非要叫我说好话？你男朋友是干什么的？”公共汽车来了，她和我方向相反，她蹦跳着冲了过去，冲我摆了摆手，“再见，有空了给我打电话吧。”

我后来坐上了我的车。我并不快活，因为我弄不明白为什么和一个女孩出来就非要赞美她的裙子。汽车在向前走，不停地穿越着城市，这时我突然又想到，也许真的会有那一天，在那一天里，所有的动物都要返回它们原来的家，从陆地、大江、天空之中向城市而来，把人们从这里彻底赶走。想着想着，我自己又乐了。

那天我在未名湖边散步时居然碰上了颇有些丧魂失魄的林格。“我有事找你，我真不跟你瞎扯，叶灵珠她从深圳回来后竟然不理我了，我可真是蛋打鸡飞。而常莉和一个加拿大留学生泡在一起——我该怎么办？你倒说说我怎么那么惨？”他这会儿像一条懊丧的狗一样着急了，他真是个狗娘养的。我以为他这是自作自受。

“这是你的不对。常莉不是和你挺热乎吗？小肚子都快贴到脸蛋儿上了，你这人就这么没劲。”

“我和她不过是逢场作戏，而失去了叶灵珠，那简直——简直等于我成了残疾人。咱们现在就去她家，由你出面和她谈一谈。她要是不生我的气了，就是她再出一本《期货交易大全》我都不会说一个不字。我求你了乔可，看在咱们是铁哥们儿的份上，帮我和她谈谈？”

“好吧，我们这就去，你这没劲的家伙。”我说。

叶灵珠的家就在H大学风景最为秀丽和清静的蔚秀园，那鬼地方还有一小面湖泊，一大堆柳树在风中像小姑娘一样摆动腰肢。她家属于那种德式建筑，据说都建于三十年代。这种欧洲风格的小洋楼中住了H大学最有实力和威望的老家伙们。据说年逾花甲的叶灵珠的父亲也刚刚排进了那个名单。我真有些怕他们，因为他们能一点儿都不留情面地给我们不及格。与那些年轻老师可不一样。那帮子嘴上毛还没全黑的年轻老师们和你拍着肩膀称兄道弟，简直跟一家人一样，尽管我知道我们完全不是一家人。

“我可怕她父亲了，你进去，就那幢楼，乔可，你可要视死如归地好好谈判啊”他悲壮地说，“全看你的了。”

我冲他点了点头。就踩着吱吱作响的木板楼梯到了二楼。我敲了敲门，听见里面有脚步声渐渐移来。我一转身，林格早没影儿了。这时门开了，叶灵珠穿一套工装裤站在门边，她脚上穿一双日式木屐。“是你呀！乔可，进来吧，没有别人？”她把脑袋伸出屋门张望了一下，见没有人反而觉得有些诧异。我知道她在找林格，但我说“就我一个。”

进到客厅里，我被她家客厅里非常雅致的装饰给叫住了。我觉得她家客厅有不少日式风格的玩意儿，各种日式小玩意儿、装饰画和小木偶、草编物到处都是。“我母亲在日本留过学，所以她特别喜欢日本玩意儿。”她说。

“你父亲——他不在？”我心有余悸地问。我可真有些怕那些头发花白的老教授们。

“他去天津开会了，晚上才回来呢。到我屋里去吧。”

我跟着她走进她的屋子，首先就闻到一种清香，“怎么这么香？这是一种什么香气？”我一边大声地打着身上的土一边问她。

“是一种印度香，我从小就爱闻。坐吧乔可，你想喝点儿什么？”

“不急不急。”我说。我坐在了她的床边，发现床边的柜子上放有不少录像带，有一盘叫作《卡萨布兰卡》的带子。一种电影属于顶顶虚伪的那类电影，我这么以为。

“正在看录像？”

“对，我喜欢看一些老片子。像我吧，正想看看《雨人》《大玩家》《修女也疯狂》之类的带子，这不，我这里有一大堆。是林格叫你来的吧？”她这简直是单刀直入。

“对，”我索性承认了。“你们到底怎么啦？不是挺好的吗？”我义正词严地说，“怎么说散就散了呢？这也太不严肃了嘛。”

“他总是伤害我，”她的脸色一变，变成了那种我从未见的苍白，“他简直是以伤害我为快乐，他这个人，从来对已经拥有的东西就不在乎，总以为生活的意义在于不断的追寻中——有时候他就是一个不安分的靠梦想生活的人。但每一次他试图离开我，后来又总回到我身边。对于我，他是我长这么大的第一个恋人，因此我一直很珍惜他。我甚至都弄不清我自己是一个什么样的人，为什么下不了决心离开他。不过，这次是他伤害我最重的一次。才分开一个星期，他就要和西语系那个叫常莉的女孩子在一起。我想不通的是，为什么我就不能满足他的欲望？仅仅我一个人他还不够吗？男人的欲望是不是像火山喷发一样无休无止永无穷尽？”

我无言以对，我琢磨也许她说得很对。林格这类人根本就配不上她。我看见写字台上有一张林格的照片，他骑着一匹白马在狂奔。他根本就不是个白马王子，不过是个混蛋而已。

“我已经十九岁了，可我并不懂得爱情，一点儿也不懂。告诉你吧，他是和我上过床的唯一的男孩子。要是我父母知道了绝对会把我赶出家门。可我也说不清，认识他一星期的时候，我就把身体毫不犹豫地给了他。”她又停顿下来，这会儿我眼前浮现出我在亚当•夏娃商店给林格买回的七十只彩色避孕套。“和他在一起，我就觉得如同和波浪在一起一样。他为什么要不停地伤害我并以此为乐事？”她用她那双美丽的大眼睛询问我。我还从来没见过她这么生气，简直像一只母狮子，但她仍旧使劲地克制自己，我看得出来。

“要说起来林格，他这人虽然有不少缺点，但终归有一些诸如善良之类的基本品质。你原谅他吧，反正也处了那么久了。”我叹了口气，我也不知说什么好。猛然间，我忍不住了，我谈起了我的爱情经历，谈到了琼的死，以及前几天和龙米的两次夜间相遇。“我也弄不清我是否拥有了爱情，也许这又是我青春期的一次发作而已。”我有些沮丧地说。我发现我也是一个问题人物，我像一只傻里傻气的猫一样也理不清青春的毛线团，“我也有自己的烦心事。”

“你说的那个女孩一定遇到了什么事。她给你说过吗？”

“没有，”我说，“我打算去找她，下周吧。”

她叹了口气，“其实我们遇到的这些问题，在大人看来简直不屑一顾，要笑话我们，什么爱情呀、成长的秘密呀、青春的忧郁呀等等，统统都是扯淡。”

“对，成人都是现实主义者，在他们看来一切都非常简单，到明年咱们也会觉得自己好笑的，我敢打赌。”

“有道理，”叶灵珠笑了笑说，“好了，我的心情好多了。林格那种人，不理他又不可能，况且他又是一个死皮赖脸的家伙，有一回他还给我下跪过——那是他被国际传播系的一个女孩勾跑了之后，想再回到我身边，就真的下跪来着。‘扑通’一声，我的心立刻软了。我这个人就是吃软不吃硬。我想哪一天他死了，我对他那份依恋才会消散。”

我从她的话语中感受到一种悲怆意味。也许一切不过都是过程。一年以后林格果真去了新大陆，永远离开了叶灵珠。也许一切原本是毫无结果的，我这么绝望地想。

“好了，我们一起出去吧。我知道他就在外面。”她说，“我得给你这个说客面子。”

我们走下了吱吱作响的木板楼梯，来到了一片开阔的林间空地。我们都看见林格蹲在那里，在拨弄着什么。在他面前的地上冒起了一团青烟。我们走到他背后，发现他在凝视着一堆燃烧着的落叶中的一块朽木，在火焰包围中，那朽木上成队的蚂蚁在烈焰中奔突。

“你们看，”林格用一种十分悲伤的腔调对我们说，“这就是命运，总有一天，在宇宙中孤独地存在着的人类也会这样。”那些蚂蚁纷纷掉入火海被吞没了。林格站起来转过身，我发现他竟然泪流满面，目光十分空洞苍茫，仿佛体验到了最为深刻的悲剧性与幻灭感。叶灵珠走了上去，挽起了他的胳膊，柔声地说：“走吧，你最喜欢的武侠小说家金庸在大教室演讲，我们去看看吧。”

十六、长安街上的守望者

他们去长安街上数汽车，乔可才推掉了一个约会。

星期六的下午，我到无线电系的男生宿舍楼找到了马佳。这家伙正在翻阅一本中国大百科全书的《天文学》卷，我走进他们宿舍发现也是狼藉一片，免不了到处都是脏衬衫和臭袜子之类。我说，“嗨，马佳，你好啊。”

“噢啊，乔可，”他冲我打了个响指，“咱们马上出发，”他又冲我打了个响指，“昨天我梦见自己进了一座大型的地下车库，那座地下车库里的汽车简直多极了，全都没上牌照，像‘奔驰’系列、‘凯迪拉克’家族、‘劳斯莱斯’家族全有，还有‘保时捷’跑车和火红的‘法拉利’跑车。我们什么时候才能拥有一辆自己的跑车？”他合上了大百科全书，从床上跳了下来。这家伙比我足足矮了一个头。于他床上还放着一把吉他。“马佳，你们无线电系都学些什么？如何与外星人通信什么的？”我问他。

“差不多，反正就是空中无线通信而已要是哪一天被一个外星人劫持走了就好了，或者跟某个外星人结婚那就更妙了——生下一个地球上最漂亮的小杂种。嘿！”马佳戴上了他的眼镜，兴奋地说。

我们一起下了楼，本打算骑自行车到西直门，但后来一想又算了。我们都有一辆旧车，因为在H大学你压根儿就不能有一辆新车，否则至少有一百个人会打你的主意。齐晖在红枫艺术节那会儿就给自己买了一辆八百多元的山地车，天天吓得提心吊胆，唯恐被人偷了去，天天扛着自行车上下六楼，差点儿没给累死，但后来还是被人卸去了铃铛。我们坐车到了西直门，发现到处都是人。地铁车站的人简直像喷泉一样直往外冒。我们溜进了地铁。每回坐地铁我就不能心平气和，因为在地铁里几乎每一个人都冷着脸，像得了孤独症的孩子那样对谁都不理。这座城市已经被孤独给袭染了，你几乎从他们每一个人的脸上都可以看出来。我在地铁里本来也不想开口，无奈马佳滔滔不绝地给我讲起了他的生平：他家在江西新余的一个丘陵地带，那里全是那种红赤赤的土，有时候种下的粮食长到一半就都死去了。而他终于像他父亲期望的那样，考上大学并永远地离开了那里。在这座什么都容纳的北方都市之中，他这样一个农村孩子有了更多的压力。每天在紧张的功课之余——他们理科生可不像我们文科生那么轻松自在，就经常做做轿车梦，梦想自己有一天开一辆“奔驰”或“奥迪”回家去叫父母瞧瞧。可现实的压力和困惑太多，我们都这么以为。我知道马佳这样的人朋友一定不多，他似乎是一个自闭症患者，我觉得自己成为他唯一的能真心倾听他的朋友而感到自豪。也许我天生就喜欢倾听别人。我们就这么聊着聊着，来到了长安街上。

我们一路朝天安门走去。星期六是这条街上最繁忙的日子。那车简直就像水流一样。我们在北京饭店巍峨气派的门口走过，仔细评价一辆辆停在门口的豪华汽车，我们几乎能够辨识出所有的车辆，并对饭店门口的侍者嘲笑了一番。后来我们就站在靠近天安门广场围栏边，看着那一辆辆汽车飞驰而过。这里真是开阔，超过八十米宽的大马路上空没有飞鸟，被称为世界上最大的广场上人头攒动，个个似乎都喜气洋洋。我和马佳就不停地数那些豪华汽车，在一个小时中我们发现竟有八十五辆奔驰经过。嘿！这年头有钱人和有权势的家伙可真是越来越多了，到最后我们俩都觉得心情十分黯淡，觉得没法再在这里待下去，因为经过这里的汽车你甚至没有资格上去摸上一把，这事儿真叫人欲哭无泪。我们站在那儿，后来还看见有一列豪华车队，由一辆青绿色“劳斯莱斯”领头，几辆加长“奔驰”和一辆 94 新款皇冠构成的车队披红挂彩，从长安街西面开来，在广场上兜了一个圈子，又向东开去。我们知道那是有人在举行婚礼，这样的婚礼可够气派的，我们都这样想。马佳有些黯然神伤了。我说：“我们也会有这一天的，这没什么了不起，对不对？”

我们在回学校的途中跑到了动物园，来到了河马馆。我们都很喜欢看河马，因为它是人类的朋友。我还给马佳大谈了我的小说《重现的河马》的情节，这家伙觉得挺新奇。后来我问他，“在 H 大学待了一年多了，有没有自己喜欢的女孩？你也该有个女朋友了。”

“嗯，倒是有一个我喜欢的。”

“喜欢人家多长时间了？”

“一个月左右，才。”

“表白了没有？”

“还没有。我这人很害羞。我从农村来，我心理压力特大的，我想我一开口表白人家不理我那该多难受？”

“你这家伙，连自己都战胜不了，如何敢去追女孩？要大胆地追！”

我立即给他打气，讲了一大通如何进攻的办法。他喜欢的女孩是图书情报系科技情报专业的厦门女孩，长得非常灵秀可人。“我最近一直在想着发明一种定向跟踪器。哪一天趁她不注意，将那东西放进她的书包，这样她到哪儿我就知道了。”

“这倒在其次，重要的在于，你得大胆去表白心迹。”我说。

“那她如果有男朋友了该怎么办？”

“爱情这东西是以心换心的事儿。你只管去追求便是，追得死去活来，所有的招数用尽，不怕她不就范。”我想起了林格追女孩的样子来，“有男朋友也不怕。天上的野鸽子谁抓住是谁的。”

“……好吧，要不我先给她写封情书吧。”

“不行不行，还是面谈为好，你拿一束花去找她吧，要当面说清。”

“她的个子比我高半个头。”他小声说。

我愣了一下，这家伙还真有能耐，敢喜欢比自己高的女孩。“这无所谓，反正追女孩，你得摸清楚她最喜欢什么，然后投其所好，要有备无患，立即出击。”

“其实说了这么多，我简直就没有勇气去接近她。”他一脸愁容。

“那，你去给她弹吉他怎么样？到她的窗户底下来一段小夜曲？”我开起玩笑来。

“这倒行，因为我一弹起吉他，就会忘乎所以。”他兴奋地说。

“那就这么干，下周就行动。”

“OK。”他摩拳擦掌地说，“再有什么困难，我会请教你的。”他郑重地和我握了握手说。

回到居所，我冲了一个澡，铺开稿纸，一口气写了一个短篇小说《跟随象群离去》。这简直可以说是魔幻现实主义的佳作，我写了一个黑脸男孩，后来跟随一群穿越校园的大象从学院里消失了。嘿，我读了一遍觉得真棒。我这会儿又觉得很累，想到明天约好要去梁百黎家玩儿，又想最好美美地睡上一天。于是我又来到了外面的公用电话间打电话。

“好吧，下周来也行。反正我心情一直不太好。这会儿我也正忙着呢，告诉你吧，我已将头发烫成了卷发，你要是看见了，恐怕得讽刺我说我的头变成了鸡窝，所以还是不来好。再说我爸爸也回来了，来了要是看见他，大家待在一起我就会生闷气，保不住会立即发起火来。”

“下周来上课吗？”我说，“你总是旷课又逃课的，也不怕被开除。”

“这两天情绪已大为好转，告诉你吧，我心情不好是因为来例假的原因——女孩都这样，一来例假，情绪就变化多端，云里雾里乱变一气，连自己都讨厌起自己来。要是这种时候我一生气把你的头发点着了，也活该你倒霉。下周我就去上课。不过，要是你见了我又对我的发型唉声叹气，我便一走了之。”

北京女孩真是泼辣，我琢磨。“好吧。”我放下了电话。这一刻不知为何我却非常想念龙米，想她那凝脂一样的皮肤，呵气如兰的鼻息，小桃子一样丰盈的乳房，她那纯净的话语和抖动的长睫毛，还有我们裸身相对时的亲吻，我的心脏古怪地跳了起来。

十七、黑暗的血

枪毙阿国的时候正下着大雨，我躲在人群中看着行刑场面。枪响之后，他仍跪在那里没有倒下去，然后行刑人又赶忙走到他跟前，认真地在他的后脑勺补了一枪。

我的少年时代是在一种恐惧中度过的。我生活的那个城市坐落在边地新疆，因而民风粗豪。在我的少年时代，主要是20世纪70年代末到80年代中期，社会的各方面激烈变革的时期，血雨腥风笼罩在我的头顶。我所生活的那座城市中的少年和青年打架成风。我有一个最好的朋友叫阿国，他一脸凶相，还长了一脸的雀斑。从七岁时我们就像两株并排生长的麦子一样在一起了。他虽然比我大两岁但似乎已经懂得了生活中的所有道理。我们曾经一块儿捡废铜烂铁卖钱来花，到他十五岁我十三岁的时候他领我去过女厕所的后面偷看过女孩撒尿，告诉了我关于成长的全部秘密。他还领着我一起爬上他姐家屋顶，从天窗向下偷看了他姐和他姐夫干那事儿的全过程。

我上初中的时候正是社会最乱的时候，我记得我们上学时书包中都装了菜刀或是砖头，以防受到突然袭击。我们以父亲所在单位组成帮派，而阿国正是我们的头儿，打了好多次群架以后，我的头上至少留下了七块伤疤——每一次我理发都会叫理发师惊叫起来，这使我养成了隐忍和坚强的性格，使得我能在和对手打斗时毫不犹豫地将手中的砖块盖下去，盖到对手并不是岩石做的脑袋上。我们一帮子铁血少年在腥风血雨中快速成长，成为那一个街区令人恐惧的人物。

我还记得阿国后来造了一把可以打真子弹的木头手枪，在一次群架中他猛地拔出手枪，朝冲上来的一个家伙当胸就是一枪。那家伙嚎叫了一声，而同时阿国手中的木头手枪也爆炸了，细碎的木屑登时嵌入了他的脸，一阵烟雾消散之后，他的脸上渗出了细密的血滴。但他仍然厉声喝道“你们谁还敢上来？”所有的人都吓破了胆般闻风而逃。

我上了高中以后他便开始在社会上浪游，后来他成了一个著名飞贼，常常偷了别人的汽车开着玩儿，玩够了就随便丢在一个地方。

我考上大学那一年，他被公安人员从兰州押了回来，以三余罪状宣判他死刑。枪毙他的时候正下着大雨，我躲在人群中看着行刑场面，枪响之后，他仍跪在那里没有倒下去，然后行刑人员又赶忙走到他跟前，认真地在他的后脑勺上补了一枪。他的死使我认识到了生命与人的全部复杂性，那一年我刚刚十八岁。在经历了对黑夜的莫可名状的恐惧之后，我终于踏上了东去的火车，成为又一个离开故乡的人。我怀着想长大成人的梦想，远远地离开了我成长的空旷而荒凉的西部，不停地向前而去。我知道我再也不可能回到那里。可哪里是我应该停下来的地方？

十八、逃走的女人

他和她重逢在“洗车”酒吧，但她已经认不出他了。

在杨梅雯消失的第二天我就急急忙忙从北戴河赶回了北京。一路上我的心情很乱。我刚刚和一个女人开始了一段激情的生活，可现在，不知为什么，一个女模特儿的死又搅乱了这一切，这个我几乎已经爱上了的三十岁的单身女服装设计师又消失了。我非常着急，我想象黄元已经回到了北京，我猜想他可能是从美国的监狱中逃出来，回到北京就是为了实施他很久以前的一个梦想——杀死杨梅雯。他已经用长筒袜勒死了一个女模特儿，因为看那样子杨梅雯认识她，也许黄元杀死她是为了给杨梅雯一个警告？我胡乱猜想着。我现在觉得杨梅雯的处境十分不妙，她有那么大的精神压力，那几乎是她的青春时代的心理深度意象——一个她深爱的疯子要杀死她，而这种噩梦到现在还对她纠缠不休。我必须要帮助她。

一出火车站，我就心急如焚地赶到了她的住处。我敲了半天门，里面毫无声息。她会躲到哪儿去呢？我想，我开始埋怨起她来，因为就是在这样关键的时候，她应该和我在一起待着才对，她应该相信我，一个年轻的男子会给她以安全感和保护的。在她最危险的时候她却突然离开了我，这个女人是怎么啦？她一定太惊慌了，我想，也许她同样也怀疑我？我必须找到她。我担心黄元已经找到了她。这时候我却猛然痛恨起黄元来。黄元对我来讲只是一个符号，一个影子，可他却如影随形，追踪着杨梅雯不放。这个人到底真的存在吗？有时候我也半信半疑。

我给她所在的舞蹈学院服装设计室打电话，给"妇女大会"组委会打电话，他们都不知道她在哪里。这真叫我迷惑，也叫我不痛快。有一天站在国际饭店顶层的旋转餐厅的玻璃窗前，我俯瞰着这座城市，我想，它会把她藏在哪儿呢？

刚刚涌现的生命激情像昙花一样一现即逝，这使我又重新陷入了沮丧的境地。这一段时间恐怕是我告别青春时光最为黑暗的日子，我开始对一切都怀疑了起来。因为这是一个转型时期，一个价值与意义在迅速崩溃与解体的时代，没有什么是值得牢牢抓住的。我丧失了一次又一次的爱情，到今天我都羞于说出这个词来。我对自己如何去对付这座城市也没有足够的信心。我只想不停地喝酒，在酒中沉浸到对往事的回忆当中。这会儿我真的比以往任何时候都喜欢摇滚乐。我非常喜欢北京的摇滚乐队，我一遍又一遍地听着何勇、张楚和窦唯的新音乐，从中感受到勇气而又嘲笑了这种勇气。我还喜欢在北京的其他摇滚乐队，诸如"面孔""No""新谛""石人"等十余支乐队。有一回我听过"No"乐队的小型演唱，主唱诅咒把他的吉他砸得粉碎并且抛向了观众，险些划破了我的脸。可他们仍旧很少有在人民大众面前亮相的机会。公众舞台上仍旧充斥着同性恋般的男歌星和嗲声嗲气的"亚港派"女歌星，这真叫人难受。我突然想起来一件好玩儿的事儿，1971 年"滚石"的《脏手指》专辑的套封十分别出心裁，画面清楚地展示了一个女性的胯部，而在这幅图案的裤子上，安上了一只可以打开或者拉上的真拉链——想想看，这设计多么有趣！你可以用手拉开那个女性胯部的真拉链，但你不会看见别的，你只会看见一张唱片。我想起这一点就又慢慢地快活了起来。我就这样孤独地一个人在城市中行走。

这是一个大雨侵袭城市的日子。雨下得真大，雨幕之中，积木般的城市楼厦在雨水冲刷下似乎都在轻轻摇晃。也许迟早有一天一场大雨会冲垮所有的楼厦。我刚刚采访完一个创办了中国孤独症儿童医护中心的女士——她可真是一个能干的女人，就因为她儿子是一个孤独症患者，她就自己开办了一个这样的医护中心。孤独症真是一个可怕的病，这种病意味着孩子一生下来根本就不懂父亲、母亲这些词的含义，而且可能永远也不会懂。这个女士只身从四川来到北京创办她的医护中心，可政府还要她上这税那税。中国有四十万孤独症患者，这个数目真叫人惊心动魄。采访完，我在大雨的城市中打算找个地方喝上一杯，我觉得我的身体和心都很寒冷，这个社会正迅速地分化，穷人、中产阶级和富人正在迅速分化。可该谁去管那些孤独症患者？谁去管那些流浪汉？那些离开了家乡土地的流浪农民？后来我从蓝鸟大厦向东走，找到了“洗车”酒吧，坐在那里要了一杯伏特加，悲愤地瞎想着。

一杯酒下肚，我的情绪又好了起来，我忽然又觉得大可不必这样愤世嫉俗。我还太年轻，有时候还凭激情和感情用事。我已经找了三天杨梅雯，可哪里都没有她的影踪。我对她已经越来越相思。我想象黄元已经找到了她，并且用长筒袜渐渐勒紧了她的脖子，可我为我这样的想象而痛苦得都快发了疯。在酒吧中，不一会儿就又聚满了人。我于是就一杯接一杯地喝我的酒。要是往常在这种时候，我都会盯住一个漂亮姑娘，一直盯到她和我开口说话的程度不可。可我今天真的毫无心情。今天的一场秋雨和采访节目孤独症儿童医护中心让我倍感凄凉。约莫到晚上十一点钟的时候，有一个穿着大约是紫色衣服的女人溜了进来。我一眼就在黑暗之中认出她是杨梅雯。我看见她几步跨到吧台前,要了一杯透亮的东西喝了起来,一边朝四下张望。她的表情又紧张又快活。

我突然十分生气，我发现黄元对她的“追杀”也许只是我的一个幻觉，我白白地为她操了半天的心。我端起了酒杯，踉跄着朝她走去了。她用手撩开披在额前的那一片头发时刚好看见了我。她的眼睛慢慢睁大了。“我找了你整整四天，杨梅雯。”我打了个酒嗝说，“你跑到哪儿去了？”

“你是黄元？你是黄元吧！”她的声音听上去倒很快活。“我并不怕你哩。现在我谁也不怕了。”

“我不是什么黄元。我是乔可。几天之前我们一起在北戴河来着——你全忘了？你为什么把我一个人扔在海滩上自己溜了回来？我到处找你，甚至以为你叫黄元用长筒袜给勒死了。你为什么要自己溜走？”我生气地吼了起来。也许我并没有权利这样做，我想。

“不为什么，我突然感到害怕。我对你感到害怕是因为你和黄元长得一模一样，叫我害怕极了，加上那个死去的彭莉，我于是，于是就走了。”她黯然地说，她好像才想起了我是谁。难道她这么快已把我忘了？这是一个什么样的女人？

我坐在了她对面的吧椅上，盯着她说：“可我是喜欢你的，你不该随便扔下我，像搁置一块砖一样。再说我可以帮你，我说过的。”

“你喜欢我？老天！我还是头一回听说这样的事呢。你喜欢我？大男孩，谁都知道这不过是一场游戏而已。这是城市的情感游戏。你八成希望我说我爱你吧，我可不会说。”她恶狠狠地说，“我可从来没有喜欢过你。”

我的脸上出现了痛苦的表情，“你这是真话？在我们一起去北戴河的路上，你躺在我肩上时，也没喜欢过我？你那天又喝醉了，叫我背你上楼，你也没喜欢过我？梅雯，这是真的？”

“没有。”她确定无疑而又急促地说，“没有！你不过是一个城市浪游者罢了。我并不了解你，你不就想要肉体吗？我给了你，这就够了，而我也借此蔑视了男人。我讨厌男人们！”

“你是说，我是一个城市浪荡者？”我的呼吸急促了起来。“这不公平。你的变化太快，太大，我难以接受。”

“你一开始就想勾引我，我们之间还谈什么情感？不过是一次猫与鼠的游戏而已。”她轻轻地笑了，这会儿她看上去可真是丑极了。我想。

“老天，”我的喉咙里流过一阵受伤般的呻吟，“我还真以为你喜欢我，我还以为我们之间开始了什么呢。”我这是说的真话。

“从来就没有开始，”她果断地说，而后又冲我挤了下眼睛，“不过，今天也许会真正开始，我和你，要是我真的喜欢上了你的话。”

“这么说，我只是被耍弄了一通而已，像个被利用一下的匕首？”我的眼泪都快要出来了，我真的受不了这个。直到今天我才觉得我并不成熟。我的乳毛都没褪净呢。

“别哭，大男孩。你这叫人多尴尬。”她咯咯笑了起来，她笑得浑身乱颤，那种得意劲头简直像个妓女，我以为。女人怎么变化这么快？她的确比我成熟。

我吸了一口气，“这么说，黄元也是你虚构出来的？你是一个不折不扣的骗子？”

“不，黄元是存在的。存在于我过去和现在的生活当中，就像呼吸一样。”她冷冷地说。

“他要杀你也是真的？或者不过是你的一个想象？”我忽然不那么痛苦了，我对她的探究还没完。也许她很可能是一个精神分裂症患者，我突然这么想。

“也可能是吧。你别问了。陪我再喝一杯？你有急事吗？”

“不，我想和你出去走走。我们可以回到你的居所去谈谈，”我忧虑地说，“你真的需要帮助。你应该找一个心理医生。”

她美丽的大眼睛晃过一丝忧愁，“不，不需要。你最好别企图走进我的生活。那样对你没好处。你才二十五岁。我会毁了你的。”她冷冷地说，“这是我的好意——因为你曾离我太近。”

“哈，毁了我？”我笑了笑，“过把瘾就死呗。我不怕。”

“你别这样说，乔可，其实你和我一样，是一个对一切都已非常麻木的城市平面人，你怀疑一切，甚至怀疑生活的意义本身。我与你一样。我们是一类人，你别装了。你还想从我这儿得到什么？”她几乎要尖叫起来了。

“我？我要从你那儿得到什么？”我咬牙切齿地一个字一个字地说，“你真是个臭女人。”我真是没法不生气。“我什么也不要。”

她突然低下头呜呜地哭了起来，哭得那样的伤心和绝望。这座酒吧里的气氛本身就似乎十分适合哭泣。它灯光朦胧，人们说话的声音也如同河水轻轻流动。音乐十分舒缓，是曼托瓦尼乐队的媚俗至极的曲子。我把我的手放在了她的手上，我想也许我的话过重了。以至于叫她无法承受，我骂她的话的确有点儿重了。可我没法不生气——你好不容易喜欢上的一个女人，可她到头来却告诉你她只不过跟你玩一玩儿，你会是一种什么样的心情？当然她也并不是说的真话。她哭得眼睛都要掉下来了似的，只是她发出的声音并不大，老天爷，这稍微叫我感到了庆幸。我环顾左右，发现并没有多少人在朝我们这里望。这座酒吧属于典型的资产阶级喜欢的那类酒吧，衣冠楚楚的小资产阶级和城市白领尽可以到这里来，我握住她不太光滑的手，“行啦，别哭了，我向你道歉，只是我的确太喜欢你。你让我有了激情，对生活充满了信心——像你说的我给你带来的那种感觉一样。为什么我们不好好相处？你比我大几岁，可为什么仍像个小孩子那样喜怒无常？你也许真的需要一个心理医生。”

约莫又过了十分钟，她停止了哭泣。“好吧，乔可，我不哭了。刚才我在胡说，”她又冲我笑了笑。泪水把她的睫毛都拢到了一起，眼影也变得有些模糊了。“你看，你一哭就变丑了，”我继续责备她，“你不应该先对我那样说。”

“可这于我来说也许又是一场游戏，”她严肃地对我说，“我并不了解你是一个什么样的人，只是觉得你热情，有一种空前的活力。此外你这个人似乎很好奇，对未知的事物保持着探究的心理，也许我并不喜欢你了解我过多，我已孤独很久，已习惯于在黑夜之中自言自语，我已习惯这样了。可你却想试图走近我的生活。”

“你本意喜欢我，或者说不讨厌我，对吧？”我认真地对她说。我真不希望她否认这种说法，那样我真的会伤心。“这就够了。”

“是的，我不讨厌你，可也谈不上爱。爱是一个多么沉重的词，简直是一种负担。而且我现在生活过于紧张，有一种我看不见的节奏在逼迫我向前冲。有时候，每当夜晚降临，我躺在那里，那种鼓点就嘭嘭嘭地响个不停，催促我告诉我生命已老。”

我想起了我第一次在“木桶”酒吧里抱起她时，她的整个身体轻得如同一团棉花。可这棉花也有自己内部的火焰，一不小心就会灼伤靠近她的男人。

“所以，你需要我帮助。”我再一次这样说。

“不，我不需要。”她果断地甩了一下头发，“我得自己处理这件事。乔可，你曾经一瞬间走进了我的生活，现在，我想让你暂时从我的生活中走开。我得自己面对我自己的心理危机。我承认我遇到了心理危机。过上一个月，我们再联系，那时候我想我就会好的，度过了这一段时间的心理危机，这并不会妨碍我们成为好朋友。”她妩媚地冲我一笑，“我得设计服装，我得成功。只是我自己也经常想，人们为什么需要时装？因为现代人已经千篇一律，毫无个性，只有靠有个性的时装包装才能显现出个性来。这其实是人类的悲剧。”

“你是一个思想家，”我笑了笑，“好吧，我一个月以后再来找你，像我们刚才说的。你能把酒戒掉吗？”

她幽深地看着我“我想我可以。”

“好吧，再见。”我想吻她一下，但我没那样干，我起身向外走去，听见她说：“我会让自己好好待着的。”我冲她笑了笑，发现她的笑容之中有一种残忍的东西。我见过一个死刑犯在电视屏幕上这样笑过。但我走出了酒吧。

走在大街上，雨已经停了，大雨冲刷过的城市有一种生长的气息。这是深夜的大地与城市，我大步走着，心中有些郁闷。生活总在教给我很多新的内容从而叫我措手不及，我竖起领子想。

十九、秋天的约见

天气凉得就像姑娘的爱情一样快，这真叫人啼笑皆非。

天气凉得就像姑娘的爱情一样快，我认为。已经是十二月份，校园里的狗屁法国梧桐的叶子大都黄了，在一阵阵秋风中打着旋儿落向地面。H大学所有的笨蛋和伪君子都开始为期末考试在忙碌。在图书馆，竟然还排起了队、笔直的长队——他们大都是平日不用功者。尽管天气冷得叫人嗷嗷叫，完全不适宜进行任何的户外活动，可那些校园里小树林里的石凳石桌边上，都坐满煞有介事的用功者，这真叫人啼笑皆非。

我将自己一学期所学的课程粗粗地梳理了一遍，先将选修课的一篇论文写完，然后便开始几门比较棘手的必修课准备。好在我的笔记还十分齐全。我琢磨这学期结束，我的学分至少能增加五十分，这样用三年时间我就修完了一百五十六个学分，简直都能提前毕业了。可毕业以后又去干什么呢？这个世界大得可怕，社会上的伪君子比学校的更多，想起这事儿来真叫人烦恼。

到了星期三，“佛教文化与唐诗”的开卷考试课上，我又见到了梁百黎。兴许她是有意打扮，依旧吸引着我。她时髦的打扮：一身十分爽利的牛仔套服，两条竖在胸前黑亮的小辫子，一顶老火车司机戴的那种帽子，和一双里色帆布的小马靴。她走进教室时我一眼就看见了她，她也冲我调皮地挤了一下眼睛，便坐下来答卷子了。我写了一半的时候回过头望她，发现她桌上的参考书堆得简直像小山一样，就这样她还抓耳挠腮，一副茫然的样子。

我匆匆写完了试题，就交了考卷，然后出了教室在大门口等她。过了整整半小时，她才神色茫然地走了出来。“其中有一道题真难，就是和尚也不见得答得好，”她嘟囔着，“咱们去吃点儿什么吧？我连早饭都没吃。今天我又恢复原样，感觉如何？”她的两只眼睛骨碌碌乱转着，噘着嘴唇对我说。

“简直是以芙蓉，天然去雕饰，浑然天成，再有就是天生丽质，灵动活泼，可爱到了极点。”我极其肉麻地说。

“喂，喂！你这又夸张了，显得不真诚，本小姐可不吃这一套。对了，我爸爸昨天已经走了，他这一去要半个月才回来。这个星期来我家玩儿吧。一来，我一个人蹲在‘墓穴’中实在难受死了；二来，听说你做饭手艺不错，我倒真想尝尝。”

“我什么叫手艺不错来着？”我的头发都竖了起来，“我就会煎鸡蛋。”

“嗬，怕露出真本领女孩子会发了疯似的要嫁你不成？放心！我可不会强迫你，我已是名花有主了。”

“不是那个意思，”我有点儿急了，“我除了煎鸡蛋，就会烤羊肉，只有这两招。我连米饭都蒸不熟——你要爱吃那就另当别论。”

我们一边说着话，一边走到了学校内部一个小吃铺，买了两个馅饼吃。然后，说定了这个星期天我去她家。

到了下午的时候起风了，这种风非常寒冷，像刀子一样在空中呼啸而过，我格外想念龙米，因为有很多天都没有再见到她了。我按照她留给我的电话号码打了个电话，她所在的宿舍楼值班室传呼了半天，告诉我没人接。

第二天我同样又打了电话，依旧没人接。到了星期六，我又打了一次，那个值班室的老头儿依旧告诉我没有人接，还在电话中自言自语“怪事，总得有人在宿舍才对的呀。”我放下了电话，觉得有些丧魂失魄。莫非她遇到了什么意外？我胡思乱想起来。

到了星期天的早晨，我早早就起了床，翻出一件夹克外套，又穿上了一条蓝色宽牛仔裤，在脖子上围了一条褐白相间的围巾，就坐车直奔西直门，我打算在那儿换地铁。我在西直门附近的一家花店买了三枝红玫瑰，用红丝带扎好，就下了地铁。我琢磨应该把这玫瑰送给龙米才对，可她却不在。这让我有点儿生气。我从阜成门地铁站中走出来，又坐了几站公共汽车，就来到了梁百黎家所在的一幢十分高大的白色公寓塔楼下。

我坐电梯上去，到了第十一层，我敲了敲她家的门。门立即就开了，仿佛她一直在等着我似的，把我吓了一跳，她竟然又改变了发式，真的将头发烫成了蜂窝状，这真叫我哭笑不得。“正等你呢，还算及时。”她笑着说。

我从背后拿出了那束玫瑰“你今天是世界上最漂亮的姑娘。”我注意到她打了带荧光的口红，还上了睫毛膏，这使得她的长睫毛分外突出地美丽。

“谢谢！这不是向我表示爱情吧？”

“哪里，友谊。”我有些不自然。

“我交了一大串的男朋友了，那些傻男孩就知道领我去饭馆，仿佛我是个饿死鬼似的，没几个人想到给我送花。进来吧。谢谢你。”

我闪身进了屋子。她穿一件织得非常漂亮的毛衣，把她非常灵动活泼的身躯包裹了出来，这使得她浑身上下透出来一股子活力。她的身材真叫棒，我暗自赞叹。一进屋子，我就把视线从她的身上挪开了。我发现她的家简直真巧就是那种暴发户的家，装饰得相当豪华，客厅里简直跟饭店大堂一样金碧辉煌。有的地方还装了几面别致的镜子，屋子里的映像便四处折射。地上铺着上等的地毯，那种土耳其才有的伊斯兰图案是我所熟悉的。一溜沙发一看就知道是真皮的，我想过去我约莫在哪儿见过，对，是在赛特购物中心见到过，这种沙发标价达三万二千元，客厅柜里尽是各种装饰玩意儿，墙上还有大幅的风景和风格别致的挂毯。一些盆栽植物恰到好处地分布在房间的各个地方。此时梁百黎打亮了灯，一下子房间里明亮得如同某个豪华餐厅。我注意到在离地一尺左右的墙壁上安了一些壁灯，发出那种光亮与地毯相互映衬，毛茸茸的令人惊叹。“我得换一下鞋。”我说。我突然觉得有点儿不习惯起来，我简直从没发过窘，可这会儿有点拘谨了，这真有些奇怪。

“不必了，把地毯踩出破洞来我才解气呢你先等着，我去换一件衣服。”她冲我笑了笑，闪身进了另一扇门。

我在沙发上坐了下来，我觉得非常不习惯，就去书橱里取了书。这时她已换了一件很漂亮也很随意的牛仔服，“你别去动它们！”见我要去拿那些书，她喊了一声。我愣了一下，她冲我妩媚地笑了笑，伸出手挽住我的胳膊，将书橱的上部一扳，书橱便转了一圈，而另一面琳琅满目的洋酒叫我目瞪口呆。

“喝点儿什么？反正都是老爷子的，我又不喝酒，我只是偶尔抽抽烟而已，你愿意喝什么酒，你就随便吧。”她仰脸望着我，鼓励着我，“我还会调鸡尾酒呢，如果你有兴趣的话。”

我的眼睛一眨不眨地看着那几排洋酒。我看到最上边放着的法国产“金花至尊”和“蓝轩马爹利”酒，我知道这种洋酒的前者标价一万八千元人民币，后者至少也标价三四千元。它们幽蓝的酒杯形状的瓶体透射出某种高贵和奢华的气派。在酒柜的第二排，是“威龙跑车”“蓝鹰珍露”“金御鹿”酒，以及“人头马”白标、金标、蓝标酒。第三格最边上摆着一瓶“人头马”路易十三，我知道这瓶酒恐怕值一万块钱，在这瓶的边上，摆着“拿破仑炮台”酒和“拿破仑 VOSP”系列。至于第四格，则放着一些人头马 XO 以及几种金像干邑和几瓶普通的威士忌酒。所有的酒瓶瓶身都笼罩着一层瑰丽的光芒，它们也仿佛在炫耀一般地挺立着身躯，那种五光十色的华贵的光芒，真令我眼花缭乱。这可真是，嗯，这可真叫我有点儿憋气。当你看到一瓶酒的标价简直就是你四年大学的伙食费的时候，你真是欲哭无泪。我那会儿就是这种感觉。我琢磨我得喝最好的，既然她开口叫我喝这一排排“猫尿”中的任何一瓶猫尿。

“‘人头马’少，路易十三怎么样？我可从来没有喝过法国酒，我就想尝尝这种酒——它大约值九千块钱吧。”我狡黠地说。

“管它值多少钱，只要你想喝——”她迷人地冲我笑着，取下了两只高脚酒杯，把那瓶路易十三取了下来，动作麻利地打开了它，倒进了两只酒杯加了冰。我们端起了酒杯，“干杯！为了你男朋友更爱你。”我说。

我尝了一口那酒，那种酒的滋味的确有些奇妙，但我说不出具体是什么感觉，总之那种猫尿味儿简直叫你目瞪口呆，这会儿梁百黎打开音响，放了一段拉威尔的“波莱罗舞曲”，我放下酒杯，我说，“我真的并不喜欢这首曲子，它简直就在一个节奏上不停地回旋和重复——如同你不停地削着一个土豆，换点儿别的吧。”

“磁带和CD盘全在那个小柜橱里，都是我姐姐的。我可并不爱听音乐，真的。你知道我最喜欢什么吗？”她向我噘起了她生动的小嘴唇，目光中含满了探询和乖张气息。

“不知道，八成是做饭、织毛衣一类吧？”我这简直是存心跟她胡闹。

“哪里呀。我最喜欢足球，告诉你吧，乔可，我保存有几十盘世界杯赛、意大利甲级联赛和南美足球赛的录像带。真带劲，嘿，我是说足球踢起来真叫棒。”她挥动拳头的架势看上去把我当守门员了。

“你好像从没打算过使自己成为一个淑女？不过也是人各有志。”我打开她指给我的那个精致的小柜子，里面的磁带和CD盘之多简直叫我大开眼界，我欣喜若狂地翻了一会儿，找出了老“披头士”保罗•麦卡尼的《泥中花》，“年轻食人族”乐队的《她使我疯狂》，还有史蒂夫•温伍的《Higher Love》，以及重摇滚的传奇人物瑞奇•布莱克摩的《Nrock》，后来我又找出了几盘美国乡村音乐和黑人灵歌，嘿，简直棒得我都要跳起来了。我放了其中一张唱片，第一首歌便是《Perfect Strangers》。我坐到了沙发上，竭力模仿小资产阶级的样子，端着酒杯，假模假式地听歌。梁百黎点了一根“摩尔”在那儿喷云吐雾。停了一会儿我突然想起来一个问题，“你妈妈和你姐姐呢？”

“她们呀——这事儿说起来有点儿复杂，我的家其实早已四分五裂了，一年前我刚刚考上大学那会儿，我爸妈就离婚了，后来我妈嫁给了一个台湾商人——好像是个卖玩具的，那人我见过一面，长得真俗气。可这是我妈的事，我可管不了那么多。我姐姐也是个疯疯癫癫的人物，师范大学教育系毕业，当了几个月的老师便跟一个喜欢把自己的头发染成红色的家伙跑到南方去了。就这样，一个家四分五裂，如今是风雨飘摇，简直变成了一个墓穴。”她说起来忽然有点儿伤感，顺手从沙发角上摸出一件淡蓝色的围巾大织了起来。我觉得这摇滚乐和她脸上的忧伤气息不大对味了，就换了一张保罗·莫里亚乐队的狗屁音乐——他的音乐真是俗到家了，可似乎人人都爱听。“所以我常常有一种感觉，希望自己一下子从家中逃出去。可又仔细一想，跑到哪儿去呢？到处都是人。而且大多数沉闷无趣，因此我就哪儿也没跑。”

“这就对了。坏人现在太多，不定给卖到山东当人家小媳妇了呢，就你这大大咧咧样儿。对了，你们考了几门了？”

“只考了新闻史和现代传播学。反正考试我每次都能混过去。聪明呗。我可从没认真听过课。大学嘛，一进来就发觉其实再好过关不过了。想想当初过独木桥那会儿，真是痛苦万状，我记得我脑门上天天都放着个冰袋。”

“现在上大学更容易了，有钱就可以，你爸是怎么发起财的？”我这会儿好奇心可真强。

“他是靠卖鞋刷起家的——就是那种很小的破玩意儿。那还是在十几年前，社会上刚刚允许做生意，我爸他就一步步由鞋刷到皮鞋，由皮鞋又到高档时装、钢材水泥什么的，一步比一步做得大。现在全是大宗的期货，所以我也很少见到他的鬼影。”

“我可是出身贫民，跟你这种女孩交往，我会自卑的。”我开玩笑说。

“你？不至于，你不是那种人。”她说。

“这个家如此四分五裂，可毕竟仍有人牵挂你——比如你的男朋友，给他打的围巾？”

“还没想好给谁呢。那人特别没趣，不打算给他。”

“怎么个没趣法？”我饶有兴味地问。

“作为晚报记者，他这类行当最无聊了。每天就是打听城市的隐私，比如谁家生了个连体婴儿、谁谁结婚租了三十辆豪华轿车之类，然后写成文章发表在晚报上，而且天天干这个，乐此不疲。一见了我便露一副流氓相，非要我和他干那个。你说说，中国女孩儿，也不是人人都开放得要死，没有结婚，如何能上床？结果他就很不如愿。有时候还要强行把我压住，非要分开我的腿不可，结果是叫我把他揍了一顿。有一回我把他的脑门上都敲起了一个包哩，这可真带劲儿！其实，他要真的想娶我，我死活退了学也要嫁给他，可我看他并没有真心想过要和我结婚，一提到结婚，他便一副茫然不知所云的样子。所以嘛，他也休想得到我的围巾。”她不禁摇头晃脑地得意了起来。

“那他可真可怜。我真心地说，那他会……他会手淫的。”我一说出口就觉得我真是杞人忧天。

“那就让他去好了，反正我绝不和他干那个。喂，乔可，问你一个问题，是不是男孩子也同女孩来例假一样，定期排掉体内的分泌物？”

“差不多。不过男孩没有时间规律，大都在梦中抱住一个女孩，一泻而出而已，一个月也就一两回。”

“倒挺有趣。可我们女孩子来了例假，情绪便坏透了，那种劲儿简直是谁要招惹一下我们就咬谁一口。那种时候不能吃凉的不能洗凉水澡，否则下腹便特别疼。反正女孩特别麻烦，我就一直想做个男孩。”

“要真想那样，其实你倒可以去做改性手术，这非常容易——就是移花接木那种。”我说这话简直一点儿都不害羞。

她的脸一下子涨红了，“你这人有时候也真没劲，人家只是说一说而已，也并不是真想那样。”她羞怒地看着我，嗨，那小模样还挺生动。

“对不起。”我有点儿不好意思。

“对了，给我讲讲你写的小说吧。你这人特别有才气，我看见你第一面就觉得你是一个小才子。”

“你这简直在捧杀我”我这会儿居然害羞了。一瞬间她怔怔地盯了我一会儿，目光中似乎有很多内容。她忽然间想起了什么，“哎呀，快到中午饭时间了。咱们自己做怎么样？你来掌勺。”

“好吧，”我勉为其难地说，“我只会蒸出锅巴来。”

“要是你过了这一关——我检验一下你的水平，我会给你介绍一个女朋友的，温柔体贴聪明伶俐漂亮得吓死人。”

“你这是真话？”

“当真。”

“我马上就去厨房，拿围裙来。”我大声地说。

我一边翻着一本菜谱，一边在厨房里忙开了。设备、原料与各种调料一应俱全，我把自个儿装成个一级厨师，像使唤丫头那样指使她洗菜切菜。不过我的手脚倒十分麻利，不到一个小时，我就胡乱地做了五六个菜，又熬了一个虾仁汤，关掉煤气端菜上桌。

“真够丰富的，你真棒。”梁百黎亲热地在我脑门上嚗了一口，这真叫我受不了。女人有时候就是热情得叫你受不了。我们坐下来，她又打开了一瓶金像干邑，“换换口味乔可？”我点点头，然后我们便大吃起来。

我发现自己的手艺居然还不错，这真叫我吃惊。原来，我以为自己是异常的愚笨。这会儿我突然想起来一个问题，我一直弄不明白，怎么那么多好厨师全是男的，我在想可能是他们和我一样，能把很重的炒勺挥舞自如的原因——全靠这?招来掌握火候，而女人则没那么大力气挥动炒勺。想到这一点我十分高兴，这简直是发现了一条真理，我以为。我们这可真叫风卷残云，时间不长，已将饭菜消灭得干干净净，连剩下的菜汤都用馒头蘸着吃了，每人又喝了一碗粥。完了她拍拍肚皮，“这才刚刚吃饱。你的菜看上去真不怎么样，可要是吃起来，口感很棒。介绍女朋友的事就交给我啦，”她大方地冲我乐了，“洗碗的任务就交给我，你去我房间里坐一会儿，那儿有不少杂志。”她微笑着拍了拍我的肩膀，把我硬推到一间屋子里，自个儿收拾起东西了。

我决定不掺和了，我把百叶窗打开，让光线照射进来。她的闺房有一种清新的香气。这种香气与龙米的不一样，是那种更为活泼的香气。在写字台上有几本影集，我就坐下来随便翻了起来，那几本照片约莫从她出生开始，一直到她进大学之后，一个少女的成长史。照片上的她笑得非常年轻鲜活，那种明亮的东西叫我内心有点儿隐隐作痛。我放下影集，开始翻阅堆在那里的一大堆杂志。这是那类诸如《读者》《时尚》《足球》《运动与休闲》之类的破玩意儿，我百无聊赖地翻着，竟然翻出了几本美国的《花花公子》杂志。这真叫我吃惊不小，因为她竟然看这玩意儿。我随手翻了起来，发现其中很多照片并不淫秽，简直可以说非常美——那轻纱覆盖下的波浪一样的人体像凝固的一段小提琴曲一样。另有一幅就更带劲儿了，那是一对非常美丽的乳房的特写，只是乳房上凝结着几滴非常晶莹剔透的水珠。我曾经在林格床头下翻出过一本叫《粉阁楼》的黄色杂志，其中全都是女人张开大腿的恶心的照片。我接着往下翻，发现里面竟然连载有法国著名思想家罗兰·巴特的"恋人絮语"，还有一篇文章是谈论张艺谋电影艺术的。美国佬真有趣，我这么认为。

我扔下那堆杂志，在她的房间里还发现了一把吉他。我忽然想起了马佳，我不知道他是否已经给他心爱的姑娘弹过小夜曲，然后梁百黎一边擦着手，一边走了进来。

"你居然看《花花公子》，小姐？这够叫我开眼的。"

"嘿，那不过是我男朋友的，那个人总往那方面想，以为给我看看这类杂志我就能开窍似的，你说这怎么可能？"她走过来，"抽烟吗？"她叼着一根烟问我。

我说："你是什么时候这么大大咧咧的，真像一个男孩。"

"我还想当个美国西部的女牛仔呢。告诉你吧，从很小的时候我就十分痛恨这个世界，因为这个世界有很多事情是我永远也无法理解的。十二岁第一次来例假之后，我就莫名其妙地有了一种恐惧感。那还是上初二的时候，和我同桌的一个女孩叫舒兰，她长得非常美，是文弱纤秀的那种美，学习成绩也非常好。可有一天，她突然失踪了。过了半个月，发现了她的尸体——凶手竟然是我们的语文老师！他强奸了她，又掐死她，把她塞进我们学校放废弃桌椅的屋子里。你说，我才十二岁就遇到这样的事情，这有多可怕！所以，从小我就有一种复仇的心理。我也很讨厌男孩子。我男友一要求我和他干那个，我的眼前就浮现出我同桌舒兰那张美丽苍白的小脸。我难道没有理由恨这个世界吗？”她白皙的脸上掠过一道阴沉的光。

“有理由。”我老实承认。

“你这人看上去挺老练，你告诉我，你骗过多少女孩？”她老谋深算地又笑吟吟看着我，像审讯一个聪明的特务那样问我。我可不愿意就范，“一个也没骗。我压根儿就没想去骗谁。”我信誓旦旦。

“骗人。”她十分轻蔑地看着我，忽然又说，“你会开车吗？我家有一辆‘夏利’，咱们去兜兜风？”

我一下子几乎要跳起来，“我真的会开——我高中那会儿就会开，我有一个叫阿国的朋友，他教我的，只是我没执照。”我说。

“那咱们现在就开车去兜风如何？我可憋死了。”她喜滋滋地说。

“要是叫警察扣下怎么办？”

“管他呢，出了事叫我爸去应付。”她兴高采烈地拉着我。我耸了耸肩，“好吧。”我叫她把吉他拿上，我想也许开车出去，我在车里听她弹上一曲，肯定会放松神经。她拿上了吉他，“而且，你也得教会我开车。”她凶狠地说。

“得，得。”

那天我们一同下了楼，找到了那辆盖满了灰尘的“夏利”。它简直像一只肮脏的瓢虫。我打开车门，用抹布大致擦了擦，就钻了进去。我们都很兴奋，像两个打算越轨的家伙那样异常高兴。我系好安全带，拿出钥匙，发动着汽车，挂好了挡，让汽车溜出了大院。我这会儿真是胆大包天，反正我想出了事还有一位小姐陪着呢。我像个英雄那样把车开进了高速环路的快速车道，把梁百黎激动得又喊又叫。我问她，“我们去哪儿？”“去人少的地方，开到哪儿算哪儿！”她像个傻鸭子那样笑着，这真叫我心烦。我觉得十分紧张，因为车一旦开动起来我就不太好叫它停下来。我戴上了一副墨镜，尽量把车开得平稳一些。汽车很快就上了公主坟立交桥。这是一座巨大的崭新的立交桥，像一团绳子在这儿打了个结又四下延伸而出。我开着车子转了一个圈，然后就向北行驶而去了。梁百黎后来就变得安静了，只是用那种崇拜的眼神盯着我看，这真叫我发毛。因为一不留神，我就会把车开到沟里去。我这完全在拿生命开玩笑。我把紧了方向盘，后来我说“唱一首歌，我现在想听你唱歌。”我都顾不着擦头上的汗水。

“好吧，”她坐直了身子，清了清嗓子，便打着吉他唱了起来。她唱的是那首该死的《铃儿响叮当》，老天爷，这只会叫我更紧张。我把速度放到了每小时六十公里，在转弯时格外用心。这会儿我最怕的就是红灯。我琢磨要是有个警察在红灯亮了的时候走过来，拍拍我的车窗说“小男孩，下来跟我走一趟。”那就真的要了我的命。梁百黎可不管我把车开到哪儿，她大唱她的歌。我们就这样把车一直开出了三环，开到一条大河——我看像是一条河在缓缓地流着，我就在一个僻静的地方把车停了下来。“真累。”我解开了安全带，大口地喘着气，“我的胳膊酸极啦。”我对她说，我庆幸我还活着。有一阵儿我真想把车开到一个油罐车的屁股上去。我替她解开安全带，可是老天爷，我忽然觉得有点儿异样，发现她眼神儿特别热烈，一排睫毛都在抖动，胸脯也起伏个不停。“我说你这是怎么啦……”，我话还没说完，她的嘴唇就迎了上来。噢，上帝，她的嘴唇真叫热乎，简直像泥沼一样。我们情不自禁地吻在了一起。我们吻得热烈极了，而且由于过于用力，我感觉我的牙根出了血，嘴里一股子血的甜腥味儿。我们的嘴唇沾上就简直拉不开。过了好久，我们才分开，大口地喘着气。氧气真的少了点儿。我觉得。

“你这儿，有点儿不太老实。”她调皮地拍了一下我的两腿之间。嘿，我那儿真的不太老实。但这可不能全怪我，我以为。我说，“下车看看吧。”

我们一同下了车，来到了那条河旁。风很大，她拎着吉他，我们都觉得有点儿冷。我明白这条河不过是京密引水渠。水流十分平缓，我们在河边找了个地方坐下，这会儿她像一只听话的猫，我说：“咱们唱歌吧。”于是她就弹了起来。我唱了一首《从前的往事》，然后我又唱《莎莉》，接着我唱了《天天迎着太阳跑》，我又唱了一首《大风之夜》。我这会儿可真高兴，因为我居然能把车开这么远。我们俩一同装模作样地用假嗓子唱了那首特别深沉的《老人河》。后来我们就沉默了，只是看着那水静静地在我们的眼前流淌，好像从古代以来，我们俩就像一直坐在那儿似的。

这会儿我们忽然都看见了一个漂浮物。“那不是死人吧？”她说，我也看去，最后确认那不过是一只小死猪。这真叫人丧气。她停了一下说“我前天看报纸，说南方今年发水灾，打捞上一家人的尸体——他们在洪水来临之前全都拴在一起了。用一根绳子把一家五口拴在一起，显然是知道即将而来的命运。连同所有的家具和几头猪，全都拴在了一起，就这样从容地死了。你说人的生命就这么简单、残酷、易逝、暗淡而又无趣吗？”

她泪光莹莹地看着我。我也看着她，我发觉我从来也不了解她。我正要说点儿什么，她收回目光，柔声地说：“我们回去吧。”

二十、荷兰的风车

那些巨大的风车在不停地旋转，你甚至看不见风。四周那些金黄的草都低下了头。向它们飞去的风中的鸟儿在疾行中倾斜了翅膀。

从那一天起，天气便一天天冷了下去。到十二月末的几天，又下了两场大雪，把校园装点得十分素洁。但不久之后，下的雪又尽数化去，地上就都结了冰。这一段时间是紧张的考试阶段，H大学的所有的家伙全都披甲上阵，忙得不亦乐乎。

我顺利地考完了所有的课程，尤其是令我心烦的《古代汉语》也考得还不错，出了考场我扶着一棵杨树，吸出了一口气。而且，学校的学子们迎来了圣诞节和元旦两大节日，H大学便陷入了热闹的节日气氛之中。

每到这时候，学生宿舍便也通宵供电，到处都在举办舞会，以“老乡会”为单位的聚会比比皆是。男生宿舍的窗户里也会偶尔扔出一些空瓶子砸碎在地上，增加了小闹剧般的喜庆气氛。不过这可不是闹着玩的，要是扔到脑袋上那可糟了，我每回走过男生宿舍楼下就提心吊胆。最让我心烦的是夜晚降临，那一对对情侣们便肉麻兮兮地提着红色的小纸灯笼，在校园里走来走去，而且大都聚到未名湖那一片的僻静之地“吃口条”去了——我把接吻称为吃口条。我想这类人中一定包括齐晖、王家明和许中元一类文学青年。我听说他们最近又成立了“冰火”文学社，团结了不少水火不相容的家伙，据说还有一堆漂亮女孩。这真叫我受不了。而在以食堂改成舞厅的场所，则聚满了成堆成堆的伪君子和矫揉造作的女孩，成对儿在跳着舞。

圣诞节时，梁百黎托她中学同学，和我现在一个班的一位女孩送来了一个小包，我打开来，发现竟是那条浅蓝色的围巾。自从上次一起驾车出游，又约有十天没有再联系，这个家伙居然打好了那条围巾，而且当作圣诞礼物送给了我。我当然十分高兴，因为我正缺一条围巾来着。我把平时最喜欢的一个用骨头做的小散楼托那女孩送给了她。过了两天，我给她打了个电话：

“谢谢你的围巾，它围在我的脖子上暖和极了，我几乎都感觉不到我还有脖子。你男朋友不吃醋？”

“不会，我正给他打一件毛衣呢，所以我把小件送给了你。我也非常喜欢你送给我的那个带楼。在墓穴一样的家中，戴个那玩意儿就不会害怕了。喂，寒假有什么打算？”

“我想到南方看看——听说那边打工族挣钱不少，另外我特别喜欢爬树，可我从来都没爬过椰子树，我想爬一回试试——亲手割个椰子下来。我这个梦想简直要了我的命。”

“你这人真有趣，路费够吗？我支援你一些。”

“哈，财主的女儿要发发善心？我当音乐台节目主持人还是有了一点钱，差不多够了。”

“那好吧，春天见。”

“长胖点儿，你要胖一点儿就更漂亮了。”

“你这简直是在诅咒我，我真想给你一拳。”

“再见，傻丫头。”我挂了电话。

元旦一过，我就有一种急切地想见到龙米的愿望，仿佛有一堆蚕在咬着我的心似的。那个夜晚的裸身相见，像一个梦一样渐渐变得远了，淡了。可我琢磨我得找回那种感觉，那种她带给我奇异的情感激荡。可我不知道我自己是一个什么人，也许，我是一个校园空心人？我的胸口灼痛得要命，我想我必须见到她，我必须再一次确认看看她到底是不是我的一个幻象。于是我迫不及待地来到了北京外国语学院。

外语学院离H大学约需骑自行车四十分钟之久。我那天一个人穿越外语学院空荡荡的校园——天气非常寒冷，素以“花朵”繁盛的校园里竟不见一朵耀眼的“花”，叫我的游历大为扫兴。我来到了龙米她们系楼下，我刚一进去，门口那个老师傅就拦住了我。

看他打量我那不信任的眼神我就来气，我说：“我找法文系的龙米，我是她哥哥。”

“你是她哥哥？她在三楼三一四房间，不过，那姑娘好像有什么事回家了。你上去看看吧。”

我的心咯噔一沉，像一只鹿那样蹦跳着跑上三楼，敲了敲三一四的门。

这会儿我倒十分安静，心也不乱跳了。门打开了，一个胖乎乎的戴眼镜的女孩把脑袋探了出来。

“你找谁？”

“龙米在吗？”

“哦，你是乔可吧，请进来。”她说。

莫非龙米跟她们寝室的女孩说起来着？我走了进去。这是一间十二平方米左右的小屋，住了三个人。每张床都非常整齐，床头窗台挂有不少小玩意儿和玻璃风铃之类。

“就你一个人？龙米呢？”我坐下来有点儿耐不住地问她。我确信靠左边墙那张床是龙米的，因为床头墙上贴了一幅俄罗斯画家的风景画，属于大地派那种。画面上是金黄的天空——铺满了霞光那种，和茂密的白桦林，的确非常美。

“她回青岛了。我叫戴海燕，是她的同班同学。她家里有什么事，因此她两周以前就回去了。不过她估计你会来，就写了一封信，托我转交给你。”她笑眯眯地递给我一封信。

我接过信，并没有去拆它，而是问她“你们什么时候放假？”

“一周以后。你要是来得再晚点儿，可就拿不到信了。龙米跟我说起过你，说你很可爱。”

“可爱？我特像从动物园里逃出来的狒狒吧？”我笑着站起来，“告辞告辞。”

走在校园里，头顶着风掠过枯枝败叶的声响，我从口袋里掏出了带有我的体温和心跳的那封信，拆开来。信纸是那种影印有彩色图案的礼仪信纸，是那种淡蓝色，还有一种淡淡的香味儿。她那倾斜着的娟秀字迹映入我的眼帘：

乔可：

你好！我忽你会来看我的。本想去找你一趟，想着元旦前应该再见一面才对，无奈家中突然出了一点急事。我的父母都已年届六十，我爸爸不慎跌断了右腿，而妈妈犯了心肌炎也住进了医院，家中只有我一个女儿，且还在北京，没有亲人在他们身边照料实在不行。亲戚拍电报来，我便决定提前回去。就连期末考试，我也同系主任谈好开学来重新补考。

就这么匆匆忙忙地走了。

你过得如何？天气已渐渐冷下来了，我发觉你并不是一个会照料自己的人。一个人离家在外，要学会自己照顾自己——关爱你的人都远在千里，各种事情也都是鞭长莫及。北京的冬天风大，你倒应该买一件双层的棉风衣穿上。所以，要多珍重。

我总觉得属于我们的那两个夜晚也许永远也不会来。那是在梦中吗？我不敢相信，我实在怀疑已经发生的一切。那两个夜晚太有黑夜性质了。

我真的不懂感情，也害怕被人伤害，心中也曾经有过伤痕。世界在我的面前还未全部展开，未来对我们来说意味着什么？真的是全然不知。我是一个内心忧郁的人，有时候心情无端地；就非常低沉，自己都把握不好自己，更不知如何去看待别人。

和你的相识，也许无论如何都应该算作是缘分。每一次生命的相遇都是一种缘。也许，你只是把我看成了你死的恋人琼的化身而已？如果是这样，你便很容易将你的感情寄托在我身上，也许结果便会很糟。因为我就是我，是完全的另外一个人，是你所不熟悉的一个世界。你带着先入之见和我交往，必然会和真实的我失之交臂，这也就成了我们成为真正好朋友的障碍。不知道你能明白我的意思吗？

有时候我常常想，这个世界上毕竟有些东西是值得我们去珍视的。

你看，我就是这样一个外表沉静而内心风云变幻的女孩子。尤其是在现在的青春成长期，很多事情于我也是捉摸不定。我甚至想回到内心，因为我很惧怕现实——那完全是成人的世界，充满了欺诈与争斗。好多问题我还要你帮忙解答，毕竟，男孩子见多识广，更能接受外部的世界和事物。

你是一个追求真实的人，在你看来，似乎一切都是朝气蓬勃的，你好像完全在凭热情生活，你对一切都那么有把握，那么有信心，而我则对很多事情都没有信心。以如此态度来对待生活的人，叫我感动。

我用当导游的钱给父母买了很多的东西，其中还有一台生物频谱仪。用自己挣来的钱带给父母快乐，这真叫我高兴。

我觉得我的心如同没有墙的一座城，进来容易但却又常常会在这城中迷失方向。

你可以给我写信，信封上是地址。

安好

米

我漫无目的地在校园里走着，把这封信足足看了三遍，也没记住她到底写了什么。她这封信叫我有些心乱。我胡乱地走着，这才发现周围的景色有些萧条，大地一片萧瑟，一切都是那么的冷漠而又毫无趣味。这就是北方的那种冬天，寒冷、清澈，如同冰冻的玻璃一样彻骨冰凉。

我走着走着，看到前面有个穿绿色军大衣的人在那里画画儿。这么冷的天居然还有人画画？这真叫我吃惊。我信步走了过去，站到了她后头。我发现她是个女的。在她的画架上，出现的是冬日空旷的大地。那画布上的天空与大地都以变形的状态，传达出震颤的感觉。那是一种久远的灰黑之色。她画出了大地本身的一些气质，我立刻被她的这幅画吸引住了。

“你这天空和大地的容量真大。有一种力量被你画了出来，嘿，我说，这幅画可真棒。”

她转过了脸——我发现她是一个三十岁左右的女人，她的脸形很有特点，带着一种固执的梦幻表情。“你是说我画出了大地的气质？”

“对。”我肯定地说。

“你也画画吗？你好像还上学吧？”

“对，我是H大学的学生。天这么冷，上帝啊，你还能坐在这儿画画？”我十分惊异。

“啊，我都快给冻坏了，正琢磨是否应该回去，那就回去吧。帮我提一下画架如何？你瞧我的手，简直都伸不直啦。”

“OK。我倒还想看看你的其他作品。”

“那就到我的画室去吧，那里有我画了一个秋天的作品。我叫蓝桑，在这里进修德语——我是云南人。”她伸出手来说。

我握了握她的手。“你的手可真凉。”

我们一边走着一边瞎聊，我把我的全部美术知识都用上了，可是还抵挡不住她。她的宿舍在一幢教工楼上，我进去后首先闻到的就是一种十分强烈的颜料味儿。在她的宿舍兼画室里，到处都是画，有加框的也有没加框的。我走过去一幅幅翻看。她的画大多还是写实风格为主，有些作品的基调与俄罗斯忧郁的风格十分接近。我尤其喜欢她的几张以风车为主题的画，在以灰色为背景的天空之下，那些巨大的风车在不停地旋转，你甚至看不见风，但你可以感觉到那些风车在转，我的老天爷，那些风车简直美极了。有一幅画上只有一架孤零零的风车，在一条河边伫立，仿佛在守望，又仿佛在注视水中自己的倒影。那种孤独的感觉简直叫我想哭，还有一幅很大的画，上面有八架风车都在疯狂转动，四周那些金黄的秋天的草都低下了它们的头。那种悲怆、悠远和凝重的感觉震动了我。

“很喜欢它们？”蓝桑脱去了她那件大衣。她真的像个云南人，高高的额骨，一双女巫一样的大眼睛，眼圈儿有一点儿发黑。

“我喜欢这类风车，它们转动得多么美丽而且忧伤啊。我叫乔可，我得说我喜欢这类风车。你就在这儿画画？”

“对呀。我都快把我的本行扔了，因为再过上半年，我就该回云南了。北方给我带来了一种大地的东西，这是云南所没有的。”

“很喜欢北京？”我问她。

“很喜欢。北京有一种非常大气的东西。那类似于一种呼唤。”她说。她一定已经结过婚，我看着她想。她有一头淡黄色的头发，有点儿乱，但她的皮肤却很白，白得叫人生疑。我又继续看她的画，有几幅简直更为奇特，它们看上去非常像莲花，我一下子明白这是她画的女人意识的作品。那完全是女性的一种神秘的经验，一种女人意识的苏醒与满溢。

“这几幅画也很棒。画的是你们女人自己——神秘莲花的开合。”我随口说。

“嗨，”她嚷嚷起来，“你好像还懂行。说下去，你喜欢谁的画？”

“我比较喜欢外国20世纪中后期的那批画家，”我信口开河起来，“比如毕加索——他可真是个色情狂，还有保罗•克利、米罗、达利、德尔沃、培根、玛格丽特之类，我都很喜欢。我最喜欢的画家是米罗、德尔沃和达利。米罗的东西全是童心——他到老都那样，而达利的作品则充满了潜意识与人类欲望与时间的永恒冲突，而德尔沃的作品，简直全是月光下死寂的城堡中静止的人们在交谈。我特别喜欢他那幅叫作《访问》的画。”我打算跟她开个小玩笑。

“就是那幅画了一个少年走进一间空屋子，面对一个裸体成熟女人的画吗？”蓝桑十分懂行地问我。

“是的。那是一个不成熟的少年对成熟女性的向往与拜访。传说德尔沃有一天走进屋子，突然看见了裸身沐浴的母亲。”

“他的画中人物的脸全部都是古典类型的，目光十分空洞，很不具体，大都有些变形。可你为什么会喜欢《访问》呢？”

“因为我已经十九岁了，”我大声地说，“可我还是觉得自己不成熟，像个长不大的屁孩子，对一切既向往而又疑惧万分。”

“嗯，有道理。”她点点头，带着成熟女性的那种具有洞察力的目光看了我一会儿，“你悟性不错。你是不是特别喜欢我那几幅以风车为主题的画？”

“是的，简直喜欢极了。”

“那你挑一幅吧，我要送给你一幅。你是一个有眼力的大男孩，”她说。她这一句吹捧的话简直要把我乐坏了。

于是我就十分高兴地挑出来一幅“我打算把它贴在我的天花板上。”

“为什么——贴在天花板上？”她有些吃惊。

“这样的话，每天一睁开眼我就可以看见它。”我便把我在天花板上贴了碧姬•芭锋和麦当娜的性感招贴画的事儿告诉了她，惹得她笑了起来。我这一开口倒好，一下子收不住了，于是我便滔滔不绝地说起自己来，讲起了我如何当电台摇滚音乐节目主持人，如何写作一些与动物有关的小说，以及我的几个城市之间的旅行故事。我差一点儿都要给她讲我的童年了，因为她一下子笑个不停，笑得花枝乱颤，这一下子把我弄昏了“你为什么要笑？”

她仍旧在笑：“不知道，只是觉得你这个人就是让人想乐。”

“我难道像从动物园里逃出的狒狒？”

“还真有点儿像，一点没错。”可能是我傻里傻气坦诚的样子叫她觉得可爱，我也乐了。又坐了一会儿，我起身说，“我该走了，谢谢你这幅画。”我卷起那幅画。“你穿这种毛衣怎么这么大，简直装得下一头熊！”

她又乐了，乐得泪都流出来了，“我自己织的。它真的能装下一头熊？”

“真的，”我说，我走出门。“再见，有时间了我会来看你。”

“欢迎你来，乔可，你真的十分可爱。”她耸了耸她的鼻子对我说。

回到了居所，我立即把天花板上的半裸芭锋和麦当娜取了下来，换上了那幅我非常喜爱的孤独转动的风车——它简直就是我自己的心灵写照。躺在那里，我读着那幅画，觉得十分忧伤。我这会儿特别想念龙米，我真想躺在她怀里睡上一会儿，什么也不干，只是睡上一会儿我就会精神百倍。后来我就睡着了。在梦中，我看见了雨后的大地之上水洼在天空下闪闪发亮，那些风车在飞速地转动，那么整齐而又发出了忧伤的声音，向它们飞去的风中的鸟儿在疾行中倾斜着翅膀。

二十一、晶都国际酒店

那一张欧式大床能并排睡四个大胖子。我梦见她向我笑吟吟地走来，手中拿着一只长筒丝袜，她向我越走越近时我感到了莫名的恐惧。

我决定调整自己的生活态度和节奏，我打算不再没命地喝酒了，酒总是叫我变得控制不住自己。和杨梅雯的短暂交往给我带来了一种郁闷的力量,这使我下决心把自己的生活也调整好。我想我没有理由不生活得好一些，我在这座城市并不过于孤独，我还是有几个朋友的，属于那种可以互相借数目不小的钱的朋友。于是我给在《中国商报》的朋友张晓打个电话。

“有时间找个地方聊聊？”我问他，“最近在干什么？”

“刚从香港回来，他妈的，香港简直成了内地人聚会的地方。我走在一条大街上，从这头儿走到那头，碰上了一个熟人，嘿，走上三十米就又碰上了一个，接着又碰着了两个。你说去香港还有什么劲？我在北京大街上都碰不上这么多熟人。”

“哈，”我乐了起来，“现在北京全是外地民工的天下。我敢打赌那帮民工走在长安街上，从东单到西单，至少能碰上三个一个村儿的。”

他笑了起来。“刚巧今天晚上晶都国际酒店有一个晚会，一起去玩玩儿吧。”

“带我去不合适吧？你是记者，人家酒店还指望你给他们宣传呢。”

“没关系，你是我的哥们儿，我给他们打个电话就可以了。今天晚上纯粹是一个玩乐性质的聚会，都是圈里人。你最近在干什么？”

“推销女式内衣，”我觉得十分尴尬，“从一家商店跑到另一家。此外还推销各类唱盘。”

“没开玩笑？”他也乐了，“真没想到，你干上了这个。我女朋友想买几条新内衣，有没有好的给我推荐一下？”

“有一种日本产的花边内裤相当棒，我晚上给你带几件去。那种短裤属于若隐若现型，这样你便会更有激情了。女朋友——还是长着翘鼻子的那个？”

“还是，”他有些沮丧地说，“我被套牢啦，我简直像不升值的股票一样，看来只好明年办手续结婚喽。你没找个姑娘同居？”

“没有。”我说，“不过下个月打算找一个。那晚上七点在晶都国际酒店门口见面？”

“好的，就这样吧。”他挂断了电话。

我在晚上七点钟准时到了晶都国际酒店。晶都国际酒店是东南亚某个华人巨富在京投资办的一家五星级酒店。我曾经在这里玩过壁球，此外这座酒店的巨大的玻璃窗，以及窗外随处可见的哪怕是在冬天都是绿茸茸的草坪，也是非常有名的。

我到门口的时候张晓已经等在那里了。他浑身上下一套名牌服装，脸上的笑容都是这座城市的白领层特有的，和善而又颇具城府。他变化不大，我想可能是几乎天天都有的饭局叫他的肤色变得十分的细嫩。至多再过两年，他就会变成一个十分庸俗的胖子，我对此深信不疑。

“啊哈！我的行吟诗人，瞧你给我带来了什么礼物？”张晓张开双臂，像个美籍华人那样迎了上来。

“两条日式弹力女式内裤——给你夫人的，另外是两张唱碟，莱昂内尔•里奇和惠特尼•休斯敦——我约莫记得你说过特别喜欢这个黑美人的歌，对吧？”

“太棒了！谢谢！谢谢。”张晓接过我递给他的一个手提袋，拉着我的手向饭店大堂走去。我还没有进过晶都国际酒店，但一进门，我就被它大堂辉煌庄严的气派给镇住了。在这里，连光线都是那样的华美。一些华服盛装的人往来走动，大堂那好听的五重奏也在演奏着。“咱们去土耳其风味餐厅吃烧烤，活动马上就开始了。”

“是个什么活动，今天？”我问他，“恐怕我来这儿不太合适。”

“亲爱的，你是我的好朋友，对吧？我已经给饭店的朋友说过了。今天的活动是一个答谢宴会——为了感谢与饭店合作愉快的记者和一些赞助商的。”张晓向我解释道。我们很快绕过那些金碧辉煌的走廊与巨型盆栽植物，来到了土耳其餐厅。到那儿我才发觉，有很多人已经到达了。从装扮上看去我知道他们大多是新闻记者。新闻记者就是打扮在工人和乞丐之间的那类人，我的目光一扫过那些人，我发觉我一个也不认识，可张晓告诉我其中有哪些是大腕、名记，谁谁专给领导人拍照，谁刚从以色列回来还差点儿吃了枪子儿。我只记住了一个大胡子摄影记者，那个人拍的体育摄影照片非常之棒。

晶都国际酒店公关部的米小姐热情地和我握了握手——她的小手简直像小娜鱼一样滑溜，我便和张晓坐了下来。坐下来之后我才开始观察周围的环境，我注意到这儿不过是临时布置成土耳其餐厅模样的，墙上挂着几把土耳其弯刀以及华丽的挂毯，那也是有几分伊斯兰风格的。张晓对我说，这里要进行为期一个月的土耳其美食节，而且还配合以不同的各类促销和商务活动。

“这次活动你得了多少红包——如今的记者简直比土匪还厉害，又吃又拿的。”我讥讽似的问他。

张晓淡然地一笑：“不过是得到了一柄土耳其短刀而已。你怎么仍是愤世嫉俗的？”他反将我一军。

“不为什么，”我说，“因为你过得比我好我就生气——在学校那会儿你多老实啊。”

“哈，乔可，咱们都得活着。这不过是一个职业、一个饭碗而已，对吧？”

“当然。”我说。

这时候饭店总经理在米小姐及一大堆饭店各部门经理陪同下来到了土耳其餐厅。这是一个皮肤黝黑的东南亚人，他看上去顶多三十五岁，可他居然就是这座五星级国际酒店的总经理，他用英语说了一大通表示感激之类的话，由米小姐翻译给我们。我们按照惯例为那一个又一个讲话者鼓了掌，之后，晚餐正式开始了。

“今天的土耳其烧烤特别对你的胃口。”张晓笑着说，“在学校那会儿你老嚷嚷胃亏肉，今天会叫你把几年的食欲都给满足了，只要你有那么大的胃口。”

我像个绅士那样冲他摊开手，“好吧，你就看我的吧。”我们排着队走向自助餐的位置。我拿起了一个盘子，先是盛了一点凉菜、水果色拉和意大利甜点，我知道我得先开胃。坐下来后，我铺好餐巾，侍者又给我端来一杯爱尔兰热咖啡，我于是愉快地吃了起来。张晓刚刚端着盘子坐下，我就发现我的胃口充分地被激活了。我这一次去要的全是十分扎实的肉类，土耳其烧烤，煎肉，以及几个春卷儿。嘿，我当真是食欲大开，风卷残云。我如是起身四次，每一回都满载着各种土耳其扎实的肉块儿回来，叫张晓和那帮子文雅地进餐的“名记”们大吃一惊。我吃到餐后水果时觉得自己其实还可以再来一道，于是又当仁不让地进行了最后一次的甜点扫荡。

“你这简直像鬼子进村了。”张晓不无抱怨地说，“你就不能节制一点儿？”

“好吧，”我说，“喝咖啡我不在行，最多就三杯。”

“你的胃口真不错，”我对面一个北欧人用很不错的普通话对我说。

“当然，因为我饿了。我还是一个城市流浪汉呢，张晓，我昨天晚上就睡在大街上，身上就盖的你们的报纸。”我开起玩笑来。

“真有你的，还那么逗。”张晓拍了拍我说。我们吃过饭，米小姐领我们来到了隔壁的一家迪斯科娱乐宫。我们在暗处的沙发座上坐下，我要了一杯矿泉水在慢慢吸饮。我没想到今天的表演项目竟是如此之多，先上来一帮孩子唱了段数学歌曲，那种九曲回肠的感觉真叫我想哭。一瞬间我甚至又回到了童年时代，可我知道这个世界可不是孩子，它一直都像个凶恶的成人，随时都想给我的屁股上来那么一下子。接着又是两个跳拉丁舞的男女瞎舞了一通，那女子由于穿着十分性感的网眼长筒丝袜而博得了不少掌声。到了最后，在一阵音乐伴奏声中，是一队模特儿上场了。

这简直是阳光和沙滩的感觉，我想。那些高大苗条的模特儿一次次从旁侧的小门里走出来，向我们展示她们美丽的姿势与服装。我忽然看见有一个模特儿有点儿眼熟，我好像在哪儿见过。那个模特儿的笑非常特别，犹如春天里一种花的颤抖凝固在脸上似的。她的眼睛特别美，属于那种泡泡眼，但非常美。她走动的姿势仿佛水流在起伏似的。我想起来我是在杨梅雯的一张合影上见过她，是的，我敢肯定这一点。这时我忽然有一种预感，我想起了我所看到的报纸上女模特彭莉之死的报道，我猜想这其中一定有什么联系。这使我的心揪了起来。模特队表演结束后，我立即起身到了她们更衣室。我冲她招了招手。她走了过来。用询问的眼神看着我，“找我吗？”

我点点头。“我在哪儿见过你。你认识杨梅雯吗？”

“啊，她呀，我原来就是她的模特队的一员。后来她专门设计大型活动的服装，我们就解散了。”

“留给我一个电话好吗？有些事我想请你帮忙。”

“好的。”她愉快地递给我一张手写体的纸片。“全在这儿了。”

“谢谢。再见。”我向她报以感激的一眼，刚才我曾经只为她一个人鼓掌来着。然后我回到了座位上。

“你去哪儿了？你瞧，抽奖都开始了。”张晓说，“你要给我抓一个大奖就好了。你猜今天的大奖是什么？在这里住上一晚，还有一顿美妙的晚餐。”张晓正说着，米小姐在麦克风边叫他上去抽奖。我们的名片都在一个转筒之内。张晓走了上去，他转过身，背朝转筒将手伸进去，然后他抽出了一张名片。

我没想到的是我中了那天的大奖。那是在这金碧辉煌的饭店里住上一晚并且还有一顿美妙的晚餐的大奖。后来的事我都记不清了。我只记得饭店总经理亲自递给我一个装有一张卡片的信封，欢迎我在周六和周日随时前来。我还记得我给张晓抽了一个四等奖，那是一瓶“黑风”酒。那天晚上我们离开饭店的时候张晓还喋喋不休地在我身边问我，“你要带哪个女孩来这儿度过美妙的一晚？我真妒忌你。”

我真的不知道该带哪个女孩在晶都国际酒店度过一个美妙的周六的夜晚。过去的女友的面孔仍能记起，只是人已如昔日黄鹤。就连杨梅雯也是和我约好一个月后再见。我可不想破坏这样的约定：我得守信用。我想到了那个美丽的女模特儿。有些事情我想和她聊聊，我没有想到别的，只想请她共进下周六的晚餐。她叫霍衣羽。这是天鹅一样的名字，我想，于是我呼了她。她愉快地答应了我的邀请，这一切真的都是始料不及的。“晚上见，”她甜甜地说。

在周六的晚上，天刚刚擦黑我就来到了晶都国际酒店，我一个人坐在大堂酒吧靠近窗户的一个位置上，注视着窗外那绿油油的草坪被地灯的照射所反射出的毛茸茸的光。大堂里几个乐师一连演奏了肖邦的二十四首前奏曲，这不能不叫我感到了忧伤。我不知道我还能否得到杨梅雯的爱情，我不知道这座城市将把我推向何处。也许我也将漂入黑暗。而这时，我没有注意到霍衣羽已经站在了我的身后。我是从玻璃反射的光中看到她的。

她今天穿一套荷叶绿的衣裙，简直翩翩若仙子下凡。

“嗨，等急了吧？”她说。

“不，谢谢你能来。我们去自助餐厅吧，今天是南非风味的佳肴美味。也许还能吃到鲸鱼呢。”我说。

我们端着盘子找了个可以吸烟的座位坐下来，但是我没有找到鲸鱼肉，倒是有不少其他南非烤肉，比如有一种鸟的肉就相当不错。

“知道彭莉之死吗？”我单刀直入。侍者给我们端来了咖啡和矿泉水。

“当然！不过，凶手好像一直没有抓住。我们曾经都是杨梅雯模特队的成员。其实彭莉是个男人。”霍衣羽轻轻地咬了一口水果色拉说。

我又吃了一惊，“是个男人？”我的手一抖，一块甜点掉进了咖啡杯，咖啡粉轻轻地漾开了。

“是的，是个男人。只是他长得非常像个女人，他从来不长胡子，而且说话也女里女气，我们都听说他是一个同性恋。他对我们都很好，有时候换衣服表演时我们也不忌讳，因为他只对同性感兴趣。有一次我在喳喳迪斯科舞厅见过他和他的男伴来着。”

我不停地喝咖啡，不知为什么我没有什么食欲。“你们的模特队是什么时候解散的？”

“半年以前，那会儿杨梅雯突然不想做时装了，她更想做大型的晚会装。那时候她给中央电视台的春节联欢会设计的服装不错，她觉得那是一个新路子。于是我们就都散了。”

“杨梅雯和彭莉的关系如何？”

她睁大了眼睛看着我，“你说他们会有那种关系？不会的，他们彼此很冷淡。她并不喜欢他。”

“彭莉后来去了哪儿？”

“他到丽曼时装公司去了。传说那个公司的老板是他的情人。然而上个月他就死了。也许是他的同性恋伙伴杀了他？”她忽然问起我来。我岔开话题。我在猜想另一个凶手，我想我正在接近问题的核心。我就开始和霍衣羽闲扯起来。我知道了做模特儿也并不容易，像她在三年前一个人从哈尔滨独闯京城，曾经租住过冬天没有取暖设备的平房，而现在，她已经租住上了亚运村的高级公寓。也许每一个来到这座城市的人都有一段眼泪铺成的道路。我们聊了很久，直到天空——从玻璃窗上看上去那天空十分黑暗，我差一点儿说出留她下来过夜的话。但我知道她不会答应的。“乔可，那以后我买内衣可以找你喽。”分手时她天真地对我说。

“当然，而且非常便宜。”我说。我把她送到了门口，送她进了一辆“皇冠”出租车，然后又返身进去了。

我住进给我开的贵宾房间时简直是瞠目结舌了。那一张欧式大床能并排睡四个大胖子。我心情有些激动，我洗了澡，披着浴巾站到窗前凝视这黑暗之中的城市，但除了星星点点的灯火我什么也看不见。我在松针香的床上睡去，我梦见杨梅雯向我笑吟吟走过来，手中拿着一只长筒丝袜，她向我越走越近时我感到了莫名的恐惧。我从梦中惊醒时天已亮了，服务员推着餐车给我送来早餐。我在吃着火腿蛋时突然想迫切地见到杨梅雯。我已经有三个星期没有看见她了。

二十二、投石打鸟的人

嘿，我一点也不骗你，真的有一丛大芦苇似的东西，在我体内往上长，我担心这芦苇有一天突然长出我的头顶。

那个寒假来临之际我的内心里充满了乱七八糟的忧伤，那一段时间我特别希望自己能尽快地成熟起来，去接近成人的天空。有一会儿我都能感觉到自己体内有一丛芦苇，嘿，我一点也不骗你，真的有一丛大芦苇似的东西，在我体内往上长。我担心这芦苇有一天突然长出我的脑壳，那该有多可怕。可我想长大的愿望却是那么的强烈，一百头牛都拉不回来。

林格和叶灵珠到北海玩儿去了，据说那里在这个季节里还穿裙子，“你想想看，在冬天里，尤其是过年的时候那海滩上一个人也没有，只剩我和她在漫步，那种感觉有多妙！”林格兴奋地对我说。当然，他真的值得这么高兴，因为叶灵珠实在是个不错的姑娘。我琢磨这会儿梁百黎也在家里织其衣，我已经得到一条围巾了，就更不便打扰。倒是龙米，却常常像个影子一样涌现在我的梦中。她回青岛不知一切真的可好？我想她父母一定会因此而倍感欣慰。在夜里，由于想到她，我便不知不觉地想到了大海，以及大海本身带来的气息，她在青岛海边一定会天天吸到腥咸的海风。我有时候觉得她真的是一个幻影，只是与我在一个黑夜里互相拥抱过，然后就什么也没有发生了。我还有可能和她有这样的黑夜相遇吗？我入迷地回想着她那凝脂一样的皮肤，以及小巧温暖的乳房。在北京寒冷冬季，离乡游子的我，突然决定进行一次旅行，以期摆脱种种青春的惆怅与烦忧，而这些都和寒假一同来临了。

我给远在新疆的母亲写了一封信，大报一番喜而不报忧，说我又长胖了考试不仅全部过关而且还进入了前十名，还交了一个十分漂亮、温柔体贴的女友——反正撒谎于我已经是手到擒来之事。然后，我用几张玫瑰色的信纸在出发前给龙米写一封信：

龙米：

你好！

你留下的信我已取到，并且读了约莫有十遍之多，也没有读出什么。不过，我还是非常高兴的。北京的冬天非常冷，而且整天刮着几乎让人掉耳朵的冷风，实在叫人厌烦透顶。这几天我的生活一尽被琐碎的事情所充满，简直烦不胜烦。

这几天又都总是遇到有趣的事。二天前在大街上，见到一个长头发的疯子，他总是在不停地找着自己的脚印。刚刚向前走上十几步，便又立刻转身，寻找着原来已经走过的脚印又一路走回去，不一会儿便走糊涂了，无论如何也找不到自己所走的路了。于是他便一个人站在大街上仰脸看天唉声叹气，但后来仍旧一路寻去，不停地兜着圈子，却依旧一脸的执着、迷茫与痛楚，还有一种绝望的期待。我觉得他简直是人类本身的象征。你说这有趣不？

前天晚上和一堆没有回家过年的同学一起去首都体育馆听一场演唱会，有一个叫张丽的女歌星居然会用肚皮说话和唱歌，她单手叉腰，把话筒放在腹部。一种简直像是水中发出的歌声便传了出来。有趣倒有趣，只是有点儿吓人了。压根儿就不见她的嘴巴动一下，真令观众大开眼界。而且，超大屏幕上显示出她肚皮的特写，果然会随着歌声旋律的起伏而起落个不停，如同潮涨潮落一般。这大千世界，真是无奇不有，令我吃惊又叹为观止。

昨天中午我在电视上看到这样一则新闻，说是加拿大某个地方一只母猫生下了一只有着两张脸四只眼睛的小猫，这猫由于所看向有别，两张脸指挥不一，便常常撞得自己晕头转向的，后来只得被主人绑在了摇篮里再也不得动弹。这事儿说起来也够奇妙的吧？

说起我自己遇到的怪事，那就该算是今天中午我的午饭了。出于补充营养的考虑，我才订一份清炒虾仁的小炒，哪料到我刚去吃第一口的时候，就有一只透明的小虾猛地蹦起来，贴在了我的鼻子上。这着实吓了我一大跳！你说这有多怪，我简直弄不明白学校里的清炒虾仁如何能炒出活虾来，也真算H大学一绝。所以晚饭我要了一份猪蹄，使狐疑了半天，担心下嘴去吃时冷不丁会被这猪蹄狠狠地踢上一脚，那可就惨了——如若掉了门牙，可没脸再见你了。反正H大学的假期里，食堂的饭菜便都做得离奇了，兴许煮熟的黄瓜都会在锅里跳舞也说不定的。

龙米，说真的我很想你。我不知道这是不是爱。有一天由于忍耐不住，便一边想你，一边就手淫了一回，事后简直后悔不迭，大骂自己过于下流。也许我真的特别流氓，你要不原谅我我都没脾气。

你父母的病康复了吗？有你在身边，自然一切都会好得多。而且我盼望着一开学就能够见到你。

我寒假打算去海南岛那个鬼地方看一看，因为一则北京的冬天太冷，二则实在想看看大海与热带森林，于是就决定把平日的积蓄全都用在这次旅行上。我会注意安全的，不用担心。

一开学，就能见到你了吧？而且，这几天校园里的梅花开了，真漂亮。

老乔可

我第二天上午把这封信发出，取到了提前订的票，便踏上了南行的火车。我头戴一顶该死的黑色棒球帽，脚穿一双足球靴，一脸茫然地看着车窗外灯光闪烁的北京夜景。那简直就是灯光的海洋一样叫人心里发痒。过了好久，列车穿过城市，透过车窗我发现星星已经密密麻麻地睁开了眼睛。

要是说起那次看似壮举的寒假南行，现在想来实在平淡无奇。因为我并未抵达真正的热带丛林，当然我见到了海，以及不少的热带植物。我还试着爬了一回椰子树，但它太高，我根本爬不上去。有几天在海南岛我和几个来找工作的新疆大学生混在一起，一同卖了几天羊肉串，又在一家“野鸡”报社干了半个月的记者，到处跑着采访各类我认为有趣的人。海南岛已不像前几年那么热闹，也已不是冒险家和骗子的乐园。我约莫还采访过一打的妓女。她们个个对自己的“职业”都感到并不坏。嘿，那鬼地方真是笑贫不笑娼。有一个模样儿简直比我还小的姑娘，在一家酒店的大堂里拉住我的手，说出五十元她都要跟我干那个。这简直要了我的命。我红着脸说这不行，我一回家我妈妈非揍死我不可。然后她就失望地走了。嘿，看着她背影消失我别提有多忧伤了。

我后来又用了整整三天时间泡在一家游乐城里，打了三天的台球，掌握了全部美式以及欧式打法。之后我便踏上了返回大陆的轮渡。几天后，我回到了 H 大学里，发现校园已重新变得热闹了起来，到处都是兴高采烈的伪君子，几场大雨下过，春天的气息似乎已隐隐逼近。

二十三、天堂里的车库

所有的人，都将睡到夜里去。

那是一间巨大的地下车库，其中足可以停下一百辆汽车。我打开门走了进去，里面的黑暗促使我把眼睛眯了起来。停了一会儿，我感到我适应了车库里的阴暗光线之后，才睁大了眼睛。在我的面前，在灰尘的蒙蔽下，那些汽车简直像宁静的玩具一样待在那里。我信步朝前走去，我渐渐睁大了眼睛。最先映入我眼帘的是一辆产于1907年的罗尔斯•罗伊斯“银魔”车和产于1910年的奔驰“闪电”车。后者在21世纪初美国的进口商做广告时，曾说它是“冠军中的冠军”“只有一颗子弹才比它快”。两辆现在看来造型显得十分奇特的老式汽车，像两个老兵一样排在了车队的最前列。在它们的后面，是两辆凯迪拉克牌轿车中的“弗利特伍德•罗汉姆”汽车，它是凯迪拉克牌中的高档车，看上去十分豪华、庄重，非常适合于经济状况好而且绅士派头十足的人乘坐。在它的边上，是一辆闪着金紫色奇异光芒的日产马自达929型车，它那流线型的车体典雅而又具有现代感。接着是一辆林肯•马克VII豪华跑车，以及一辆如同一团火焰一样的火红色的法拉利跑车。两辆世界上最高级的跑车，就像是亲密的富豪兄弟一样显示着气派和潇洒。最边上则是一辆本特利•布卢克兰兹车，它和罗尔斯•罗伊斯是两块牌子一种车，但有钱的年轻人则更喜欢驾驶它。

在第二排，是几辆新型“红旗”牌轿车，车身又宽又长，有着中国式的典雅庄严的气度。在它旁边，是一排“奥迪”100型六缸豪华车，分白色、蓝色和黑色三种颜色，在它们后面，是一辆法国雷诺“顿格”小型车，边上是一辆“富豪”ECC型轿车。这是一辆概念车，以环境保护为主题，装有四门全铝质车身。然后是一辆四个座位的“Hobbycar”水陆两用车。在水里行驶时每小时可达五海里。然后是一排标致106型掀背型小汽车，乳白色，透露出活泼灵动的感觉。

在最后两排，则是美国产魄力8型跑车，简直像一艘小巧的军舰一样，时速可达三百五十公里。旁边有几辆“菲亚特”五门掀背轿车，时速可达每小时一百九十五公里，这种车由静止加速到一百公里时间只需十秒钟。最后一排则全是日产车了。有现代豪华的“凌志”系列，有“皇冠”系列。在压阵的那一排汽车由奔驰一梅塞德斯型汽车组成，由190型到1000型豪华房车不等。

所有这些车简直像玩具模型一样停在那儿，一些光渗漏进来，使得这些汽车浑身映衬出神秘而又奇异的光芒，简直叫我目瞪口呆。这么多各式各样的世界名车展现在我面前，我像“阿里巴巴和四十大盗”中的强盗走进了藏满珠宝的山洞一样又惊又喜，我久久地徘徊流连在那里，像一个乡巴佬那样抚摸着它们，嘴里不停地感叹，感到了眼前奇异的光芒在闪耀。然后，我呆呆地站在车库的中央，面向这些轿车的大军，想哭又哭不出来，因为它们没有一辆是我的。一瞬间我甚至还产生了幻觉：所有的汽车车灯都亮了，发动机一齐轰鸣着，然后它们像敌人的队伍一样排着方阵，向我开来。

那天我们从长安街上看完大广场和豪华轿车回来之后，马佳便鼓起勇气向图书情报学院那个叫魏红的漂亮女孩求爱了。有一天晚上他居然真的在女生宿舍楼下弹起了吉他，在两周的每周一、三、五共六天中，他连续弹完了古典音乐大师的三十二支小夜曲。说起H大学的女生宿舍楼，那实在是许多男生的梦想集结的地方，每扇窗户上的晾衣竿上都晾满了花蝴蝶一般的衣裙。我知道“山鬼”刘东有一架望远镜，天一黑这家伙就趴在窗台上窥视女生楼的动静，据说他还有一架海军望远镜，只是我从没有见他拿出来过。

马佳说他一弹起琴来就忘记了羞怯看来为假。他钟情的那个女孩我曾经见过，那是一个圆脸盘的姑娘，走动的姿势特别漂亮，只是肤色有点儿黑。也许是在厦门海边生活的缘故吧。马佳在魏红寝室出现，曾使她们寝室引起了一阵小骚动。她们一共四个女孩，马佳的琴声飘进她们房间的时候，几个女孩叽叽喳喳地议论开了：

“嘿！楼下有人弹小夜曲呢，没想到H大学也有了浪漫王子。也许就是给我们中的一个弹的吧，会是给谁弹的呢？恐怕是给段云的吧？”

“她的男朋友在清华，不至于如此招惹男孩吧，肯定是弹给杨晓璐的。”

“不，是给魏红的，我敢打赌。每一回上计算机房，我就看见一个满脸煞白的戴眼镜的小个子男孩盯着她看。魏红，你朝下抛一个绣球吧，人家真的都烈火焚身了。”

“死段云，又胡说八道的。不过是弹给别的房间的女孩罢了。你说的那个男孩子比我矮，他敢追我吗？”事实证明魏红说错了。有一天吃晚饭的时间，马佳端着自己的饭碗坐到了魏红的对面，这是在人声鼎沸的食堂。“嗨，你好魏红。我就是楼下弹琴的人——是为你弹的，不知你听到了吗？今晚上我们一起去看电影《阿姆斯特丹的水鬼》吧。”

魏红顿时明白了他真的是在追她。“今天晚上我有点事，改天可以吗？”“你叫马佳吧。我们还不太熟悉呢，什么时候有空到我们宿舍来玩儿。”说完，她就拉着嗤嗤暗笑的段云跑出了食堂。

那天马佳一个人坐在那儿，额头上渗出来一层细细的汗珠。过了几天，他就出现在了魏红的宿舍里，大家便都知道他在追她了。

我在准备去海南岛的前几天，碰上了简直是喜气洋洋的马佳。

“得手啦？”

“也算吧。反正我不回家过年了，打算去厦门过寒假，另外在厦门打打工之类。春天见，老乔。”他喜气洋洋地说。

“考试考得如何？”

“还不错。我们理工科比你们文科难多了。我有一个寻找外星人信号的实验正在和空间物理系的一个家伙一块儿干呢。等下学期开学了我可以帮你召唤外星人，叫他降落在咱们校园里。”

“好极了。”我说，“你要用绳子把魏红套牢，她比你高半头，劲儿可大着呢。”

“放心吧，我可是干过农活的。明年我还有一个卖掉一份专利的计划。嘿，兴许我会发财的。”

“好样的。为我们尽快拥有——哪怕是一辆夏利车加紧干吧！”我郑重地和他握了握手。

我从海南岛回来之后在图书馆又碰到了马佳，我发现他的脸色十分黯淡。看来他的厦门之行情况不妙。

“喂，马佳你怎么忧愁得像一只刺猬？出了什么事？”我大声嚷嚷起来。

“没有白雪公主。真的没有白雪公主。”马佳低沉地说。

“说说看，如何没有白雪公主的？”

“唉，女人真的是现实的动物。我从小就对女性抱有美丽的幻想，梦想自己能像武侠小说中的英雄那样携美人独走天涯。可你猜那女孩对我怎么说？她说：‘你的真情让我感动。但我们至少应该现实一些。我们连起码的经济基础都没有。你有多少钱可以供我们每周六去大饭店喝咖啡呢？’你看，这叫我多伤心——我原以为她是超凡脱俗的。”

“看上去她不像这么俗的妞儿啊。”

“她真是这类人。她真的伤了我的心，她居然那样对我说话。我是个穷人的孩子又怎么了？”他悲愤地说。

我这会儿十分同情他，“女人其实大都特别现实。比如你想邀请她一同在小屋里点上小蜡烛，听莫里亚乐队的曲子，可她却在想：什么时候他能开着奔驰轿车领我去大饭店跳跳舞、打打保龄球？如果你不再花言巧语骗她，她就会想：这人怎么这么死板，连一点趣味也没有？你如果说：让我们比翼齐飞、共走天涯吧，可她却会说：你一个人去吧，把所有的东西都挣到了我们一同享受。所以，男孩子理想中的女人与现实中的女人完全是两回事儿。”

“你经验这么多，干吗不早点儿告诉我，叫我手足无措的。”他抱怨起我来。

“她那样要求你，你还喜欢她吗？”

“喜欢。”他略有迟疑地说。

“那就继续追下去。爱情是以心换心的事儿。也许她最终会为你这个穷小子所打动呢。她家是不是特别富？”

“反正已有一辆桑塔纳轿车了。她家是靠前几年倒卖彩电发的财。她说在北京她每周六都要去大饭店跳跳舞。”

“一切只在于过程，而不在于结局。”我答非所问地说。除此之外，我还能说些什么？

又过了几天，我接到了龙米的一封信。信纸仍是那种天蓝色的信纸。我按捺不住兴奋和激动，躲到校园里的塞万提斯像下认真地看了起来：

乔：

你好！

你的信我收到了。它真的给我带来了快乐——你这人真是妙趣横生，一口气给我讲了好多有趣的事儿，我非常高兴。告诉你吧，前几天我也炒了一个虾米菜，我下筷子时简直是鬼使神差，居然也有一只透明的小虾猛地蹦了起来，跳到了我的鼻子尖上。我的心咚咚乱跳，还以为是你远隔千里给我开了个玩笑呢。你说这有趣吧？

青岛的冬天非常美，美得凄清，美得肃穆，也美得空旷。不远处的大海总是带来温暖潮湿的气息。青岛有很多红屋顶的欧式建筑，在天空下显得很漂亮。这些日子，我常常去我童年待过的地方，去搜寻我少女时代的影子，一边闻着往事的令人感伤的亲切气息，一边也想象自己是如何由一个小女孩一点点地长大成人，对岁月的流逝真的感到了触目惊心。

我妈妈的病已好转，只是父亲仍不能下地。他们希望我再陪他们一些时日，所以，我打电话又向学校请了半个月的假。这样的话，我到三月中旬才会回到北京。等见了面也许我会给你一个惊喜。

你说你很想我，我是相信的，那样美好纯净的夜晚，也曾在我的梦境中重现。我还记得，在黑暗中你的身体好像有一圈儿磷光，在夜晚中闪亮，非常美好。你没有在寒假游历中病倒吧？有一天我出现过这样的想象，一瞬间把我的心揪紧了。

说真的，我有时候也常常感到沮丧。因为面对社会，我毕竟那样幼稚与不成熟，感到难以把握的事情太多，父母亲又拿忧郁的目光看我，说我还没有长大，他们都老了。他们总觉得世界变化之快，以及世道险恶——对于这一点，离家的人更有体会吧？有时候我就是有一种长大的恐惧。

很喜欢美国乡村音乐。我们来一个约定，在你接到这封信的当天——一定是二月二十八日这一天，我们在晚上九点钟一同听一遍那首《Devoted To You》，好吧？

再见再见。

小米

我在那天晚上九点真的听了那首歌，当真妙不可言，而且好像她踩着款款的脚步，来到了我身边。

就在校园里的花圃中一些迎春花在三月中绽开花蕾的时候，马佳从楼上跳了下来，成为即将到来的春天的一个注解。直到今天，透过遥遥地时间屏幕，我才对他的死有了一些认识。而在此之前，我是无论如何都不能接受他的死的。我猜想他大概死于理想和现实的冲突——这是身处青春年代中很多人的问题，不过马佳选择了最为激烈的方式——自杀来表达他青春的抗争。他来自农村，是不收学费的最后一届大学生。我后来才知道他的心理压力很大，这使得他根本就不能容忍自己的失败。他的弟弟和妹妹都因为缴不起日益昂贵的学费而没能继续读大学和高中，就连他的生活费，也是父亲东省西借来的。正因为如此，马佳喜欢尼采的超人学说，他借此来增加在这个世界上活下去的勇气。他当然同时也喜欢小汽车——能够拥有一辆小汽车在他家乡农村简直是祖祖辈辈都不可想象的事儿。他甚至一直企望发明某种和外星人对话的仪器，以期超越自己作为大地之上的短暂者的局限与命运。所有这一切，都因为俗女子魏红的拒绝而牵于一发——这个"每周都要去大饭店喝一次咖啡"的女孩给了他最大的压力，这一切都最后形成了青春期的黑暗力量，促使他选择了在黑暗和死亡之中飞翔。

数年以后，那大约是大学毕业前几天。我碰到了魏红——她那会儿简直俗艳得像个歌女，我敢打赌她为此牺牲掉了不少好东西。她对我说："乔可，我知道马佳是你的朋友，我也知道你以为是我使他走了自杀之路。但他在自杀之前的一天却是想杀死我。"

"啊？有这等事？"显然我很吃惊。

"他自杀前一天夜里曾冲到了我的宿舍，用一把锋利的匕首逼我。我简直都吓死了。有一个同学尖叫一声，他说：‘不要叫！我只想听魏红说她是否喜欢我。’他还狞笑着自言自语，‘和自己真心喜欢的东西一同毁灭，倒也不错。’我那一刻又冷静了下来。我说：‘马佳，你不是一个小孩子了。这种事情你根本就没法强求。我并没爱上你，我把你当作朋友还不够吗？你要想杀我，你就杀吧！’我一下子哭了。他叹了口气：‘我真的是一个失败者。我的专利也失败了。我为什么就会失败？’他一边自言自语，一边收起了刀子退出门走了。到了第三天上午我听说了他跳楼的消息。这不能是我的错，我不接受一个自己不爱的人难道有错吗？都要毕业了，我的心中还有一片阴影。难道是我害得他？”

“不，与你无关，”我有些冷漠地说，“他不过是想战胜自己罢了。而且他通过自杀真的战胜了自己。他是一个胜利者。不过他已死了，我们好好活着就是了。”

即将到厦门航空公司工作的魏红眼睛里迷离着一片泪光，毕竟，他曾经爱过我。我只是忘不了他给我弹的吉他声。

我们带着他的骨灰盒到他的家乡时是一个晴朗的早晨。他父母和弟弟妹妹都哭了。他们扶着门框，用苍茫的目光注视山村的上空，仿佛在看着马佳的亡灵远去。几头猪在他家的厅堂中的桌子下钻来钻去，一群鸡在院子里互相追逐。我们把骨灰盒放在了一个大木柜之上，我把他喜爱的尼采的《瞧啊，这人！》和那本《世界汽车博览》放在了一边。所有的人都将睡到夜里去，我如此悲伤地想。

二十四、三更时分的夜莺之歌和清晨的雨

这是一个只有星光的夜晚……

这一年的春天似乎显得十分忙乱，法国梧桐的茸毛飘浮在半空之中实在呛人，到处都是满面春色的家伙在校园里走动。而“文学爱好者”齐晖之流又在为年年都有的北京各高校“五•四诗会”而忙活了，每年的这类诗会上，总有不少疯子到场和中途退场，这可能是H大学顶没劲的活动之一了。马佳之死被人们集中谈论了半个月之后，就很少有人再提这件事，如同大家都走出了冬天去拥抱后娘一样迟迟来临的春天。每一个人都是善于遗忘的，我绝对敢跟你打这个赌。

我给梁百黎打个电话，因为这学期我们所选的课竟没有一门是同上的，而她总是下了课就往家逃，哪怕她家是墓穴也要去当个守墓人，令人扫兴。“学校里乱七八糟地开了不少春天里的花，也不来看看？”我问她。

“我才没那么酸呢。我在家里看足球比赛。我还从别处弄来一盒精彩射门集锦，真叫我大开眼界，我才不想到学校呢。对了，你什么时候教我

开汽车？”

“下周吧。前一阵子我一个朋友——马佳自杀了，我情绪还没调整过来呢。”

“我听说了。H大学每年都有人自杀的。也许下一个就轮到我了。”

“又胡说八道——听上去你好像很看得开。”

“在我看来，死并不是生的对立面，而是生命的另一种提升。”

“有一件事我得告诉你——我简直丧气极了，你送我的那条围巾，我在海南岛时弄丢了，丢在一家台球室里了，我真该死。”

“对，真该死！”她在电话中尖叫了起来，听上去简直是悲痛欲绝，“我真恨不得割掉你的鼻子！你这家伙，我会伤心一个月的。我反正得惩罚你。”

“别咬我一口就行，我从小就怕小狗！”

“老天爷！你这样说我，”她没听出我在跟她开玩笑，“那我就当众吻你一番，叫所有人都大吃一惊。”

她这么说倒吓了我一跳。毕竟人家是有男朋友的人，我不敢再胡说了。

“怎么，吓得连话都不敢说了。”

“得了吧。”

“问你个问题，有一种专吃鲸鱼嘴里残余物的小鸟，鲸鱼为什么不吃它？”

“不知道。”我老实地说。

“你真的已变傻了。嘿，这样的人，还值得叫我当众亲吻？”她挂断了电话。

我也愣了半天，这简直是莫名其妙。你不觉得吗？

我到林格的宿舍找他的时候，发现这小子已把长发剪去，剃成了光头，脑袋上戴了一顶梁百黎曾经戴过的那种黑色火车司机帽，像个冒牌研究生一样可恶。这家伙一看见我，就神秘兮兮地把我拉住，来到了楼的平台上，“乔可，告诉你一件事你别吃惊，我喜欢上了一个美国女孩子，她叫卢珊娜，简直漂亮极了，一想起她我就头晕。”

“你又犯病了，”我讥笑起来，“怎么春天一来你的发情期也开始了？”

“你这真不公平，”他一点儿都不感到难为情，却从口袋中掏出几张彩色照片。“瞧瞧，典型的美国大妞，瞧瞧人家这胸脯，我打算发动一次跨国界进攻，给咱们中国小伙子也长一次志气，不能老叫中国漂亮女孩挽着老外的胳膊的悲剧继续上演了。”他一脸的悲壮。

“行动了没有？”

“约好了今天晚上在大操场的旗杆下见面。”

我接过了照片，照片上这个美国女孩真的很性感，而且笑容之中还有阳光的气息，她有一种仿佛来自德克萨斯州的野性风度。“怎么勾搭上的？”

“不过是在一个舞会上罢了。你瞧她蜂腰丰臀，十分符合我的审美观。”他振振有词地说。

“到处乱撒情种，嘿。”我无言以对。

“我得准备一下，我该如何打扮才好？”他忽然又着急了起来，然后拿眼睛盯着我看。

“把那些美国避孕套带上就行了，这叫以其人之‘套’，还进其人之身。”我乐了。

“你这流氓。我这会儿动了真情，我的心很乱。”他皱起了眉头，“我的心怦怦直跳。”

“嘿，真是第一回听说。”

“我得投入地爱一回。”他信誓旦旦。

“那叶灵珠呢？你不是已向人家承认过一回错误了吗？”

“我说你怎么那么认真？你能不能洒脱一点？”他冲我大发雷霆。

“得，得。”我摊开手说。

第二天林格找到我时一脸沮丧。“那避孕套没用上？”我小心翼翼地问。

“真他妈的，这叫阴差阳错。我在大操场的旗杆下等她，她却在研究生院的小操场旗杆下等我，把地方等错了，我们都等了一个小时。后来一打电话，这才知道。本来昨天我已鼓足勇气，要是下次再约，那就得看胆量了。因为这一会儿我突然有些后怕起来。你还记得毛片上的那些外国女人吧？动作那么激烈，花样翻新久战不疲。我担心万一战斗起来给中国男人大丢其丑怎么办？听说美国女人个个如火如荼的。”

“这想法不错，最近你身体状况如何？”

“就是老觉得腰疼肾虚。”

“那你可得注意了。与美国女人约会，首先你是中国人，其次你才是个男人。”我严肃地劝导他，“多吃一些壮阳补肾的东西，角状物——鹿角、黄瓜之类都行。”

但在那个春天里林格最终还是偃旗息鼓了。后来他又约了那个美国女孩一次，约定的地点倒十分确切在未名湖边的古塔之下——跟过去特务接头一样，但放下电话后林格紧张得便秘了。后来又给人家打了电话，推说有事不能去云云。又过了一个月，他又给卢珊娜打电话，但她已回美国了，“真是太可惜了，我失去了证明自己不亚于美国男人的机会，你猜我吃了多少角状物？”他狰狞地对我说。看他那样子我敢打赌他连三角铁都吃了下去。

有一天我收到了一封信，一看那种信封我就知道是龙米写来的。我赶紧拆开来，信很简短，告诉我她已回到了北京，而且和我约好本周六在“力士”酒吧见面。我十分高兴，以至于大背起李白诗词起来，我一兴奋就禁不住要背李白的诗。这个春天简直是给我一个人准备的一样，我提前来到了“力士”酒吧，买了一包烟在那里喷云吐雾。到了七点钟，龙米准时出现了，看见她我着实怔了一怔，因为她变瘦了，因而使得眼睛格外大而动人，她的目光仍是那种铺有一层梦幻色彩的目光，穿一件紫色风衣，披肩在风中轻扬。

“嗨，”我看着她，“嗨——我觉得我都不会说话了。”

“从学校到这里来公共汽车不好坐，又堵车又转车，结果还是迟到了。”她抱歉地一笑，坐在我对面，用手支着下巴仔细端详我。

我被她看得发毛，我说：“来点儿什么？”

“咖啡就行。”

“别那样看我，我真受不了。”

她轻轻一笑：“你和在我梦中出现的你不太一样，你还是挺小的。”咖啡和一袋油炸土豆条儿上来了，我撕土豆条袋子过于用力，结果弄得桌子上到处都是，“瞧我叫你吓得。”我说。

“其实我也挺想你的。只是你和我梦中出现的你不一样。”

“是吗？”我心不在焉地说，“那就不一样吧。前一段时间我心情也不太好，我有个朋友死了。”我就给她讲起了马佳之死。讲完了，我们都沉默了一会儿，她说：“死也许是和永恒相抗衡的唯一东西了，一个人不能永生，但他至少可以死去。死并不可怕，也许还非常迷人呢。”

“青春期女孩子的傻话，”我责备起她来，“我有一个朋友叫梁百黎的女孩也说什么‘死不是生的对立面，而是生命的提升’之类的废话。”

“梁百黎？没听你过去说过这个女孩子。”她好像很感兴趣地看我。

于是我就讲了如何与梁百黎相识，讲她的乖戾顽皮，以及我们共登电视塔和到她家玩儿的事儿。我这简直是和盘托出，并无一点保留的。

“她肯定特别喜欢你。”她幽幽地说。

“哪里，人家有男朋友，《北京晚报》的一个记者。”

“你并不了解女孩子，她肯定喜欢你。”

“我可没那种感觉”我生气地说，“要是你那样以为就算了。”

“好吧，就算是吧。”她不再问我。

“我怎么觉得今天的气氛有点儿紧张？嗨。你生气了？我，我总得有几个异性朋友，对吧？”

“我倒希望你能多同不同类型的女孩子交往，了解女孩的世界，因为每一个人都是一座迷宫。”

“真麻烦，”我说，“你也是一座迷宫？”

她笑了：“我也是，不过我很简单。”

“这次回北京，你妈没哭？”

“哭了，不过我没哭。上了火车我也没哭，火车一下子就又送我回来，有许多生活的冲突在等待着我。我想我会有勇气去一关关地过。”

“补考了吗？”

“考过了。老师待我很好，因为我一向是个听话的学生。所以补考都是在老师家里，考完之后当场打分，成绩都不错。”

“法语是不是特棒，说话跟唱歌一样？”

她于是就给我讲起了法语，那种声音真的十分好听。

“到了三年级，开第二外语时我也选法语”我说，“你最喜欢哪个国家？”

“除了中国，就是加拿大。”

“我喜欢荷兰，那个地方到处都是风车，你说这有多美。我屋顶上现在贴了一张《荷兰的风车》，一个朋友送的，非常美丽。”

和龙米见面，我突然觉得无所适从，不知从何讲起，又不知说些什么才好。咖啡馆里不知何时涌进来几个穿军装的士兵，脸上都带着一种感伤的神情。我猜想他们可能就要退伍了，这是一个为了告别的聚会，我就对龙米说：“我们出去走走吧。”

我们沿着大街向前走去，空气中有一种温暖的气息，我们都没有说话，只是安静地走着。我们走了好久，竟然走到了学校的未名湖边。潮湿的水腥气涌上来，水在风吹之下拍打岸边。有人在不远处高歌。夜已很黑，我拉着她的手向前走，然后，在一块山石之后我们就在默然之中拥抱在一起。我把头埋进她的脖颈，闻着她身上好闻的体香。我听见她窸窣地掏什么东西，并把它递给了我。

“是什么？”

“是一块玉。小时候我奶奶给我的，你留下做护身符吧。”她柔声说。

我用手牢牢地握着，我发现那是一块方形玉。很多人都说佩玉的男人是会有福的。好像还有一根红绳。她用手给我戴在了脖子上，玉贴着我的胸脯，似乎很凉。我在她耳边说：“谢谢。”

我们吻了起来，吻得非常轻柔，也很安宁，并着迷于那种用嘴唇轻轻相触的感觉。我紧紧地拥抱着她，确信这不是在梦中和想象之中，这是一个活生生的女孩，一个血肉真人，一座迷宫——如她自己所说的那样。

“和你在一起真好。”我说，我用手指一点点地测量她。

“就跟梦本身一样。”她握住了我的手指说。

“走吧，到我的小屋坐一坐吧。”我说。

我打开了灯，她一眼就看见了天花板上的那幅风车。“真美，那种忧郁的东西令我迷醉。”她仰脸赞叹道。我们都坐了下来，我开了两瓶啤酒，又翻出了影集，我们一边吸饮一边看起来。我揽着她的腰，她则用肘支在我的膝盖上，侧身翻看相册，有一种吹气如兰的气息。照片上我由一个穿开裆裤的毛头小孩一点点地长大了。然后我们翻完了照片。

“你就这样长大了，长成这么个笨熊的样子？”她仰起脸，用手指叩了一下我的下巴，眯起眼睛问我。她那副样子简直生动极了。我便低下头，抱住了她。我们吻了起来。

后来是她灭掉了那盏灯，黑暗立刻吞噬了我们。那是一种别样的激情，使我们一件件脱去了衣服。我们紧紧拥抱，亲吻，抚摸，像一对未谙世事的金童玉女那样，动情地互相发现与寻找。窗外黑沉沉一片，传来遥远树枝断裂的声音。这是一个只有星光的夜晚。录音机里仍在放那盘小号，曲目是《巴拿马》和《我心中的佐治亚》，然后是《夜晚的陌生人》，然后是《你好》。辉煌的小号在低声倾诉，我们都感到了深刻的感动与潮汐那样的激情。我从她的额头上用嘴唇细细地梳理下来，我吻着她玉一样的胸脯，我可以听见胸口的跳动。我吻着她雪白的肚脐，当那首《詹姆士的诊所》响起来的时候，我们合二为一了。

她浑身震了一下，似乎非常疼痛。少女的娇羞使得她抱紧了我的身体。有好长一段时间我就伏在她身上一动未动。我感到我们像是树根一样紧紧相拥，我像在宁静的湖面上游泳一样，她的喉咙里发出了压抑着的呻吟，那样遥远，仿佛是在麦田里受伤的鸟儿，我的脑海里出现了大片的麦田，我像个少年那样在麦田里找那只受伤的鸟儿。我觉得我进入一片温暖的水域，她像莲花那样打开，并包拢了我。这是神秘的开放，这是花朵在风中激烈的颤抖。我听不见她的声音了，我只听见我自己胸膛中的风。我在向水中游去。在那里，海底火山的岩浆正在一点一点的壮观地涌出。

早晨醒来的时候我发现她裹着毯子一个人坐在那里，她似乎很感伤。微亮的天光透过窗户照了进来，把她身体的一侧映亮了。她现在看上去非常像一幅剪纸。我为她的美所震住了。

她后来开始静静地穿衣服，穿好了，下了床回头看我，才发觉我已经醒了。“乖孩子，你再睡一会儿，”她用于抚弄我的头发，“我去弄点儿吃的。”

她走到另一侧的厨房去了。我打算起床，掀开毯子，却发现白色床单上有一些像梅花瓣一样的血迹。那是她的处女血吗？

我明白我们都在昨天永远地告别了天真的年代，我们开始走向成熟了。但龙米眉头罩着的感伤令我不安。她到底有什么心事？

二十五、受到火花诱惑的女人

她走过来，一把揪住了我：“那你勒死我吧。”

我洗漱完毕，穿着睡衣坐在晶都国际酒店的贵宾客房用我的早餐。我并没有拉开窗帘，而是打开了所有的灯。我知道，待我吃完了这顿早饭，我就要离开这里了。也许我永远都不会再拥有在这里进餐和睡上一晚的机会了,但我相信我一定有这样的机会,用自己的钱来这里买上睡眠用的空间。我甚至还可以花钱把这里那种华贵的光线也一同买走。这顿简单然而扎实的早餐叫我吃得非常愉快，有煎蛋、牛奶、面包、火腿肠和黑咖啡。我像个王子那样在这宫殿一样的地方住了一晚，这首先得感谢张晓。我突然又想起了昨夜做的那个梦，我想也许我应该找杨梅雯去。她一定知道彭莉之死的一些情况。可我又有些犹豫，难道我该做一个侦探吗？不，我只是喜欢杨梅雯这个人，她身上有种极其迷人的东西，那种东西像云一样摸不清看不透，也很难抓住。但我想试着靠近她。我想深刻地接近一个女人也许比推销内衣和各类狗屁唱碟要强多了。

我吃完了早餐，唤侍者推出早餐车。又恋恋不舍地在房间里坐了一会儿，为的是记住这个房间的氛围。我仰脸看着屋顶那缤纷的枝形吊灯，记住了从中涌出的光线的雍容华丽的气质。然后我关掉了所有的灯，拉开窗帘，向外凝视了一会儿，就走出了房间。

我刚刚走出晶都国际酒店的大堂，就有人呼我。我看了一下我的BP机，发现那号码竟是杨梅雯的。我立即返回饭店，走到磁卡电话的旁边给她打电话。我掏出电话磁卡放进去，电话把卡“倏”地吸进去却无论如何也不吐出来，而且电话仍然是忙音。我用拳头捶了那该死的电话几下子，它仍然不吐出我的卡——仿佛我是个信用卡透支过度者。我冲电话耸了耸肩，真的感到无话可说，真没听说过磁卡电话也有生气的时候。也许从今天起我就要交坏运气了，因为这座酒店像施舍给一个小偷那样给我施舍了一个华美的夜晚，如今它要向我露出它的虎牙了。

我生气地直奔服务台，柜台后面的三位小姐一个比一个漂亮，我低沉说：“请让我用一下外线电话——你们的磁卡电话把我的磁卡给吞吃了。”

一个扎着黑色蝴蝶结的漂亮小姐——她简直就是个塑料人，“是吗？那电话最近老是出毛病。它也许是过于调皮了。”她微笑着递给了我柜台里的一台电话，“请拨零，先生。”

我的怒火顿时消减了大半。一个小姐的美妙微笑简直像冰镇啤酒一样叫你浑身舒服，我接过电话，拨了零之后，我就接通了杨梅雯的电话。

“乔可，你是乔可吗？你在哪儿？我现在很想见你，我今天可以见你吗？”杨梅雯焦急地在电话中对我说。我当然想见她，“我在晶都国际酒店，”我说，“正想去找你呢。”

“那太好了，”她听上去似乎十分兴奋，犹如一只玩具熊那样高兴，“我为你而设计的时装已全部完成了。当然只是秋季时装的款式，你立即来好吗？我在京城大厦一八一五房间。这里是我自己公司的办公地点，你快点儿过来。”

“你不是说一个月之后才见我吗？只过了三个星期。在这一点上我很好强。”我故意假装赌气说。

“我求你了，乔可。”她忽然焦躁地说，“最近我老做噩梦，你一定得来看我。”

“好吧，我马上就到。”我放下电话。

我乘坐出租车向京城大厦赶去。我坐在车里都能感觉到这座城市像个轮盘那样在不停地转动。那些楼厦在我看来都像是用积木搭就的，你用手推一下它们也许就会哗哩哗啦地全都倒下去。我们的汽车驶近了第三使馆区。这里全是世界各国大使馆林立的三层大楼。大院门口都有全副武装的中国士兵把守。远远地我就看见了京城大厦，它笔直地矗立在那里，约莫有四五十层高，算是北京第二高的建筑。可好玩的是这座白色大厦却戴了一顶十分惹眼的绿帽子，我一个朋友戏称它的存在简直像一根阳具那样挺拔。看来生殖崇拜从古代到现在一直就有的。我在大厦门口下了车，径直走了进去，直奔电梯。这座大厦大部分都用作写字间，因此职员们像忙碌的群蜂一样进出着，因而这座大厦也许该被称作是个忙乱的蜂巢。我在电梯里看着镜子中的自己不停地做鬼脸，然后，电梯停在了十八层。我踩着厚厚的红地毯敲了敲十五号房间的门。

门被打开了。“嘿，乔可！”杨梅雯激动地扑了过来，在我的脸上亲了一下，她这么热情是我始料不及的，我真不习惯这样。有时候她对你冷若冰霜，仿佛你是一条根本不值得理的狗，可有时候她又热情似火，仿佛你比她亲哥还亲。“请你看那边，那边都是——都是我为你设计的乔可牌时装。”

我放眼望去，这才发现房间里大约竖立着十几个塑料模特儿，只不过这些模特儿全是男的。他们都穿着姑且算做“乔可”牌的时装。我走过去，嘿，我发现这些秋季时装真的非常合我的心意。从创意和造型设计上讲，这些时装与颇具美国西部风格的“万宝路”系列服装有异曲同工之妙，看来她从中汲取了不少灵感。也可能我是从西部新疆来的，她设计这种风格也正合我的心意。我从塑料模特儿身上取下一件夹克式衣服穿在了身上，感觉自己立即英武了几分。

“你很喜欢这些时装。”她的眼睛里流露出我从来没见过的那种欣慰表情，“我得组织一个男时装模特队推广这种时装。我也找到了一个财团——一个饮料公司做我的财力后盾来生产它。”

“你不打算走舞台和大型晚会设计的路子了？”我惊讶地说。

“是的。你给我的启发很大，我决定走时装化的路子，而且连生产和推销都一条龙进行。我要跟皮尔•卡丹较量下。我会赢的吧！”

“也许会赢。”我脱下了它，重新又给那个塑料模特披上。一位小姐——那是她的雇员，为我们端来了咖啡。“也许会全部输掉。”

“我已经辞职了，从北京舞蹈学院舞台设计室。你喜欢这些时装？”她有点儿不信任地看着我。

“当然，”我确定无疑地说。“你开了这家公司？叫什么公司？”

乔可•杨公司，听上去像个合资公司她这会儿简直得意极了。

我一时弄不明白，至少在对我态度的变化上叫我都无法适应，“嘿，真有趣，”我喝了一口咖啡，“知道我昨天和谁共进晚餐吗？”

“和谁？”她漫不经心地问，“和一位小姐？”

“和一个叫霍衣羽的模特儿。她说也认识你。”

“对，她是我过去模特儿队的。她还说了些什么？”她忽然变警觉了。她的眼睛里渐渐渗出来一种梦幻的胶质物体，这种物体是我所十分陌生的。这一刻我就知道我和她也许远隔千里。她的变化好像特别快，可以立即从一个极端到另一个极端，比方说，从热情到冷酷。还有一种类似的说法是，从刀锋到刀锋，逾越生命和死亡的界线是最短的。

“她没说别的，只是很想你。”

“哈，想我。我可不想她们。”她有点儿不耐烦地说。

我突然来了聊天的兴致。在推销各式女式内衣和激光唱盘的过程中我一直没有机会聊聊时装。“我们来聊聊时装吧，我觉得时装就是一场游戏与骗局，一个没有化妆的女人是不自然的吗？女性是乔装打扮的一个条件而已。时装仅仅告诉了我们妇女的选择。”

她说：“不，人体是优美的，作为时装设计师，必须以此为基础。坦率地说，裸体是伟大的，因为身体是优美的。在人开始选择穿衣服的一刹那，就是文明的开始。”

我笑了笑：“当然，自我是乔装打扮的一个条件，因而，人是生就自然的，可女性是人造的。因为有时装区别性别，所以，男人更多的是用抽象的和性的眼光来看女性，而女性更多的希望被看作是人。但是，当妇女看着男子时，她们总是挑选一个带有一点女性显示的男子，而男子则更多地喜爱那些强壮的英雄形象。”

她打了个哈欠：“你说得有道理。身体是焦点的中心不仅是你身体上装饰，还有使你按照某种方式移动的姿态——它设计了你，如同好的品德的反面是稳健——嗨，饱了，”她猛然冲我大声嚷嚷起来，“我们在谈些什么？我是要谈论这些纯粹学术的该死的话题。你想知道些什么？”

我看着她：“我听说你启用男扮女装的同性恋者和易性癖作为模特儿，这是否意味着你以为自己设计的形象可以包容任何人？”

“我说过我对模特儿的选择是女性游戏的权力。没有比易性癖更女性化的了。”

“那么彭莉——实际上是一个男人——特别的女性化？”我冷静地看着她。

她这一次愣了一下，她不安地看着我：“你是说……你是说他的死与我有关？”她手中的咖啡溅了出来。

我站起来，“他也许与你有关，要不为什么你会在深更半夜喝醉？要不你为什么会在北戴河海边，当我第一次把那张报纸拿给你时——上面刊登了彭莉之死的报道，你就一个人离开我回到了北京？为什么你说黄元——一个你虚构的人，他过去打算杀你的方法竟然和彭莉之死的方法一模一样，都是用长筒袜勒住了脖子？我有这么多疑问，我为什么不该怀疑你？”我一步步紧逼。

她睁大了她美丽的眼睛看着我，这会儿她真是美丽异常，但我看见她流泪了。“谁也不相信我，这个世界谁也不相信我。”她好像伤心到了极点，“我刚刚喜欢上了你，”她走过来，一把揪住了我的衣领，尖声吼叫了起来，“那你勒死我吧！”

我冷静地看着她一动未动。她的脸色僵了一会儿，然后她顺着我的身体跪了下去。“是有一个叫黄元的人，过去想害死我，”她哽咽起来，“彭莉是一个同性恋，而我从来都既不喜欢也不讨厌同性恋，只是他适合我设计的时装的风格。你，你要怀疑是我，把我交给警察好了。我刚刚度过了一次心理危机，刚刚能够设计时装，你却如此怀疑我……”她的声音中有一种非常凄凉的东西。这是真正被遗弃的人才能发出的。我的心有点儿颤抖，我走到窗前，但我猛然看见桌子上摊开一本杂志，而那杂志的中心页，正是以“黄元的观念艺术”为题。我抓起那本杂志，我盯着那个叫黄元的男人的脸看个不停。他在那幅照片上，站在他的作品边上，而他的作品叫作《把鲜花插在牛粪上》。他用一千朵玫瑰插在了一排竖立起的牛粪上。这是在纽约的长岛某处的杰作。还真有黄元这个人。我立即转身，我把她拉起来抱在怀里，她的身体有些烫，我说：“我相信你，我看见那本有黄元照片的杂志了。我相信。”

她擦去眼泪，“我这样似乎很令你讨厌，我知道。我又哭又闹，而且我喝酒、骂人，我像云一样捉摸不定，叫你讨厌了吧？”

“不，不讨厌。只是你需要我帮助。”我说。我觉得她真的需要我帮助。

“我最近老做噩梦，在梦中我总是听到怪笑声，我还梦见这些时装模特儿突然活了，每个人手中都提着一只长筒袜向我走来。每次只要我打开家门，我就会觉得里面有一个人正等着我。我为什么会老做这些噩梦？”

“因为这个城市给你的压力太大了，以至于叫你总是有一种恐惧感。

放心吧，有我在呢。”

“和我一起住吧。”她说，“我害怕孤独了。”

我没回答。我从没打算和一个女孩同居，要是我真想娶她那另当别论，但我觉得杨梅雯需要我陪伴。她身上隐隐的那种梦境气息令我不安。“好吧，”我说，“不过我们各睡一个房间。我是不是很保守了？”

“这样也好，”她说，“这样我就会有一种被保护感了。你是卫兵，对吗？”她又快活了起来。

“当然。”我松开她说。我觉得自己这一刻十分悲壮，因为我已无可挽回地走向了她。从第一次在“木桶”酒吧见到她喝醉时我并没有打算这样。

“我有一个全套推展‘乔可’牌时装的计划，我们一同来看看好吗？”她拉住了我的手。

“好吧。”我盯着她变幻莫测的眼睛，几乎是义无反顾地说。

二十六、给情侣的启示未来的美丽之鸟

约翰·列侬的恋人大野洋子说“如果我是希特勒时代的一个犹太女孩，我将会接近他并成为他的女朋友，在床上十天之后，他便会按我的思路进行思考。这个世界需要沟通，而做爱是一种沟通的绝妙形式。”

你好，朋友们，在午夜降临的时候来听听我主持的“摇滚之友”节目是再好不过的了，嗨，朋友们，我是乔可，在这个节目里我和你相伴已经整整半年了，如果你是天天都听着我的节目的话。这半年之中我大约收到了一千五百张明信片和各种贺卡，不少人都叫我是“大众情人”，可我还是个小男孩呢。可是今天我要十分难过地告诉大家，今天是我最后一次主持这个节目了，因为我还有一件重要的事要去做——我的《古代汉语》以五十八分的成绩没有过关，老天爷我得去啃这门树干一样的功课，直到它及格了为止，因此，种种迹象显示我必须专心于学业了。也许没过多久我们又会在这里见面。我想讲一个摇滚巨星约翰·列侬的故事，那是在 1969 年 5 月，约翰·列侬和他的恋人大野洋子在蒙特利尔伊丽莎白女王饭店录

制那首《给和平一次机会》，有一个记者向他们提出了一个十分有趣的问题：用音乐与爱能够制止希特勒与法西斯主义吗？你猜洋子她怎么说？“如果我是希特勒时代的一个犹太女孩，我将会接近他并成为他的女朋友，在床上十天之后，他便全按我的思路进行思考。这个世界需要沟通，而做爱是一种沟通的绝妙形式。”你说这种说法可笑吗？挺好玩，是吧？好了，今天我们要听的全是令人感伤的老歌，第一首歌是1964年在美国排行榜位列第二名的歌，曲名叫《玛高亚》，让我们来一起听吧。……

请导播小姐接进热线电话——喂，你是乔可吗？

——是我的声音吗？

——是的，小姐，是我，也是你。

——那我可以问你一个问题吗？你不再主持这个节目我很伤感。这道题十分简单，鲸鱼为什么不吃在它嘴里吃残余物的那种小鸟？

——因为鲸鱼很善良，真的，鲸鱼真的非常善良。

——它流的泪是伪善的吗？

——我想鲸鱼可一点儿也不伪善，它流泪是因为它真的伤心了。

——好吧乔可，祝你万事如意，希望有一天能见到你。

——再见，小姐。啊，不，慢着，我得送你一份小礼物，请告诉我你的电话和地址，你会得到一顶墨西哥草帽好的再见。下面我们要听的歌是1960年在美国排行榜位列第四的歌曲，你要听出来是谁唱的，请打电话给我好吗？

我拉开窗帘，眼前是铺展而去的城市。这座城市似乎在微微抖动，因为它是建筑在大地之上的。远处的街景一片灯火辉煌，有无数个黑暗的影子在闪动。我不知道青春在以什么样的步伐跟着我，或者远远地离我而去。明天我就不会站在这里眺望城市夜景了，这时我想起了龙米，她此时也许已经沉入了睡眠，她会想到我吗？在几天之前的那个最初的夜晚，我们像黑暗河流上的两段波浪。也许，我是将她和十五岁的琼的形象合二为一了。但现在我看不见她的睡眠，我也许进入了她的睡梦。这时她的呼吸一定十分轻柔，像蝴蝶的停泊一样甜蜜。我把手伸出去，在想象中抚摸她那一头黑发。北京的夜晚如此迷人，闪耀着它华丽的光芒。

春天的来临使得大地深处翻腾出一股生长的力量，有几天，天气似乎突然变得十分燥热，半空中飘浮着的那些法国梧桐的绒球小毛，呛到喉咙里憋得十分难受。到处都是初春的生长的腥气，而且还难得下了几场大雨，冲刷着又一轮循环的季节。

我像个小资产阶级那样有点儿装模作样地一个人撑着个伞，冒着瓢泼大雨，在校园里走动。这时的空中有一种绿叶的苦涩和腥甜的气味儿。我并不太喜欢下雨，因为下雨总是要打湿我的皮鞋，可实际上我是一个在任何场合里都穿皮鞋的那种人。我记得一本书上讲很多伟人都有怪癖，比如席勒——一个德国佬——喜欢一边写诗一边闻着臭苹果，只有如此他才会灵感如泉涌。我想我打着伞在校园里走走便也在所难免。

我忽然听见有人喊我，我一回头，却看见一个穿白裙子的女孩像个疯子一样向我奔来，而且她居然连伞也不打，雨水已经淋湿了她，使得她的裙子和身体贴得紧紧地。透过雨幕我认出了她竟然是梁百黎。嘿，她是一口气跑到我的伞下，一边抖着浑身的水珠儿，一边打着喷嚏，“我找你好半天了，是不是本小姐说要惩罚你，把你吓成这样了？怎么像个失恋的人那样一个人走在雨中？”

我看着她，“这么大雨你跑出来干吗？你这周不是不来上课吗？神经病。”

“我就是神经病，”她倒乐了，“我去你宿舍找你，他们说你早就搬走了。有一个好像是你所说的文学青年齐晖模样的家伙说你在雨中散步.我就跑来了。”她浑身的衣服都淋湿了，一阵风吹来她就像筛糠一样抖动，真叫人为她担心。

“得，得，咱们赶紧回我的屋里去，你得去换件衣服了。瞧你的落汤鸡样儿。”我揽着她的腰，快步向校西门走去，雨点在我们的身后追打我们。

一进了屋子，我就呼出了一口雨腥气，赶紧先把我的上衣换了，又翻出了一件白色纯棉T恤衫和一条洗得发白的牛仔裤，递给梁百黎。这会儿她一边冷得浑身哆哆嗦嗦，一边还哼着歌，在我屋子里翻来翻去，并对我屋子里的各类美女半裸图大呼大叫，仿佛她没见过似的。可她就是没发现天花板上的那幅风车，那幅美丽的风车。由于湿裙子裹在她身上，绷出了她丰满活泼的曲线，可她牙齿打战的声音实在不太悦耳。“小姐，赶紧换上衣服，你瞧你，再说裙子上都是泥点。”我拎起了一件床单，挡在我和她之间，并把头扭到一边说“我不看你——我真的什么也不看。”

她那一双滴溜乱转的眼睛诡秘地盯着我，脸上现出了威胁的表情，她一边草率地脱衣服，一边冲我说：“你要是突然撤去床单，我就杀了你。我不骗你。”

“嘿，我当然不撤去床单，我想。”我的余光扫到了她浑圆的肩膀，似乎像玉石一样洁白。我真想吓她一下子，但我琢磨这可不是开玩笑的。“好了。”她笑吟吟地对我说。我撤去床单，发现她穿上我的衣服也非常够味儿，有点儿像美国女孩的野气。她掏出一包烟，从中抽出了一根点上抽了，那样子简直像个不服管教的坏女孩。“你刚才表现不错。”她像个老朋友那样拍了拍我的肩膀，这时候她一抬头发现了天花板上那幅《荷兰的风车》，“哇，嗨，真漂亮，这幅画，简直跟梦一样。”她仰脸看了半天，十分动情地说。这会儿我也认为她说得对，那幅《荷兰的风车》真的像梦一样，或者比梦本身更为美丽，在那样纯美的天空下，天空中除了风和小鸟，大地上就只有一架风车在转动，那种感觉就像是我们体验到的青春本身。

“今天你找我这么急干吗？不会是有一个外星人觉得你是地球人中最美的一个向你求爱了吧？”我笑道。

“你瞧你这人，”她假装生气地说，“胡说八道的。我这个人特别固执，今天突发奇想，非要见你不可，于是就四处找你。我先到了你们宿舍，嘿，男生宿舍那个脏劲儿简直没法提，我进去待了一会儿出来感觉自己都成了一块熏肉了。”她这话真逗，我也笑了起来。“我在你原先寝室还见到一个叫施洋的家伙，他正在那里一本正经地起草一份叫作《为希望工程献爱心》的大告示，我说我是你的女朋友，结果把他吓一大跳，还问我：‘这是真的？乔可的女朋友是你？’仿佛你找不到女朋友了似的。”

我有些不高兴，“你这才胡说八道。施洋那家伙是一个阶狂人，梦想当国家总理，平时我都离他远远的。你说，我要是留下什么把柄给他，他完全可以向校方诬告我和女朋友——那自然是指你啦，在校外同居什么的。”她瞪大了眼睛：“有这么严重？”

我说：“当然。”

“没想到。”她说道，“我们北京女孩说话没遮拦，对不起啦。”这时她发现写字台上琼的照片，“她是琼吗？这么漂亮。嗨，琼，乔可是一个好男孩，和我认识半年了再没有动过歪心思——只是有两次吻了我一下，”她偷偷看了我一眼，继续对镜框中的琼说，“有我监督他呢，你就放心吧。”

这会儿我直想哭，因为梁百黎看上去真的非常喜欢琼，喜欢琼留在十五岁的模样。她又叹了口气，“唉，要是她还活着，我和她一定会成为好朋友的，我们可以一块儿玩什么的。”

这会儿我可不想伤感得要命，我没话找话地问她：“到底找我有何贵干？”

“人家来看看你都不成？”她冲我瞪起了眼睛。

“得，得，你这人。”我自知理亏，连忙去打开了录音机，放了一首斯特拉文斯基的曲子。

“其实我今天来是想拉你一起去看看建筑系那几个画家的作品的，咱们可以溜到他们的工作室去——我已经发现了那个地方。可这雨一下，我便没一点情绪了。喂，你这里有什么吃的没有，我饿死了。”她噘起嘴嚷嚷起来。

我找出了一盒苏打饼干，说道：“就这些了。”

她一把夺了过去，拆开来就迫不及待地大吃了起来，“真棒，味道真不错——你也来一块儿？”她伸出纤纤素手，用手指头捏了一块儿，就递到了我的嘴边，我张开嘴叼住了它。这会儿我觉得外面的雨好像停了，因为我听不到外面雨滴击打地面的声音了，我便将窗户打开，我们便一齐把脑袋伸出去，发现雨果然停了，潮湿的雾气在风中飘来荡去，雨滴从叶片上逐一滑落，远远地看上去，经过了雨的冲刷，大地与田野变得更为翠绿，我的心境也变得爽快了起来。“要不，咱们现在就去建筑系那几个画家的工作室看看？”

“你这地方倒挺不错，乔可，”她答非所问地环视我的房间，“万事俱备，你只缺一个媳妇了。喂！乔可，赶紧娶一个媳妇吧，这样就会有人天天给你做饭、洗衣服，还养一大堆孩子，你就只管挣钱写书，即使有了不顺心的事，也可以在她身上练练拳脚，那有多妙啊。”她诡秘地笑着说。

“那你倒先嫁人做了媳妇再说吧。告诉我滋味如何，我再考虑是否娶一个，走吧——”我伸手一把拽起了她。

我们穿越了青翠碧透的校园内的小山丘，绕过那些曲径通幽的石子儿小径，以及傻里傻气的塞万提斯铜像，穿过一片女贞树和银杏树林，又围着校内的一面小湖泊走了一圈，然后上了台阶，找到了建筑系所在的一幢红房子，梁百黎拉着我的手在幽暗的走廊里穿行了半天，告诉我说：“那间屋子就是画家舒吉的画室。我曾看见有一大群疯子一样的画家在这里作画和高谈阔论来着。”

这时候我觉得走廊里非常静谧，这里暗得简直就是地狱本身，我琢磨。我的心情有点儿紧张，因为我还从来没有见过一个真正的艺术家呢。冒牌的我倒见过不少，比如林格之流。但我鼓起勇气上前敲了敲门。我们都摆好了膜拜大师的虚伪姿态，我想如果我们长了尾巴，这会儿也会摇个不停。但停了半天，门没有开。我朝她耸了耸肩膀说：“没有人。”

她也上去敲了敲门，门里面没有任何动静。“怪事，平时这里的艺术家都是一窝一窝的。”

我来了个袋鼠般的跳跃动作，扒住了窗板，将自己身体引了上去。果然，屋子里空寂一片，里面没有一个人，但有一个景象震动了我，在靠墙边竖立着的是一幅幅的油画，非常大，画画上全是灰色基调的大教堂的拱顶，那些拱顶之下竟也是空寂无人。那种空白和空洞简直叫我失魂落魄。我松开手，又落回地面，我冲傻呆呆望着我的梁百黎说：“全是那种教堂的大拱顶，可拱顶下面一个人也没有。”

“拱顶下面一个人也没有？屋顶下面总要有人的呀。快，扶住我，我也要瞧一瞧，看看到底会是什么样的拱顶？”

我轻轻抱起了她，我感到她的身体又滑又轻，简直像一条叫旺达的鱼。我把她举了起来，她用双手扒住了窗框，“哇，果然画的都是教堂的那种拱顶，而且拱顶下面一个人也没有，真奇怪。”她在那儿瞎感叹了起来。

我放她下来，我们四目相对、空空荡荡。“不知为何，这些拱顶触动了我情感的某一根弦，我都不知说什么才好。”我们没有说话，有几分沮丧地走了出去。“这个星期天到我家去玩儿吧，我得学学开车了。再说，你不是还想喝我家那瓶‘金花至尊’吗？”

“好吧。”我说，她冲我调皮地挤了挤眼睛，我们就分手了。

这天下午我接到龙米的一封信。信纸和信封都是出奇的素洁。但我的心不知为何被那几幅关于教堂大拱顶的画给占满了，我打开信，匆匆扫了几眼，不由得紧张了起来：

乔可：

你好！

又有一个多星期没有见面，但这些日子，春天的脚步临近，那些桃花、杏花又次第开放，那样的艳丽。H大学在我的印象中总像是一个巨大的花园，一年四季总有花开，你生活在那样的环境里，真是幸福死了，至少也可做一个“花心”之人的。

那夜和你在一起，事后我久久不能平静。说真的，我也不知道我在你的心目中，以及你在我的心目中有多重要，但我们之间，毕竟的确已经在发生着什么。可是，我内心之中一直有另一种声音，它要我拒斥你，要我离你远一些，就是它使我对你一直持有某种保留。真的，我并不能将你视为我生命中唯一的，我也不能保证什么。

请原谅我的“不辞而别”。原先我对你是真诚的，现在依旧真诚。只是我不能再这样“真诚”下去。我也不理解现在的我，我曾被你深深地打动过。可我现在却深感迷茫。你曾经说过，过程本身就是美丽的，没有结局是最美的结局。我们真的做朋友吧，纯纯的，真正是纯纯的，只有友谊，只有兄妹的关爱，什么也不多余，什么也不要，好不好？

开始得快也结束得快——这是必然。

我会珍惜这样的月夜，这样的真诚。也许我将来永不会遇到这样的淡雅，但是现在我无由再次拥有它。真的，在我们相知相恋的时候彼此分开，永留一份美好——我不知道该怎样把它写下去，原谅我的笨拙。

至于将来谁能把握我，我也不清楚。但如果你要责怪我，我愿意承认我错了。错一次就够了——这样的夜晚，永不再来。

另外，为了你自己，请别再喝那么多的酒，睡眠那么少，以及常常为了买书而省下菜票。不是为了我，不是为了那些个月夜。

这样的夜晚，不会入梦。

小米

× 月 × 日凌晨

我把这封信翻来覆去看了有十遍之多，大抵上才知道这应该算是一封绝交信。我不明白为什么我们之间的夜晚——那两个月亮，就“不会入梦”呢？也许女人总变化万端的。我呆愣了半天，再次确认她已经“不辞而别”。我感到了一阵眩晕，也许这该算是春天的眩晕，我闭上眼睛数了九十九下，睁开眼睛发现头顶上空尽是飞鸟，它们掠过我的头顶是为了飞向哪里？我像在云里飘动一样向前走动。

二十七、鸟儿追逐蜜蜂并抓住它

他听她唱了一首约翰·丹佛的《阳光照耀在我肩上》，一边疯狂地进行未成年驾驶。

星期天的早晨天气十分晴朗，我细心地刮干净胡子，精心地选了一件花格子衬衣，一双弹力登山鞋，一条青灰色西裤——把自己打扮成一个南方青年，便匆匆忙忙地坐上了332路汽车，直奔西直门地铁，在西直门花店精选了一枝红得十分深邃的玫瑰，扎好了红绸布条，就钻进了地铁。每一回坐在地铁之中，我就会有一种恍如隔世的感觉，就好像你一次次出发，却不知目的地在哪里，你只在路上，随着地铁车厢的摇晃而倍感忧伤。

我敲了敲梁百黎家的门。门开了，又恢复了两条小辫的梁百黎一脸乌云地站在门后，草草看了我一眼就说："进来吧。"

"你怎么了？叫男朋友给甩了？"我递上了那枝精心挑选的玫瑰。

"他才不敢呢，否则我会给他剃个大光头。你尽胡说。"她没好气地接过那枝花，“谢谢，这花看上去不错。”看她的表情就知道她不高兴。怎么女人都是云里雾里乱变一通，叫人琢磨不透？我寻思着，走进她家气派豪华的客厅，我发现局部也有小小的变化，比如哪儿多了几把别致的椅子，哪儿又多了些草编物。那柜橱里像欧洲士兵的队列一样排列着的洋酒，依旧放射出典雅华贵的光芒。“嘿，你吃了鞭炮是怎么着？要知道北京已不允许放鞭炮了，你要是想放可以到郊区县去嘛。”我还不依不饶，可话一出口，突然想到也许她正在例假期，女人在例假期情绪总是变化多端，况且她也告诉过我这种时候她往往就是一个火药桶。我便赶紧闭住了嘴。

“谁来了？”一个有点儿沙哑的男人的声音说。嘿，这真吓了我一大跳。从斜对面的卧室里走出一个中年男子，不用说，他就是梁百黎的父亲，他一看上去就是商人打扮，头发向后梳得又齐又亮。发胶都固定住了，我琢磨苍蝇爬上去都会顺着头发往下滑。而且他还像个中产阶级似的穿一条背带裤，手中当真像电影上的富人那样，握着一根炮筒一样粗的雪茄。他微微有点儿发福，只是面色看上去还好。我一看他那双眼睛就知道他一定精明过人，因为他的目光背后总是还有一层目光，叫人琢磨不透。梁百黎也不理她父亲，扭身进了自己的屋子，竟把我一个人晾在客厅里，与她爸对阵。

我有点儿局促不安，我说：“叔叔，您好，我是梁百黎的同学。”

“啊，那请坐吧。”他热情地叫我坐在那价值好几万元的意大利真皮沙发上，冲梁百黎的背影看了一眼，压低了声音有点儿局促地说，“她正跟我怄气呢。有她这么一个女儿，可真够我受的。我不骗你，我们父女俩总吵架。我就弄不明白，怎么女人的脾气都那么大？脾气就大得要命。我总是不明白。”

“我也不明白，叔叔。”我老实地说。

“我还想像她这类女孩永远都交不上男朋友呢。可她居然有了男朋友——你也和她常吵架吧？”

我是她男朋友？我还真没弄明白，“不，我和她不吵架，因为我们只是……”

“嗬，真不错，可她为什么老跟我吵？真烦人。你叫什么？看上去并不特别有力气，居然能将她镇住，倒也不容易。”他佩服地看了我一眼。这会儿他桌上的大哥大响了，他摊开手，向我表示道歉，就打了起来。我也没怎么听，反正总是上海、深圳和郑州的期货交易、金属和农产品报价之类。我这会儿想梁百黎跟他爹有什么深仇大恨的？她现在也不出来叫我到她屋里去。她父亲打了一会儿电话，就关机又和我聊起来。我记不清我们聊了些什么，好像是从绿豆的期货交易聊起的，我假装是内行一样云里雾里一阵胡说，把他说得直点头“到底是 H 大学的学生，挺厉害。你将来做期货肯定比我强。”他走到酒柜边上，倒了两杯酒，又加了两小块冰，递给了我一杯，“请尝尝，这是‘拿破仑’炮台酒，味道很足的。”

我接过了酒，他对我说：“我们家的事儿恐怕百黎也已经给你说了，家已是四分五裂，可就是剩下了我们父女俩也要吵个不停。我自己发展到这一步不容易，我一开始做鞋刷生意，后来又卖起了袜子和皮鞋，然后是裤子和各类妇女用品，最后是各类时装。我是从脚一直把买卖做到了身上。”他笑了笑，呷了一口“猫尿”拿破仑炮台，“积累了一点钱，就开始搞股票和债券，现在我主要做期货了。这年头，干什么都非常不易。上周我在湖南常德一个地方上公厕，有一个家伙竟敢往我的裤子上撒尿，我们打了起来，我把他揍得不轻，当然他也打破了我的头。我到当地公安局报了案，他们说你还敢告状，还不快走！那家伙是香港黑社会淘汰下来的毛仔。警察对我说：‘你要不躲起来被他们要了小命可就糟了，那时候我们出动可就晚了。'于是我连夜登上了租来的吉普跑了。后来我听说他们拿着土枪和刀到处找我。而且我还听说，他们杀人都是腰斩，或是剁掉脚趾或是挑断腿上的大筋，总之手段十分残忍。所以，生意非常不好做啊。可我一回家，就和她吵架，简直像两个对头一样，本想从家中得到些安慰，可却令我大失所望。现在，连我都不觉得这里是我的家，纯粹是旅馆。”他自我解嘲地冲我笑了，喝了一大口，呆愣愣地盯着地毯上的图案发愣。这会儿我们都看见梁百黎从她的房间里出来，鼻孔朝天，一副爱理不理的样子进了洗手间。

“我得走了，”他忽然将脑袋凑近我，“谁也管不了她，我可拿她没办法。”他郑重地握住我的手，“你要是能管住她，我就把她交给你了——你看上去比较成熟沉稳，你可得答应我。”他喘着粗气，“要是你经济上有什么困难，就尽管向我开口，拜托你了。”他严肃的模样叫我都无法开口。他起身进了自己的房间，不一会儿，他穿好了外套，拎着一个黑色的密码箱，右手提着大哥大又走出来。这时梁百黎也倚着门站着看他。“我走了，去大连一趟。这下你就高兴了吧百黎？”

“走就走呗，还说叫我不高兴的话。”梁百黎半噘着嘴，娇羞着把她父亲推出了门。她父亲临出门又拜托似地看了我一眼，门就被关上了。

梁百黎靠着门，瞪圆了双眼说：“我老爸都对你说我什么坏话了？”

“他把我当你的男朋友，还把你托付给了我——我哪敢要啊，可一直没时间向他申明。他说你老跟他吵架，他还说这个家于他来说像个旅馆一样。就这些了。”

她轻轻笑了起来，把两个小辫拢在胸前，“你答应——答应了我父亲把我托付给你的事儿？”

“我保持了沉默。但这被他看成了默许——我插不上话。”

“他一定说了我不少坏话，诸如难以管教之类？”

“没有。他说你还是一个小孩，难解父亲的心意。”

“你也觉得我有些不懂事？”

“只是觉得你不该推你爸爸出门。他也就只有这一个家。”

“是他自己要走的。今天一大早我就要他带我去二环路上兜兜风，可他说非要写个发言纲要——听上去好像他是美国国务卿克里斯托弗一样。所以嘛，与其叫女儿不顺心，还不如趁早被赶出门去。再说他整天都是自己的生意，陪我去游乐园玩儿也是哈欠满天，你说我能高兴？”她不服气地说。

“有道理。不过，做女儿也应多替父亲着想才对，他整天为了赚钱四处忙，你家装修、摆设这么华贵，你的学费和所有的衣食住行，哪一样不是父亲的功劳？可你却要轰他出家门，只是因为他纯粹出于没时间而没能带你出去兜风。”

她被我说得红了脸，“也许是我的错。不过，我总有一天要逃出他的羽翼，自己独闯一份天地。”她恶狠狠地说。

“咱们今天怎么安排？”

“做饭、瞎聊天和看录像之类统统省掉，咱们去北京游乐园玩上半天，然后再开车四处兜风，怎么样？”

“好吧，不过我再次重申：出了车祸一块死，你死我也陪着了。车被警察扣下算你爸倒霉。”

“我感觉你今天情绪不高，遇到什么伤心事了？”她狡黠地盯着我的脸。

我想起了龙米写给我的那封信，但我只是淡然地说：“没什么。”

“那咱们就出发吧。”她真是迫不及待。我用眼睛瞅了一眼酒柜，我说：“别急，我得先喝上一杯，我是说那瓶‘金花至尊’。”

“好吧，”她爽快地说，“我爸看上去挺喜欢你的。喝他的酒他也会高兴。”她拿来一只凳子，跳上去从高处取下了那瓶“金花至尊”，给我倒了一杯。

“你不也来一杯？”我端起酒杯笑眯眯地问她。后来，我们钻进了小汽车，系好了安全带，我用钥匙打开了方向盘上的锁，把它丢在后座上，打着了火，挂挡，然后将车溜出了院子。这时她忽然说，“停下来，我忘了带吉他了。”我于是又停稳汽车，她下了车又向楼门口跑去。我在等她的时候戴上了墨镜，这样使得我看上去老成了。我后悔今天刮了胡子，不然我至少看上去有三十岁。没过一会儿，我从后视镜中看见她傻乎乎拿着那把吉他跑了出来。她钻了进来，我闻见她身上才喷的香水味儿。

“去哪儿？”

“北京游乐园呀。”

“可——它在哪儿呢？”

“真笨。”她一边戴上了一顶红帽子，一边嚼着口香糖，从不知哪个鬼地方取出了一幅北京地图。“睹，在这儿老笨蛋。”

我记住了大致方向，就将车驶了出去。由于加速太猛，叫她的身子向后一仰。在便道上我超过一辆卡车，便拐进了高速车道，汇入了茫茫不断的车流之中。现在我开车一点也不紧张，因为所有的后果已在意料之中，而且并不显得有多么可怕。出了事那才刺激呢。后来我说：“来几首歌怎么样，小姐？”

她正满不在乎地嚼着口香糖，一边朝窗外看。她戴一副墨镜的样子也是匪气冲天。这会儿谁要是看见了我们，保险以为我们是偷车出逃的两个贼。美国电影上总有这样的镜头。

于是她从后座上拽过了吉他，开始唱了起来。我发现梁百黎对正在流行的东西简直一窍不通，竟然大唱起了八辈子以前的老歌《捉泥鳅》，然后又唱了一首《青春舞步》，接着又唱了一首《一根黄丝带在老橡树上》，到了末了，才唱了一首约翰•丹佛的老歌《阳光照在我肩上》。听着她唱这首歌，我真的感到了摩洛哥的阳光就照在我身上，暖洋洋的十分舒服。我有些高兴，就加快了速度，我将车位定在三条车道的高速路上飞奔，时而为了超车又将车在三条车道间来回穿梭。我为我的非法未成年驾驶感到有一种破坏的快乐。梁百黎随着车身的摆动，她的两条长辫子也甩来甩去，看上去挺快活。这是一个喜欢坐在车上把辫子甩来甩去的女疯子，我想。我把汽车拐向一条单向道时一不小心差点儿撞上了前面一辆“公爵王”的屁股，把我们都吓了一跳。不多久，我就把车开到北京游乐园的门口。停好汽车，交了停车费，我拉着她的手跑向售票处。这票对我来说真贵，每一张要花我二十元钱。我装出一点儿也不在乎的样子，拉着她滑滑的小手，进了游乐园。

梁百黎似乎很快活，这我从她脸上奶油蛋糕一样甜的微笑中可以看得出来。她死活要拉我玩“碰碰车”，可我一点儿也不喜欢这类游戏，我琢磨这个社会相互倾轧也够多了。她倒喜气洋洋地开起了橡皮车，我倚着栏杆和一堆人在观看。很快地，几个为她的漂亮所吸引的小伙子开着碰碰车从几个方向一齐向她撞去，把她撞得前仰后合，娇声尖叫。这简直是花枝乱颤招蜂引蝶嘛，我不满地想。我还看见她胸前的两只小兔子也在乱蹦，但我觉得十分无趣，就转身朝一条小路而去了。

不知不觉，我走到了一片树林里。这种该死的树我一点儿也不知道它叫什么，但它们都高入云霄，树干非常直。我仰起脸眯起眼看了半天，竟然没有发现一只鸟。我感到有点累了，便索性靠着一棵树打起盹来。……在半明半暗中我仿佛又回到了十六岁那年夏天，那架载着琼的黄色农药飞机像一只大鸟一样从半空中斜刺着冲向大地，一声巨响过后，飞机和孩子们的碎片像金黄的麦粒一样在我眼前飞起来。骆驼队在宁静的月光下穿越城市，可它们为什么不带走我？龙米紧紧地拥着我，在我耳边低语：天天天蓝，叫我不想你也难……“快醒醒，我找你都找得急死了，你瞧我都快哭了，你却一个人在这里大睡个不停，真见鬼。”

我睁开了眼睛，发现梁百黎正貌似温柔而又恼怒地看着我。她生气的样子约略也算动人，我坐起来，发现肩上落了几点斑驳的鸟屎，白白的。“一只鸟都没有，怎么凭空落下了鸟粪？”我一副懵懵懂懂的样子。

“笨蛋，鸟早都飞走了。”她笑着拉着我的手站起来，“我饿了，我们得去大吃一顿。想吃什么？我请客。”

“好极了，那请我吃意大利比萨饼吧。”

“不，咱们到一个叫向阳屯的怀旧餐馆去吃玉米面窝窝头如何？”

“好吧，只要有肉就行。”我有些不大情愿。我们一边向汽车走去，一边听她大谈刚才玩儿的快活事儿，“我刚才还坐了一会儿旋转木马，弄得一堆小伙子都坐起了旋转木马，害得坐不上的孩子们直哭。我怎么这么逗男孩喜欢？”她那副自我感觉良好的样儿你还不好意思说她。我们钻进了汽车，向三环方向开去。我一路上由三环一直向东，因为向阳屯在北京城北的一个我压根儿就没听说过的鬼地方。汽车在东三环路上飞奔的时候，我感到特别畅快，一座座起伏不定的立交桥，让我可以俯瞰日益长高的城市景观。那一座座购物大厦，快餐店和大饭店一晃而过，路过燕莎购物中心时梁百黎想去看看，可我压根儿就不喜欢陪着女孩逛商店，汽车一下子就越了过去。

我并不太熟悉路，把车竟然开到了一个收费路口。但反正也退不回去了。于是我们交了钱，就驶进了真正的高速公路。这马路真宽，中间全部有铝合金隔离板，我把车速放到了每小时一百一十公里的速度上，汽车都有点儿发颤，像个仓皇的甲虫一样在向前飞奔。“向阳屯在哪儿？这太阳都快落山了。”我生气地说。

“我来开，我知道在哪儿。”梁百黎说。我把车驶向便道，停下来，我们交换了位置，由我随时盯着她驾驶，讲了驾驶要领后，她把车毫不犹豫地驶进了干道，“这会儿车不多，只要照直开就行，你可千万别乱打方向盘啊。”我提心吊胆地对她千叮咛万嘱咐。她满不在乎地瞪了我一眼，“放心吧！老兄。”嘿，那样子仿佛她是黑社会的女老千。我十分不放心。公路两边的田野上，有人在燃烧那干麦秸，火光冲天。潮湿的田野和泥土气也钻进了车里。看上去梁百黎似乎心花怒放，可我琢磨也许就在今天，我就成了殉葬品。我前几天还看了很多关于古代公主殉葬品发掘的报道，当真叫我心惊肉跳。

这车就这样被她七开八开地开到了一个风景十分美丽的地方，而且这里还有一条河。我们找了个地方把车停下来，我下了车，发现周围全是一幢又一幢的欧式别墅。“如果这里就是你所说的向阳屯，倒也不错。”

“老天爷，我们怎么把车开到这儿来了？”她像个没文化的妇女那样嚷了起来。

“这是哪儿啊？”我问她。

“这是潮白河畔。这里全是别墅啊！”她睁大眼睛。我们拉着手一齐朝那片别墅小区走去。我以前只是在电影上见到过这类别墅，可我没想到现在中国也有了。我的心怦怦乱跳，仿佛自己正在走进一个神话。这里竟然到处都是果树林。那一幢幢设计别致的独立别墅，就在那一幅幅草坪之间。这全是那种欧式风格的别墅，有独立车库和巨大的私家花园与庭院。从远处看，还可以看见有游泳池碧波荡漾，俱乐部、康乐宫、高尔夫练习场、人工垂钓中心散布其中。我和梁百黎都看得傻了，我说：“嗨，什么时候叫你爸爸来这儿买上一幢？”

“他是个乡巴佬，才不会享受生活呢。这要看我的了。”

我们正傻乎乎向别墅区眺望，不知从哪儿窜出一条小牛一样的大狗，喉咙里响着那种随时要把人撕成碎片的低沉的声音，梁百黎立刻尖叫了起来。我从小就怕狗，立即拉着她从栏杆边向我们的汽车狂奔。那条狗——大得真像牛一样，向我们狂奔而来，我们吓得魂飞魄散，拼命跑了起来。我们刚刚钻进了汽车，那条大狗就扑到了车窗玻璃上，用它的大爪扑击车窗，我十分生气，觉得这简直是能在这里过上华贵生活的人对我的侮辱。那条狗就是这类人的象征，我沉着地发动好汽车，打算用车把那条狗撞死。但那狗机敏地躲开着。我在它后面转了几个圈儿打算撞死它可都没有成功，然后从一幢房子里跑出来几个穿蓝衣服的保安人员向我们走来。我一看这架势，就将车拐上主干道，向前飞奔了。

我们沿着潮白河岸边的一条路跑了一会儿，我感到情绪有些低沉。那些别墅给了我一些新的压力，促使我在将来的一天非要拥有它一幢不可。“你怎么啦？”她问我。

“那些别墅，总有一天我也得住上一幢。”

“你这个野心不小啊，靠什么发财？要知道这些别墅每幢都二三百万元呢。”

“像你父亲那样，从小做到大呗。”

“别提他！你一提他我就烦。你要成了他那类一点儿也不知道生活趣味的人，我就再也不会理你了。”

“可我必须过上有别墅的生活。”我咬牙切齿地说。

“即使变成了我父亲那类唯利是图者也在所不惜？”

“对，在所不惜。”

“你这人，有时候挺没劲的。”她对我说，看上去她好像生气了。

我没理她，我继续把车朝前开，车刚向左拐上一条便道，突然冲出三个手提黑色铁棍的人示意我们停下来。梁百黎睁大了眼睛：“糟了，遇到了劫道的了。”我也愣了一下。那几个人都穿着夹克衫，神色阴沉，手中的铁棍又黑又沉。我说：“冲过去！”我一加油门，汽车低声咳嗽了一下，就直接向那三个人冲去。他们好像没有料到我敢来这一手，在车撞向他们的一刹那向旁边一跳，手中的铁棍也击向汽车，我们的后车盖上沉闷地响了一下。一晃就把他们甩远了。我依旧记得其中一个家伙狰狞地用铁棍击打汽车的样子。

“幸亏他们没有枪。”她呼了口气说。

我一直把车向城里开，我们有一段时间迷路了。开始我仍打算到她所说的“向阳屯”饭庄去吃“忆苦思甜饭”，可我仍然找不着那个地方，就是照着地图也找不着。后来我们索性不找了，一直沿着大道又开回去。天快黑的时候我才把车开到了东三环路了，我一眼看见了京广中心巨大的身躯，我舒了口气：“我们总算又回来了。你好像饿坏了吧？”

我听见她和我的肚子都在咕咕乱叫，好像有一堆青蛙躲在我们的肚子中间在合唱似的。她把手放在我的手上，不好意思地笑了。

二十八、逃亡的梯子

她把它伸向了我的脖子，我在黑暗之中将这一节看得非常清楚，我在她企图勒死我的一瞬间对她说：“你怎么了？”

杨梅雯设计的“乔可”牌男士时装非常有特点。这是结合了欧洲男士时装的特性，又根据亚洲人体型特征来设计的。只是我觉得杨梅雯用我的名字命名这种时装，让我产生一些恍然地感觉。因为对于一个女性内衣和唱碟推销员来说，我一点儿也琢磨不透她目光中的全部含义。整个推展计划是非常详细的，其主要的环节宣传工作，我交给了我的朋友张晓。上次在晶都国际酒店，就是他给我抓了一个大奖，从而叫我在豪华客房里过了一个没做噩梦的夜晚。

“你是说宣传时装——‘乔可’牌时装？”张晓显得非常吃惊，“怎么一星期没有见你，你摇身一变竟然又成了一个商人，纯种商人？”

“这个忙你必须帮我。”我说。

“可这所需资金太大，也太麻烦。我请一些朋友一起给你想想办法吧。”

我们在一个晚上于北京城东一家咖啡馆见面了，我和杨梅雯、张晓，以及我大学时代的好友李毅和赫毅民。这个酒吧以音乐低沉、暧昧著称，要在往常，我来这儿一定是为了解除孤独的，可今天我们得谈一项生意。

“知道李毅现在在干什么吗？”张晓神气活现地说，“他在三个月之内已经成了十万富翁了。”

“你干什么挣了这么多钱？”我问他。

李毅在大学时读哲学系，因此一到社会上他就跳了好几次槽，最终自己干起了买卖。他扶了一下他那该死的眼镜，笑了一下，露出了他那一嘴的自牙。我忽然发现他穿一身“鳄鱼”牌名牌衣服，而个头儿矮小但一向足智多谋的赫毅民——他也穿了一套非常棒的“花花公子”牌夹克装。

“当骗子。”李毅一本正经地对我说，“现在，认真地靠点滴积累和工薪已经发不了财了。我们必须弄明白这个社会需要什么，这个社会中的人在哪些方面投资最大，我们就干什么。”

“于是我们就想到了孩子们和他们的母亲，”赫毅民狡诈地挤了一下眼睛，“我们便推出一个‘100 分工程’，请一堆特级教师和幼儿园阿姨撰写教材，再把主要部分弄成录像带，这样，由我们策划再在主要的媒介上大做广告，孩子们他妈自然会掏钱的——骗孩子们他妈的钱，我们发财走的就是这个思路。”

“可现在推出时装，市场情况怎样？我并不懂时装。”我说，“她也不太懂过多的包装与宣传——这些都是一脉相承的。”

“你知道皮尔•卡丹牌服装吗？皮尔•卡丹本人并不生产服装，他只是请加工厂加工衣服冠以这样的名字罢了。说实话，我有一个朋友正想进入服装业，他通过郑州的期货交易发了大财。我们可以再跟他谈谈，将他的资金引进。至于宣传，张晓这边有电台、电视台和十几家报纸的朋友，也足够了。”赫毅民说。

“时间已经不多了。三十五岁我无论如何得有一幢乡间别墅，一辆轿车。我不能看着那帮子影视歌星和骗子们发财而无动于衷。”李毅说。

“于是你也成了一个骗子，一个尽掏孩子们的妈妈的腰包的骗子。”我笑了起来。

整个过程中杨梅雯一直没有说话。她若有所思。看着她那像雕像一样沉郁的表情和脸庞，我在想她会想什么呢？我陪着她到底能走多远？我们在策划着整个时装的推销策划，到末了，我们达成了分成的协议，每人根据所出资金智力股来按比例分成。然后李毅和张晓、我们握住了手说：“成交了。”

在这样一个广大的城市中生存，我知道必须要有安身立命之本。其实我是一个要求不高的人。有时候我常常想我只要爱情就够了，可谁会给我呢？城市本身就是一条饿狗，它把每一个来到这里的人都当成了一根骨头，打算像发疯似的去咬噬你。所以，当我看到杨梅雯在我没有注意她的时候露出那种沉浸进某种激情、想象与幻觉的奇异微笑时，我就不由得为她担忧万分。我承认我越来越喜欢她，而且，假如如此随着时光向前，我会——我非常怕这样——我会深深地爱上她。走在这座城市的楼厦之间，我都以为这个世界已越来越机器，人们制造出了石头——水泥，人们制造出了塑料花，跟真的一模一样，连香味儿也可以仿造，人们还造出了山和峡谷——

你瞧那些巨大的楼厦，难道它们不是人造的山和峡谷吗？总有一天，人们还可以仿造出另一个月亮，造出人本身——用人身上一个细胞就可以造出和这个人一模一样的另一个人。那么爱情，这种为了生育和繁衍而产生的异性带电活动还有什么意义？总有一天，人会把自己彻底毁掉，当我处于身穿“乔可”牌男士时装的那些塑料模特儿中间，我就胡思乱想了起来。

杨梅雯简直是一个工作狂，有时候设计起草图来当真是通宵达旦。而且，在大多数时间她都是高兴的。我协助她又组成了一个模特队。这个模特队以男模特儿为主，另外还有两个堪称绝色的女模特儿当领队。我们必须要在这一年的春天将我们的时装上市。李毅和赫毅民已经组织了一个生产线，这个服装设计公司几乎可以仿造任何名牌时装，而张晓也已经联合了新闻界，打算随时进行大面积的宣传。

可有时候我常常在想，人在从走出山洞的那一天起，是如何一天天走到了这样一个时装化的时代呢？时装就是包装，是对自己越来越没有个性的人的表层个性固定。连个性都是可以伪造与复制的了，这有多可怕！一天晚上我坐在那儿一个人喝一杯人头马，一边俯瞰着这座广大无比的城市，我听见杨梅雯轻轻地走了过来。她用下巴点住我的肩膀，“在想什么？”

“我在想，我们在这个城市里干什么？我们非得要设计那些时装吗？”

“你为什么会有这样奇怪的想法？”她十分不解地看着我，“因为人需要时装。”

“有时候我觉得只要你就够了，”我笑着托住她的腰，“可你总叫我感到像云一样抓不住。”

“我怎么了？”她漫不经心地叫我搂住她。

“你的人格好像是流动的。在你身上我仿佛看到了一个影子，那是另外一个你，那个你疯狂、神经质，非常让人吃惊。”

“你是说我是一个疯子？你还那样认为？”

“我没有那样说，”我说，“只是你的目光有时候就叫我害怕。”

“为什么？”

“那种目光是打算要扼杀点儿什么才有的目光。非常有力而阴沉。”

“也许我就是一个杀人犯，”她笑了，“你不是说过是我杀的彭莉——那个同性恋模特儿的吗？”

“也许真的是你，”我严肃地对她说，“只是也许你忘记了这件事。你可能患了一种遗忘症？”

“我患了遗忘症？我忘记了我自己是一个凶手？真是十分好笑。”

“我打算让你把一切都回忆起来”，包括我盯住她在黑暗之中闪动的美丽的眼睛，这种眼睛也是女巫才有的那种眼睛。“包括从黄元开始的一切关于你的回忆。”

“这不可能，”她断然地说，“该忘记的早已忘记。我怎么会杀死那个同性恋？”

“因为你不喜欢他。”

“你也是同性恋？要不你为什么老提这个？”

“事实——我已证明了我不是同性恋，我猜想有一天你因为发狂而杀死了彭莉。然后，你觉得内心恐慌、恶心，于是你一个人就跑到了‘木桶’酒吧，打算在那里喝个一醉方休，结果那天晚上碰到了我。”

“好像挺符合逻辑。”她笑了，“别瞎想了，我们的时装就要推展了，你还跟我瞎开玩笑，睡吧。”

“不。我担心你有一天趁我睡着了，就用长筒袜勒死我。因为我已经走进了你的生活。你总是以这种方式来灭绝你生活中的任何踪迹，因而你才会生活得轻松。你像一个一边向前走一边清除自己留下的脚印的某种动物。”

她吻了我一下，幽怨地说：“你越说越离谱了。好吧，要是你真的能叫我回忆起我自己是一个杀人犯，那么你把我送到警察局好了。”

“我真的想这么做。因为不这样你会一直用长筒袜干下去。”

“你是说，我对你也要用那类长筒袜？”她笑问我。

“是的，因为你曾经想用长筒丝袜勒死黄元——你爱过的那个男人。”

她忽然怔住了。灯光打在她身上非常柔和，但我还是可以看出浑身的轻微颤抖。我只是试着说一说，一切不过是猜测而已，可她为什么要颤抖？

“回去吧，我要回家去。在这里我害怕这些模特儿，这些塑料模特儿有一天一旦活过来，他们会把我们都给捆起来，我们离开这里好吗？”她急促地对我说。

我注视着她，停了一会儿说：“好吧，我们现在就走。”在这年春天，当这座城市和大地本身一样显现出了勃勃生机的时候，我们“乔可”牌服装公司的推展如期进行了。我们的广告是立体的，充分利用了电子时代的所有传媒手段，进行了反复的印象式宣传。我们的服装展示会也非常成功，在几场时装表演会中，一些服装界的好手们也不由不佩服起杨梅雯来。也许她由舞台服装设计转而进行时装设计的选择是对的。而紧接着，各大主要商场便开始了时装的促销活动，生产线也迅速地启动了。

"情况不错吧？"李毅打电话问我，"那个漂亮的女服装设计师从你的身上获取了不少灵感，连发财的灵感也一同获得了。她的口味好像很怪，她是个色情狂吗？她和你干那事儿的时候，是不是喜欢女上位？"

"你这个家伙，"我骂起他来，"我觉得她有可能——真的有可能是一个精神分裂症患者。我觉得她需要我，她的一切活动都有待观察。你在干什么？"

"我们又在开发一种营养醋系列产品。我们已申报了专利，我们将生产孕妇专用的醋，婴儿用的醋和老人专用的各种营养醋。我们用从孩子们的母亲处挣来的大约三百万元，来进行这项投资。"

"离你三十五岁时还有六七年，看来你有别墅有汽车的日子不远了。"

"不过不能掉以轻心，"他说，"钱这玩意儿一不留神你的全都会跑到人家的口袋里去。不过，'乔可'牌男士西装系列销路不错，看样子不久就要与顺美牌西装抗衡了。"

"其实我关心的是她是不是一个精神分裂者，而且好像还有遗忘症，她忘掉了很多过去的事情，一直活在一种想象的恐惧之中，比如她老想象有人要杀她。"

"你是不是特别喜欢她，或者说，你爱上了她？"

我沉吟了一会儿，“我喜欢她。这一点是无条件的。我觉得她需要我帮助。”

“哈，你由一个聪明人变成一个傻瓜了。这年头还会有爱情？你八成要吃软饭吧？她的钱可比你多多了，你简直算是一个流浪汉。记住，有些东西是过期不用就作废的，比如你的这类爱情。你什么时候才能把她口袋的钱都掏到你的口袋里来？”他笑了起来，

“你这混蛋。”我生气地说，“你已变成钱的奴隶了。”

“有了钱，你再蔑视钱吧。”

“不，你过去是扭曲的，现在仍是。”我挂断了电话。

我和杨梅雯在一起是为了掏空她口袋的钱？我为这一说法感到吃惊。是的，她当然比我有钱，这时我才开始想这种说法。我们回到了她的居所，我沉沉地睡去了。半夜的时候我突然醒了过来，我睁开眼睛并适应了屋里的黑暗，这时我真的看见杨梅雯的那张阴冷的脸正俯向我，这张脸上挂着一种奇异的笑，她的手中拎着一只长筒丝袜，她像看着一件作品那样充满了迷恋与刻骨的深情似的看着我，并且她慢慢地用手举起那只长筒袜，她把它伸向了我的脖子，我在黑暗之中将这一切看得非常清楚，我在她企图勒死我的一瞬间对她说：

“你怎么了？”

二十九、跳舞的人和蓝天上的鸟

有时候你简直从每一棵树后面都可以发现一对恋人在接吻，那种声音汇合起来像鱼在吐泡泡一样美丽动听。

在一天天变得浓烈的夏季气息中，鲜花盛开的四月便结束了。H大学里到处走动着充满了青春气息的人。我深深地嗅着发自大地深处的气息，内心之中充满了感激。我辞去了电台摇滚音乐节目主持人之后，反而觉得有点无所事事，于是整整一个月也没有怎么去上课，便和林格一起，打遍了校园附近所有的台球厅和各种游戏机。我还发现在这个初夏林格和叶灵珠变得格外如胶似漆，仿佛他们之间就从来没有争吵过似的，而且两人形影不离。“山鬼”自从退学之后就再也未见回来，而且我琢磨回来的可能性也不大了。施洋已荣升校学生会秘书长，目前正在校内组织为国家新近举行的一个大型运动会大募其捐。而齐晖、王家明一类文学青年的文学沙龙事业也蓬勃发展，如今已接连成立了“夏威夷”暑假结伴行旅行社、“困兽犹斗”女子防身训练班，以及“文化中国”研讨会之类风马牛不相及的组织，大有向四面八方辐射之感。有时候我也回到过去的宿舍看看，发现仍旧是杂物横陈，并无任何改观。而且随着天气逐渐变热，寝室里那种男孩儿的汗酸和脚臭便弥漫而起，简直要了我的命，每到夜晚降临，整幢宿舍楼里就传出了各类有趣的声响，有各种音乐的旋律。当然到了这样的季节，所有的恋人们都会出动，他们大都到校园里的湖区和多树木地带活动。有时候简直每一棵树后面都有着一对恋人在接吻，那种声音汇合起来像鱼在吐泡泡一样美丽动听。在白天，我常常一个人挎着一台 Walkman，听着那些老式情歌，诸如《卡萨布兰卡》之类，一个人躺在草地上嚼着草根，透过墨镜去看太阳，因而显得十分惬意。有时倏地我还会冷不丁从屁股下面摸出一个用过的避孕套来，便难免有些啼笑皆非。

自从收到龙米的“绝交信”后我便有些沮丧，简直像被一个保龄球击中脑袋一样。我真的还不懂女孩子，她们的情感就像云一样飘来飘去，我怎么抓也抓不着。现在，我宁愿整天去想象在天山的草坡上吃草的山羊，也不愿去想她给我写的那封信。整整一个月，我都努力地把龙米的影子从脑海中挤出去，可是一点儿也没见效果，她的身影总是在我最郁闷和低沉的时候从我的脑海里浮现出来，我用尽了遗忘法、计数法、替代法之类各种办法，都毫无用处，就如同时下的减肥霜并没有叫胖姑娘变瘦多少一样。每到夜晚，念书念累了，我就躺在床上，在一片温和地颤动的灯影中看着天花板上那幅《荷兰的风车队》，看着那架在河边永不停息地转动的孤独的风车，而陷入了沉思和冥想。风车的转动是风的一种语言吗？我出神地想。我的眼前总是一次又一次出现我和龙米在一起的三个夜晚，它们在我的脑海中重叠相加，我就像分不开画布上的颜料一样分不开它们。她那鱼一样圆润的身体，她的美如桃子一样的乳房，以及她青草葱芜的小腹，她隐秘的花恋之心，以及掠过我们身体的那一阵阵波浪般的战栗，还有我们用嘴唇相触碰时的低语，她那站立着时凝固的类似于宋代瓷瓶一样的剪影，她那酷似十五岁的琼的眼睛与下巴，都叫我无法从眼前挥走，我根本无法把这一切像忘掉买公共汽车票一样干脆和无意。于是，有一天在大学游乐城，我有些傻呆呆地连着输给了林格七局之后，我对他说："我再也不打这类球了，我要回去。"

"你的眼神好像总有些恍惚不定，你怎么了？吃了毛毛虫了？"林格调侃地问我。

"听说了没有，动物们真的要袭击这座城市了。动物们要回到它们原来的家。"我答非所问地说。

"那就更好了，那时候我就和一群大猩猩一起去攻占电视台，然后我就宣布我为新的统治者。"不过他眼珠一转，"我还是得去美国，我可不愿意整天和猩猩们在一起，即便叫所有漂亮的母猩猩都属于我我都不干。再说 H 大学的小资产阶级可太多了，至少有三千人！老天爷，我得赶紧走掉。"

我不想和他多说，回到住处，我换上了一套轻松的牛仔套装，便骑着我那辆破自行车，向北京外国语学院方向赶。一路上我尽在胡思乱想和龙米见面时的情景，想遍了所有可能出现的情景。也许我应该说"你的信我收到了，可我弄不懂你到底说了些什么？"可是这类装糊涂实在太没男子汉气。想来想去，便更没了主意。就这样糊里糊涂骑了二十多分钟，就来到了北京外国语学院。在她所住的那幢灰楼前停下自行车，我有些慌里慌张地跑进去，看门老头儿把我喊住，叫我填了一张会客单，然后才放我上去。

我一边沿着台阶向上走，一边想万一迎面碰见该如何是好？我径直上了她宿舍所在的那个楼层。这是接近下午的时光，时间与阳光仿佛在走廊里凝固了一般，这使我想起了达利的油画《记忆的永恒》。我来到了她的宿舍门口，然后抑住心跳，敲了敲门。

“谁呀？进来吧。”一个女孩子的声音脆生生地说。

我推开门走了进去，发现只有一个女孩儿坐在那儿。“你叫戴海燕吧？我是乔可，我来过一回——我来找龙米，她在吗？”

戴海燕像个可爱的小鹿那样胖，她戴了一副度数不浅的眼镜，看见我，她把头摆了一下挺可爱的冲我耸了耸肩：“她一大早就出去了，她像领着一帮老外去长城当导游去了。今天要回来恐怕也要很晚了。她这一个月看上去心情好像不好，似乎有什么心事。你们俩怎么啦？”

“她在一个月之前给我写了一封绝交信，弄得我都快晕了，这次来找她就是为了问她这是为什么。”我真的都快傻了。

“那你至少得等她四个小时。你有时间吗？”她给我递来一杯拧橡茶。

我沉吟了一下。我本打算说要等她的，可是一刹那我又改变了主意了。我在房间里四处打量，把目光放在龙米的床上许久，“女孩子的宿舍里尽是些小动物和风铃什么的。你们就不能在屋子里安个牛头或是养一只老鹰什么的？”

“那都是你们男孩儿的把戏了。女孩儿嘛，无非喜欢那些小巧的、抒情的、温馨的和柔弱的东西。只有男孩才喜欢又怕人又笨大的东西。我听龙米说，你就是一个匕首收藏者？那有多吓人呀。”

我一听她这么讲，倒来了说话的兴致。我于是向她吹起来我的那些本不存在的“匕首收藏品”。我从土耳其弯刀谈起，一直谈到玻利维亚的渔民鱼刀，其间说了几十种匕首。我就坐在龙米的床上，她的床十分素洁，天蓝色的床单，枕边放了一本《法国当代诗选》和几本西蒙•波娃的回忆录。她的床上倒没有太多的饰物，我从床边闻到了我所熟悉的那种香味儿。

那是那些夜晚的香味。我说了半天，突然又觉得十分没趣，就对她说，“我该走了。告诉你一件可怕的事，”我郑重其事地说，“一件非常可怕的事。”

“什么事？”她瞪大眼睛。

“动物们要袭击这座城市了，从海、陆、空三路袭来，因为动物要回它们原来的家。动物们迟早要回到它们原来的家。”

“真可怕！真会发生这样的事？”

“真的。告诉龙米，要是她回来了。你告诉她我把那封信撕了。再见。”

我把手插进裤兜，漫不经心地往回走，我的那辆破自行车停在了校门口。没有见到龙米，我有点儿疑虑重重。我晃来晃去，忽然想起了那个曾经送给我一幅风车画的蓝桑，我想我得去看看她。她浑身都透着一股子神秘的气息。这是一种来自西南某个盆地的气息，我来到了成人教育学院宿舍楼敲响了她的房门。

门无声地开了，蓝桑穿一件阿拉伯袍子似的厚裙子——上面的图案都是伊斯兰特有的新月图案，她似乎变得胖了一点，而且她好像已经把我给忘了，眯起眼睛看了我半天才认出来：“你叫乔可吧？”

“对，我曾经得到你一幅有关风车的画。我来看看你，要是不方便的话，我就不进去了。”

“好吧，请进来，我正在画画呢，屋子里有些乱七八糟的。”

我跟她走了进去，鼻子立即闻到了一股十分强烈的颜料味儿。她的这间屋子特别暗，颇有点儿地狱的感觉，有几盏台灯开着。不靠光线也能画画？真叫我吃惊。屋子里的确有点儿乱，简直像夫妻俩刚吵过架的家庭生活场景，地上到处都是挤干的颜料袋和一叠散乱的画布。有一些没有钉好的木框也凌乱地放着。几个画架上都有未完成的作品，在靠墙的一张大桌上，堆放了很大的几张已经画完的作品。墙上挂了不少新作，但这些画的名字都很怪，比如叫《界限》《云》《呼喊》《之上》之类的怪名字。

“整天都这样没命地画？”我问她，“这里真的，嘿，真的像地狱一样暗。”

她笑了起来：“我跟其他人不一样，很奇怪，我不需要测定光线来作画，我凭内心的光线来画画。反正每天都要画上五六个小时的。怎么，今天特意来看我？”

我得承认她一仰脸的劲头儿十分好看，“是的，”我撒谎道，“最近心境烦乱——可能跟初夏的天气有关吧，结果我就从H大学出来跑到这儿来了。”

“我至少三天都没有下楼——饿了就煮方便面吃，见到你终于可以说话了。我都快给憋死了。”她一边坐在画架边一边说。

“都快成了个修女？那才有趣呢。不过最近圆明园那帮子前卫艺术家整天都在搞行为艺术和什么装置艺术，有一个人弄了一大堆牛粪，然后把鲜花插在上面，结果引来了一大堆外国人又拍照又录像。是不是美术已从画布上走了下来？”

“对，现代艺术的概念已扩大到所有的材料了。但对于我，仍喜欢画油画。”

“最近在画什么？”“说不清楚，反正是一种宗教与反宗教的情绪，也许算是后现代？”她说到这儿乐了。

我突然想起来H大学建筑系那个画家的作品，全都是那种教堂的拱顶，我便给她描述了一番。

“他们几个人我都认识。我与他们的思路儿有点儿近，不过我也有我的东西。”

我就翻看她的作品，发现她画笔下的所有的人物都变成了影子与高楼，有些局部画面还有些拼贴的摄影风格，在楼下面还有一幅蓝桑本人的胸像，画面上的她睁着一双迷茫的眼睛在看着前方。那种神态与龙米的神态有点儿像，“真棒，”我说。我显得有些心神不宁。我看到窗外的太阳正在飞速下降，这时候我突然有一种想说话的愿望，于是我就说了起来：

“其实我并不是专程来看你的，我来外国语学院找我喜欢的一个女孩，她前一段时间居然给我写了一封绝交信，把我弄得有点儿丧魂失魄的。好不容易鼓起勇气来找她，可她又不在，我只好到你这儿来了。”

她停下了画笔，显出饶有兴味的样子，“倒给我说说，我给你当个参谋。”

于是我便讲了起来。我从去年十月中的那个星期六的晚上说起，以及一个月后的又一次“力士”酒吧的相约，她如何有点儿奇怪，看上去总是那么忧郁，好像有什么心事。我还讲了我寒假的海南之行以及她最后写给我的那封信，以及我们如何裸身相拥、肌肤相亲，统统都招了供。不知为何，见到了蓝桑，她那种成熟女人的风韵与气质无法不叫我一诉衷肠。我仿佛受到了什么委屈一样说了一大堆。我突然发现，自从马佳死了之后，我便再也没有了可以倾诉的对象。林格可不是一个愿意倾听别人的家伙，这家伙倒总是捉住你对你倾诉个不停，因为他似乎有说不完的心里事儿似的。

这次我可说得是一丝不漏，蓝桑托着下巴专注地在听我讲，显得十分有兴趣。我注意到她那双成熟而又幽深的大眼睛边已经有一丝丝细线的鱼尾纹，这也许是她经历过日月风霜的见证。我说完了，拿起一瓶啤酒打开来自己喝了起来。

“除了她,你恐怕还喜欢别的女孩子吧？”她眼睛里带着一种笑意问我。

我愣了一下，却实在想不出现在除了龙米我还喜欢谁。于是我又给她大讲了一番十九岁以前我喜欢的两个女孩子,以及琼的死,以及我父亲的死。我也弄不明白我为何要向她说这么多，总之我必须一吐为快，否则这些东西要在我肚皮里统统变成蘑菇不可。

“你在喜欢龙米的同时，恐怕还喜欢着别的女孩子，或者和别的女孩子交往过于亲密。总之凭我女人的直觉龙米给你写那封信，恐怕是因为她认为你和别的女孩子也好来着。”

这时我的脑海里猛地涌出了梁百黎来。“啊,不错,是有一个女孩,不过,我们是那种好朋友,无话不谈的好朋友,没有其他的意思。她有一个男朋友,所以我们只是好朋友而已。”于是就又讲起了她如何在课堂上偷窥我写小说,我们如何上电视塔观看城市风景，如何在她家喝名贵洋酒，以及如何驾车出游，以及我们有一次还莫名其妙地吻在一起也都说了。

“这就是你的不是了。明明有自己爱的女孩子，但又与别的女孩子过于甚密，难怪人家要写绝交信，女孩子嘛，都是非常敏感，从一点小事上便会感觉出其他很多东西来。你和她可能都误会了。不过，从你的话中，我觉得龙米可能有什么心灵的创伤。你应该找她谈一次才对。对那个梁百黎，在交往上要把握好分寸。我感觉梁百黎挺喜欢你的，而且不是一般的喜欢，真的，虽然也许她真有一个男朋友。”

“不至于吧，”我有点儿吃惊，继而脸色有些黯淡，“也许我和梁百黎一起走在大街上时被龙米看见了。我也一直纳闷，几天前还好好的，怎么隔了几天就写来一封绝交信？对了，上次见到她曾提起过梁百黎来着。我真的说了。你说得有道理。到底是大我几岁。”我由衷地说。

“哈，我是那种老女人了，对小女孩和你这类少年心事还是有所体察的。”

“梁百黎那类北京女孩，做什么事都风风火火的，我可受不了。我喜欢安静的女孩，像龙米那类。要是梁百黎，你要哪怕一会儿不理会她去干自己的事，她便会在你一边放起火来。”

这时候天色已晚，暮色正沉，我本想起身告辞，但她留我一同吃饭，于是我们就自己动手大做了一通饭菜，把凡是能炒了吃的全都炒成了菜，就差炒菜刀本身了。

我一边吃一边想起了一个问题：“你一个人过？”

“我已经离婚一年了。”

“也没有小孩子？”

“没有。他跟我离了婚，就去了南方。人一结婚，才发觉生活再平实不过。偏偏我又是爱幻想的那类人，不愿意受太多束缚，就又离了。不过，现在想想，要一个小孩子也挺好的，一个人拉扯他长大，等我老了，他也长大了。”

“今后找到了如意郎君再嫁也不迟。”

“你不懂的，人的情感也如同生命一样，是一次性耗散的，消耗完了就没有了。”

我点了点头表示理解，后来我就看她的新作品。我觉得她的画中间理性的东西太多，“我琢磨作为一个女画家，你应该更多地表现你的性别所感受到的东西。”

“有道理。”

“不过我特别喜欢那幅风车图。我把它贴在了天花板上，这样每天一醒来我便可以看见它——原先那儿贴的可是麦当娜和芭锋的裸体画。”

“当真如此？”

“真的，这样每天一睁眼我就可以感到风车带给我青春的鲜活气息，我便对一切又充满了信心和勇气。风车是青春的象征。”

“谢谢你喜欢那幅画。不过，你应该与龙米谈一次，消除误会——如果你们的确有误会的话，我想她也许在试探你，她肯定等着你去努力争取她呢。最好知道她有什么心事，这样你也帮她承担一些。不过你自己去把握吧。我很快就要回家了，回家乡去。”

“像我这个年龄的这点儿破事，的确挺微不足道吧！”

“不，什么年纪想什么样的事。现在幼儿园都有娃娃恋了呢。但我想我得去把握那些变化背后不变的东西。”

“好吧，我该走了，”我伤感地说，“有时间我来看你，你什么时候回家乡？”

“两个月以后，你来看你的龙米时，顺便来聊聊就行了。不过，和女孩来往，不用太刻意——她要真不信任你就算了。”她告诫我说。

“谢谢，再见。”我走出门，“你的裙子真的非常漂亮。”

“再见。”

我下了楼，走在黑暗之中，仍旧在想她刚才说的话。龙米还会回到我的身边吗？我仰脸去看夜空，那些星光迷离闪烁，我转声呼唤着什么，可四周静到无人声，只有几点流萤，拖着一点光的痕迹，在眼前疾速划过，向着黑暗深处而去。

三十、炎热的夏天

我走到哪里都是一身粘湿湿的汗，如同被谁涂上了一身胶水似的。

夏天的来临和夜晚蛙声的聒噪都令人心烦意乱，北京的夏季多少像个泼辣的少妇，天气热得你无处藏身。你要是一走出屋子，那种白花花的阳光就盯上了你，非把你晒得浑身发痒不可。我在报纸上读到这种天气武汉人都会蹲在水缸里只露出一个头，像某种海龟那样。就在前一天的电视节目上，我看到了长江江面上蠕动的全是人头。每当想到这场景我就想笑，可我一点儿也笑不出来，因为我走到哪里都是一身粘湿湿的汗，如同被谁涂了一身胶水似的。

我从蓝桑那里回来第三天便接到了龙米写来的一封信：

乔可：

那天你来找我，刚好和一个同乡上街买点西去了。那个朋友是我高中时代的好友，后来没有念大学就一直做起了生意，她来北京玩儿，我们整天都在一起，谈及人与事的沧桑与变化，都非常感伤。我还给她谈到了你，她说希望能见到你，但可惜已于今天上午回青岛了。

前一段时间情绪相当低落，感到自己对什么都没有把握，觉得干什么都没有太大的意思。其实，有一天我偷偷去H大学看你，我果真见到你了，却发现你从教学楼里走出来时，身边还有一个十分漂亮可爱的女孩子。你和她说话的样子那样亲近，我立即就走了。于是我就给你写了那封信。

也许我的确未免过分了些，也许那只不过是一次误会，但我忘不了你和她的那股子亲热劲儿。可也觉得如此给你写那封信也不好。总之我们必须见见面谈谈才对吧。我有很多话想对你说，其中一句是：我并没有爱上你。真的，虽然我们之间发生了那么多事，但我毕竟找到了你这样一个可以吐露心事的朋友。爱上一个人实在太难，这源于我少女时代对男性的幻想过于完美。但总之，你是我真正那样的第一个男孩。可我心中还有另一个人的影子，我却无论如何也挥之不去。以后再给你说这些吧。

上周的一个上午，我一个人突发奇怒，去了市里的儿童福利院，去看了看那些被父母遗弃的孩子。一进门，就闻到了小鸡雏那样的气味儿，真难闻，虽然福利院从外表看上去十分整洁漂亮，在那里，我见到了各种各样的弃儿：有白化病弃儿、有兔唇、脑瘫、小儿麻痹和“国际脸谱”——长得就像是五大洲的脸汇在一起一般。一共六百多个孩子中，正常的只有几十个，这几十个中，因为是女孩的缘故被抛弃的占百分之九十。我看到了一个眼睛黑亮的漂亮女孩子，她总是十分安静地坐在那里，隔着窗户望着窗外，我问她在想什么，她说：“我爸爸、妈妈什么时候来接我呀？”她是整个福利院里最聪明的一个孩子，可也许永远都不会有爸爸妈妈来接她回家了。

从福利院回来，我总在想其实自己多么幸运，总有人关爱，虽说是个女孩，也居然被父母捧为“一颗米”一样宝贵，便自责自己对生活总是过于敏感，自怨自艾，典型的青春忧郁症患者，实在没有太大的意思，便又鼓励自己振作起来。

夏季来临，我总是喜欢在夜晚出来一个人散步，在校园里用手去捕捉那些流萤。淡绿色的流萤在夜空中散发出一点光亮，在黑暗中飘动却也是那么的醒目执着。我就那样轻轻在其后追赶，觉得人的生命也如一粒流萤，在夜空之中划过痕迹，是那样的轻柔与短暂。这样想想不免有些感伤。我的确是一个多愁善感的女孩子，比如我最喜欢听卡拉斯的歌剧，我珍藏的都是她的歌剧曲。她一生都在歌唱美好的爱情，可她却并未获得，自己在被希腊船王抛弃以后，也就郁郁寡欢地死去，才活了五十多岁就告别了人世。

我想同你见一面，如果你愿意，就请来信吧。

龙米

× 月 × 日

我把这封信翻来覆去看了有三遍，觉得她一个人跑到福利院去毕竟有些不对劲儿，而且果真如蓝桑所说，她看见我和梁百黎走在一起了。我立即给她写了回信约好在本周六在海淀游泳馆见面，然后我就去上课了。

这是东方文化系开的一门“东亚文明的源流及走向”课。讲台上那个头发花白的老教授摇头晃脑地讲个不停，而我心不在焉地四下张望，却一眼就看到了梁百黎，她穿着一件十分鲜艳的袒露出肩部的裙子，且将头发弄得像大海深处的漩涡一般，很有些古怪，而且还公然坐在前几排，害得不少男孩都贼眼兮兮地盯住了她的裸肩，而她则装模作样地一会儿偏头做听讲的样子，一会儿又埋下头去大记个不停，唯恐漏掉了老师的一声咳嗽。我在后面坐着，实在想笑。

下了课，她骄傲得像只刚开完屏的孔雀，夹着课本向门口走，被我叫住了“梁百黎，嗨，今天你够招人的啊。”

“嘿，乔可，你也来听课了？你好像没选这门课呀。”

“闲了没事来听听呗。再说有你在课堂上，如此美丽动人，那样的招蜂引蝶，也把我给引来了。”我和她向外走着，周围不少男孩从我们身边经过，都不无嫉妒和不怀好意地看着我，用目光直往她的裸肩和胸脯上瞟，脸上一脸坏笑。

“你越来越会讨女孩欢心了，喂，校门口向东新开业了一家川味馆子，我请你去吃酸菜鱼和水煮肉片吧。今天我心情特别好，实在有必要大吃一顿。”

“嘿，真棒。我有半个月没怎么吃肉了，”我和她一边向校门口走一边说，“我的钱都买书和打台球了，加上房租，真够我受的，这一段生活上一塌糊涂。”

“我赞助你吧，借你多少钱？一千够吗？”

“三百元吧，我一个月后还你。”

“不必。现在就给你。”她掏出钱给了我，脸上又忽露喜色，“我已经学会开小汽车了，有一天晚上一点钟我驾车在大街上遛了一圈儿，结果没事。”

“咱们两个都是无照驾驶犯。”我说，“你是首犯，我是教唆犯。”

我们一同来到了那家馆子，她抓过菜单，乱点一通，大都是又麻又辣的东西。我说：“天气这么热，如此大吃麻辣菜肴，恐怕不合适吧？”

“没事儿，多出点汗呗。”她满不在乎地点着了一根烟，冲我吐了个烟圈儿，“乔可，告诉你一个惊人的消息：最近H大学接连死了两个女孩哩。”“真的？”我的头皮紧了一下，这还真吓了我一跳，“怎么回事？”

“其中一个是自杀，另一个是被人杀的。自杀的那个女孩，平素就比较孤僻，加上最近父母离异，自己最喜欢的爷爷也死了。加上男友刚和她吹了，上学期期末考试有几门不及格，种种压力和变故一同袭来，一个弱女子如何能抵挡得了？于是有一天——实际上是前天，她乘室友去洗澡了，便将门反锁，在寝室里上吊。啧啧。”

“那另一个呢？”

“另一个女孩，好像是西语系的旁听生，有一天忽然死在湖边的那片小树林里了。她躺在那里有三天了，才有人觉出异样来。尸体解剖之后，发现她已经有了身孕。凶手就是她的男友，一个面色苍白的十九岁小男孩。他杀了她是因为他们都不知道该如何去掉肚子里的孩子。在现代社会，还有这样无知的人。啧啧，上医院交五十元就可以了。”她把脑袋摇得像个拨浪鼓一样。菜上来了，我们立即大吃了起来，我心里却为这两个女孩感到难过。毕竟都没有走出青春的浓荫就倒下了。

“最近有什么新鲜事儿？”我问她。

“夏天一来我就特别高兴，这样我就可以穿遍我那十几条裙子了。我和父亲的关系也好了起来，他生意上不顺利，我老安慰她，他很高兴。我姐姐定居杭州，在那儿生了个胖儿子，还寄来了一张照片。”

“你男朋友呢？”

“他还是老样子，最近在晚报上主持了一个‘生活之友’栏目，今天介绍西瓜炖鸡，明天又说鱼刚死不好吃，最近却又在大谈男性结扎如何如何好，嗳，乔可，男性结扎是不是特别方便而又有趣？”

“我哪儿知道！过几年等我要是扎了再详细告诉你吧。”我生气地说。

“别生气嘛，人家也是好奇心使然。喂你能不能送我一件东西？最近我忽然很想从你那儿得到二件东西不可。”

“好吧，我送你一本画册：《世界名车欣赏》。”

“我一定很喜欢。等我考了驾驶证，就叫我爸给我买一辆车，咱们天天开着玩儿。”

“这想法不错。”我们一边聊一边吃，像两个饿鬼一样消灭掉了饭菜。然后我们又约好下周一同去植物园玩儿，我想起了蓝桑的劝告，对她说：

“带上你的男朋友，一起去也叫我见识见识。”

她狡黠地一笑：“好吧，那你带上你的女友如何？咱们来个派对吧。”

我皱起了眉头：“好吧，一定带上。”

和梁百黎分手，我一边走一边想，我得尽快见到龙米。因为两个死去的女孩真的对我有冲击，而龙米则总显得那么的敏感和心事重重，何况她说她心中还有别样一个影子，以及没有爱上我之类，都叫我忧伤而烦闷。可我们之间那几个月夜是真实存在的，我怎么和她总是有那种既近在咫尺又远在天涯的感觉？从外表看上去，她总是那样的沉静，如同一株安静的茉莉。无论她怎么说，我都已深深地将她放在心底，放在与我初恋的女友琼共生的地方，那些横在我们之间的月夜，既真实又虚幻，一直散发着半明半暗的光。

星期五的晚上，学习时事，班主任又将开学以来的两起女孩死亡事件给大家传达与剖析，并振振有词地警告大家，青春期是心理疾病的多发期，一定不要干傻事。然后就散会了。我想我们班上的人是不会自杀的，这帮家伙们个个都是实用主义者，都憋足了劲儿打算用几十年的工夫在人世间大捞几把后才撒手而去，谁也不会轻易就选择死亡的，那可是赔本儿买卖，他们压根儿都不会去做。

我约莫有许久都没有见到林格了，我找到他的时候叶灵珠也在他边上，她穿一套十分大方的裙子，坐在那儿替林格抄笔记，而林格这家伙却坐在床上聚精会神地擦着他那双“野牛”牌皮鞋，我听说他前一段时间在大亨游乐场赢了不少大款的钱，结果用这笔钱趁西装淡季买了二套名牌西装“杰尼亚”，据说这种衣服每年只生产固定的套数。我说：“林格，我以为你自杀了呢。没听说最近学校死了两个学生？”

“我那么热爱生活，我才不会呢。昨天电视上还报道了太平洋上又有几十头鲸鱼冲向海滩自杀。谁能解开这个谜？”

叶灵珠把头抬起来，“刚好，乔可，我这里有两张票是芭蕾舞《天鹅湖》，你去吗？我们有事就不去了。”

“为什么你们不去？”

“烦，我烦着呢。”林格放下了那双皮鞋。

“好吧，那我去，可我又没有女朋友，我找谁去呢？”

“大街上看谁漂亮，拦住她不就得了？”

我笑了笑，拿着票便下了楼。我一边朝海淀剧场走去，一边忽然想起了马佳。假如他不死的话，我倒可以和他去看这种芭蕾什么的。芭蕾舞就是一大群人踮着脚尖在台上跳个不停，可他们为什么要跳个不停？走在大街上，路灯灯光流溢，汽车飞驰而过尾灯拖曳出一条条闪亮的轨迹。整个夜晚都有一种欢快的气象。我走过那些灯火通明的餐馆、电影院、游乐场、商场、礼品店和酒吧，脑子里涌出的是马佳的笑容、理想，以及我们把骨灰盒送至他家乡山村时那个黄昏绚丽的霞光。这个世界那么叫人感伤。

我这么胡思乱想着就来到了海淀剧场，我在门口转了一圈也没有发现有哪个可人的女孩可以被我邀请的，于是就一个人进去了。剧场里的人并不多，看来更多的人都到MTV包间里去了，他们才不会附庸风雅呢。这已是一个赤脚的时代了。大幕在灯光中缓缓拉开的时候，我看清了整个剧场也就才二三百人。

那些洁白的“天鹅”出场了。背景是碧绿的湖水在荡漾，我看了一会儿，觉得有点儿索然寡味，就把目光投在了别处。就在我前排，有一对儿情侣已经忘情地吻在了一起，从头摆动的姿势可以看出他们是非常热烈而又无所顾忌的。而且我还发现，嘿，这可是真的，那个男孩的手正从女孩的胸上摸下去。而那女孩的手也在男孩的两腿之间摸索。以前我听说过在电影院里恋人一边看电影一边“鬼搞”的事儿，这次可当真是眼见为实，叫我大开眼界。

这会儿我却突然感到了一种旷世的孤独，就仿佛全世界只有我一个人，只有我一个人坐在这该死的黑暗之中，谁对于我来说都是他人。在黑暗中有一种力量向我逼来，这简直叫我感到窒息。这会儿我直想哭，等了好久，舞台上的天鹅开始离场了，我就起身，一个人向外走去。

我来到了大街上，天空中正落着雨点。我张开了嘴，有些快意地看着雨点的击打下四处奔逃的人，觉得那种孤独感在我心中也像一场大雨。我不知道我是否还能够正视青春与情感本身，也许一切只不过是梦幻而已。我像一匹受惊的马一样奔跑了起来，我几乎听不见声音，我飞快地跑着，直到在一个十字路口从四个方向开来的车把我堵在中间，车灯一打开，我在强光中捂住了脸。“赶快走开！”有人怒吼着，汽车喇叭刺耳地响了起来。

三十一、迫害妄想症患者

我在黑暗之中对她说了一句，她怔了一下，然后她一点一点地睁大眼睛，像一个蜘蛛女那样看了我许久。

我在黑暗之中对杨梅雯说了一句。她好像怔了一下，手中拿着的那只长筒袜慢慢松开，之后她脸上现出了一丝惶恐，然后她一点一点地睁大眼睛，继而她仔细地俯身看我。这时已是子夜，我可以听到不远处高速公路上飞驰而过的汽车声。她像一个蜘蛛女那样看了我许久，我一动未动，我什么也没有说，然后她又捂住了自己的脸，开始转身并向外间走去。

我坐起来，我听到她快步向她的房间走去，可我却听见“哐啷”一声响，我赶紧走过去，发现她被绊倒了。她一下子趴在了冰凉的地上，呻吟了起来。我俯下身，把她抱了起来，我这时候觉得她真的柔软得像是一团棉花，就像很久以前的那个夜晚，我在“木桶”酒吧抱着她向外走去时一样，这一刻我觉得她比任何时候都更需要我。她好像是在睡眠中发出了呻吟。我把她抱回到她的房间，把她放在了床上，并且盖上了被子。她好像非常困，翻了个身就沉沉地睡去了。

我就坐在她的边上。我点着了一根烟，我坐在那里久久地端详着她。她的睡姿那样的舒展自然，她连呼吸都是那样的轻柔。可她刚才却拿着一只可以勒死人的长筒袜走向了我。她一定什么都不会记得的，因为她也许梦游。我充满爱怜地看着她，心中涌动着一种悲悯。我就坐在那里一根接一根地抽着烟，一直到迎来了黎明。天一点点地亮了。

然后她醒了。她醒来的样子如同牧神在田野里醒来，她也一定做了好梦，因为她的睫毛在抖动显得十分快活。她打了一个甜甜的哈欠，“噢唔！我睡得真香！怎么……你在这儿？”她惊奇地看着我。

“你是睡得很香。”

“我做了很多好梦，梦见我又回到了过去，回到单纯的年代里去了。我真不想醒来，你在这儿坐了多久了？”

“许久。我抽了整整一盒烟，直到天明。”

“只是，只是为了守护我而叫我做好梦？”她十分感激地说。

我没有说话，我看着她，她坐起来，把手搭在我的肩膀上，想亲我一下，可她忽然哎哟了一声，脸上现出了疼痛的表情。我帮她捋起袖子，肘子处青紫一片。此外她觉得脑袋也非常疼。“好像我在梦中跌了一跤，可怎么这么疼呢？”

我忧心忡忡地看着她。我知道她把昨晚的一切都忘掉了。她有遗忘和梦游症。她什么都记不得了。她甚至也还想勒死我，只是我问了她一下，把她问住了，那还是在昨夜，在昨夜发生的一切现在想来真是触目惊心。

可这一切她已经全都记不得了。

“没事儿,”我淡然地说,“可能是平时不小心磕的。我们准备早点吧。”

我琢磨想找一个心理医生与她谈一次。越走近她，就有越多的疑问纠缠着我：在她内心之中，到底有一个什么样的早年的阴影纠缠着她不放？她从什么时候开始患的遗忘症？她忘掉了什么重要的细节与生命情节？她与彭莉之死到底是一个什么样的关系？她还有多少事没有告诉我？我走在大街上，我的眉头紧皱。我想我必须要给她找一个心理大夫看一看，我对她已经越来越担心。我并不对乔可•杨公司生产的“乔可”牌时装的成功感兴趣,我感兴趣的只是人本身,只是生活在都市中人的精神养成与变异。杨梅雯正是这样一个人。这个城市一点一点地改变了她什么东西？她为什么总有一种恐惧感？为什么情绪变化如此之大？我的疑问已经使问题变得清晰了。可重要的是，她会配合我从而认清她自己吗？

“我给你找了心理医生，我们一起去。”有一天吃早饭的时候我终于决定这样对她说了。

她停下了吃手中的面包片，她转过脸看我，神色渐渐变得像冰块，那种凝固的速度十分的缓慢。“你说我是一个，一个精神病患者？”

“不,我没有那样以为,我只是想请个心理医生给你做一次健康测试。说实话，你令我感到忧虑。我们只是去与心理医生聊一聊。”

“你一直觉得我是一个精神病患者？”她的眼睛这一刻睁得那么大，我亲眼看见她的眼睛一点点渗出一圈晶亮透明的东西，像雾气一样笼罩在她眼帘之内，并渐渐汇聚成一颗水滴，吧嗒一下滚落下来。这是一种玉碎瓦全的表情,一种伤心到极点的表情,仿佛最心爱的东西突然被剥夺的表情,这是一种只有女人才会有的全部的冰冷、幽怨、仇恨与哀怜。

这会儿我有点儿慌，“我请北师大心理系一位老师推荐的一个心理医生来看看你，你不是老说你有幻听幻视吗？你不是老说有人要杀你你摆脱不了这种想象的恐惧吗？你的内心之中有一个阴影，一个阴影之核，而你却并不察觉，我想帮你发现它，发现这个你心里积淀的中心，从而帮助你从那种莫名的紧张和恐惧中解放出来，”我握住了她的手，用小指在她的掌心轻轻勾了一下，“要信任我。”

她把脸转向了另一面，“你总是觉得我有问题，我知道，从你在‘木桶’酒吧第一次见到我你就觉得我是一个精神病对吗？”她的嗓门大了起来，“你一直怀疑我，怀疑我的一切。可你并不怀疑你自己。你说我是遗忘症患者，可你自己却是一个怀疑狂！我们不是挺好的吗？我们的时装推展不是非常成功吗？而你却要把我重新推到阴影里去，你怎么了乔可？”她焦虑地看着我，“疯了吗？”

我喝了一口牛奶，“不，我没有疯，”我阴沉地说。我冷冷地看着她“你必须去。你去不去？”

她看着我，许久，她说：“好吧，我去。我去！不过你才发疯了，天晓得我怎么碰上了你？从来没有一个人强迫我做事，今天，你强迫我去……哈，”她忽然又笑了，“你也许以为黄元真的会回来？他不会再回来了。只有他强迫我做过事情，你以为你是黄元吗？”

我吃了最后一片面包，“我们现在就去，现在就出发。”

我和她走在北京城西的路边上，一路上我们的话都不多，因为看来她对我非常怨恨。而现在我必须要听到一个医生的证词，证明她不是一个城市孤独症和遗忘症患者，不是一个梦游症和妄想症患者。我为她十分担忧，我同样也为自己担忧，我的表情非常冷漠，因为只有这样，她才会依从我，她害怕我生气。于是我就装作生气了。我们在城西一幢高楼背后的一片平房按照我的朋友给的地址，敲了敲一个小院的门。门上挂的牌子正是一家私人开的心理门诊。门开了，是一个姑娘。“请进来。”

她把我们引入到内室，杨梅雯变得有些紧张，她有点儿绝望地看着我，仿佛她的一个秘密就要被揭开了。门诊室里坐着一位中年男子，按惯例穿着医生的白大褂，“你是袁医生？”我问他，我看见他的脸非常方正，眼睛里都含着一种笑意，这种笑意将促使你毫无保留地把不想说的全都要说出来，这是心理医生那种典型的笑容。

“我是，你们是……是汪老师推荐来的？她是我的大学同学。她总讽刺我从事这一行是骗子行当。”他风趣地说。

“做一个测试，因为她有幻听、幻视和一种莫名其妙的恐惧感。我想知道造成这种情况的原因，那种心理基因是什么？”

“好吧，那让我来做一次催眠。请到内室吧。”他叫杨梅雯进了内室。我坐在外面，我听见她躺在了一张床上，我听见袁大夫正在用话语催眠。我约略在弗洛伊德搞的那一套中见过这一招：你使一个人进入睡眠，问什么他（她）就回答什么，就像在梦中那样。我可以听出来袁大夫是一个经验十分丰富的医生，他很快就叫杨梅雯进入了半睡眠，然后他开始问她问题了，这些问题同样也是我想问的：“你是不是总觉得有人想害你？”

“……对，有一个男人一直想害我。可我不知道他是谁。我看不清他的脸……”

“为什么看不清他的脸……”

“……因为一切都在黑暗之中，在黑夜里我什么也看不见，所以我根本看不清他的脸，但我确信他是存在的……”

“你见过他曾经出现过吗？”

“……出现过！出现过……”

“……在很久以前，那时候我还是一个小姑娘。我和我母亲一起睡，有一天忽然有一个我认识的男人，他手中拿着一只长筒袜向母亲和我走来……”

“你说你认识他？”

“……让我想想，对，我是认识他，母亲……对！他是我父亲！他正是我父亲！他要勒死我母亲！我就那样看着他一点点逼近我们，眼睛里放着一种绿光，我母亲睡得非常死，黑暗之中我一个人睁着眼睛看着他走近我们……”

“然后呢？”

“然后我大叫一声，我妈一下子醒了过来，那个男人——他是我的父亲吗？他扭头跑出去了……”

“后来呢？”

“后来我母亲就与父亲离了婚，因为他有梦游症，要在梦中勒死我母亲……”

“于是你就跟着母亲一起过了？”

“……我和母亲一起过，只是我一直忘不了那个恐怖之夜，那个黑影一点点走向我的床边的恐怖之夜，我害怕极了，因此一到夜晚我就害怕……”

“你怎么防范那个可能出现的黑影？”

“……我也在枕头下面藏有长筒袜，我在我的房间里的各个地方都藏有长筒袜，只有这样我才会有安全感……”

“那后来你父亲呢？”

“……他和我妈离婚后，就消失了……”

“你一直认为他会再找你们吗？”

“……他会的！因为他梦游，说不定哪一天他就会出现，因此我必须要躲开他……”

“为什么在你的房间各处都藏上长筒袜你才会有安全感？”

“……在他，在那个黑影走过来的时候我就可以先勒死他……”

“你曾经想勒住这个黑影吗？”

“……我曾经想勒过。我是个时装设计师，在晚上的时候，我特别惧怕那些穿有我设计的时装的塑料模特儿，因为我猜想那个男人就躲在她们中间……”

“为什么会躲在她们中间？”

“……因为我从来就都只用女塑料模特儿，可是，可是，有一天晚上，当我感到一种莫名的恐惧时，我就用一只长筒袜勒住了一个塑料模特儿的脖子，她竟然发出了男人的叫喊，我吓坏了，于是我就使劲地勒……”

“他是个男的还是个女的塑料模特儿？”

“……男的，不，是女的，不不，应该是个男的，因为她发出的尖叫是个男人的……”

“然后呢？”

“……然后？然后我逃了出去，我逃啊逃，我逃啊逃……”

我听见内室里一声尖叫，我知道这次催眠结束了。杨梅雯醒了过来，她走了出来，“我不做这种实验，因为我又梦到了一个黑影，我不能做下去！你们都对我干了些什么？”她冲我和袁大夫尖叫起来，然后大步朝外走去。

袁大夫看着我：“那个黑影是她童年的心理阴影。她有一个梦游的爸爸，她因而总是梦见那个影子。不过，我弄不明白她说的用长筒袜勒住一个女塑料模特儿的脖子，可她却发出了男人的声音是什么意思？”

我隐约明白了。我说，“那没什么意思，可能是在某一天夜里发了狂。她是一个精神病吗？”

“她属于间歇性迫害妄想狂患者。这种病不太严重，但一犯了却一时非常难以控制。”

“明白了。”我握了握他的手，交给了他诊费，“谢谢，再见！”我转身追了出去。但我没有看见她，大街上人来车往，可她却已无影无踪。

我以为她会消失，她会躲开我到非常远的地方去，可当我在中午打开她的居所的门时，发现她已坐在那里了。而且令我吃惊的是，她像个家庭主妇那样做了整整一桌子的饭菜在等我。她看着我说："回来啦。"

"对，"我说。我跨进门就直奔卧室，我掀开了她的枕头，果然证实了我的猜测，在那里赫然有一只长筒袜！我发疯似的在屋子里各处翻找了起来，我在洗手间、工作室、壁橱和衣柜中到处都发现了单个儿的长筒袜。我把它们都一起拎着走向她：

"这是怎么回事？你藏着这些袜子干什么？"

她惊叫了一声，"天哪，我以为它们全丢了，你就在这屋子里找到的？这是怎么一回事？我也到处找它们……"也一脸的茫然无知。

她的确有遗忘症。她还是一个迫害妄想症患者。可能一切都起因于她出生于一个有梦游爸爸的家庭。我看着她，没有说话，她摘下仍旧围在腰上的围裙，"先吃饭吧，"她柔情蜜意地说，"我今天做了拿手菜。"看见我一动未动，她怔了一下，看着我，"我是一个精神病吗？"

我轻轻一笑，"不，你是一个正常人，你是一个大手大脚、乱瞎放东西的人。"我走过去坐下来，吃吧，还等着干什么？

三十二、在游泳池边

我想着那架站在屋角的眼窝空洞的骸楼，难道我有一天也会和它一样，没有了血肉、情感、笑容和话语了吗?

到了星期六的晚上，我有些昏昏沉沉地从床上爬起来。这一天不知为什么我非常困倦，加之有些感冒，上午上了两节《红楼梦研究》课，就一直不停地打喷嚏，弄得老师都直瞪眼瞧我，以为我是刚从动物园里逃出来的呢，于是我就不停地捏我的鼻子。吃过午饭，我便戴上了口罩，以防凉气袭入我的鼻腔刺激鼻黏膜，下午的课一结束，我便急急忙忙向住处赶去，碰见了熟人便胡乱地摆手，一句话也说不出口，让别人还以为我得了瘟疫一般，一回到屋子就立即倒头睡下，直睡得天昏地暗。而且还非常怪，我这一睡下来便开始做噩梦，在梦中又是杀人又是被人追杀的，过了好久我突然被惊醒，这才捂住了狂蹦乱跳的胸口，瞪大眼睛看着天花板上那幅风车图，感到自己仿佛穿越了岁月的深渊一样迷茫。我摸了摸下巴，那里早已是杂草丛生，我至少有一个星期没有去理会它了。我琢磨这样下去也许我很快就要变成一个野蛮人了。

我坐起来，面对着镜子认真地刮了起来，刮完胡子，我又找了一件红色的T恤衫，胸前绘有一颗心的那种，再配上一条白色的裤子，打扮停当。为了赴和龙米的这个约会，我还真的用了一点儿心，在镜子中看着自己耀眼的形象，我十分自得。

我出了屋门，打算去海淀游泳馆。我弄不清她干吗非要选择一个这样的地方与我约会，因为那里到处都是人，而且都穿得很少，甚至还有女孩穿三点式在那儿招摇过市的，让一帮男孩的目光像泥鳅一样在她的身上溜来溜去。

天色渐渐暗了下来，暮色中的天空里浮动着一些小飞虫，使得空气看上去似乎在抖动。我一直就很喜欢这类苍茫的暮色，因为暮色能够让人静心沉思，在暮色中我的心会变得安宁而又深沉，就像秋天的潭水。我沿着大道拐了几个弯，就来到了海淀游泳馆。这会儿游泳馆里可真是灯火通明，来游泳的人多得像雨后的青蛙一样，这游泳馆里人的说话声再加上那种回声效果，非常的响亮。我去更衣室换上了我那条黑色的游泳裤，像个傻鸭子似的来到了池边，四下张望。满游泳池里的人没有一个我认识的，我的脑袋里有一片空白。我在池边走来走去，我看了看表，都过了晚上七点钟了，龙米为什么还不来？我有些着急，因为龙米一向非常准时，莫非今天她改变了主意，不来了？我想起了她信中欲言又止的那句话："我心中还另有一个影子，我却无论如何也挥之不去，见了面再详说……"，说实话，我很在意这句话。这么说她的心中一直装有另一个男孩？那么她为何要和我来往？我在她心目中到底分量有多重？而且她还说："并没有爱上你。"那么今天她总该来告诉她爱上谁了吧？无论如何，今天晚上我要和她说清楚，我一边在游泳池边走一边想。时间一点点向前走，我就莫名其妙地烦躁起来。我就像一条焦躁的狼一样在游泳池边来回徘徊，也不跳进水里，很多人都看着我发笑，他们一定觉得我傻得可以，穿着一条黑色的游泳裤就可以炫耀似的走来走去吗？直到八点钟，我才确信她不会来了。

我这会儿简直晕了，我真的都晕了，我还是第一次遇到这样的事儿，我正打算离开，因为如果我下了游泳池，我保险都不会划动手脚而任自己沉下去，我连狗刨式也不会了。可这会儿我看见了一个人，我真的看见了一个人，她穿着那种十分耀眼的橘红色的三点式游泳衣，她也发现了我，“喂！你好，哎呀！咱们又见面了。这可是缘分呐！”她娇里娇气地对我说。我认出来她就是医学院的女孩，许久以前的一个夜晚，在“力士”酒吧我碰见了她，她曾经应请我一同喝酒来着，而且她还长有一对美妙的酒窝。

“认出来了，你好，医学士。”我当真有点儿惊喜地说，“你叫伊麦香来着。”

“又是特别孤独？你的脸色怎么看上去那么不好？跟刚刚见了一具死尸似的，我今天又解剖了一具尸体，可是我一点儿也不怕了。你知道人的心脏像什么吗？就像一个小桃子，用手术刀碰一下它就会跳。即使人死了它仍动。”

“你真性感，你瞧这满游泳馆里的人有多少人在看你，啧啧。”

“管他呢。一起下水吧？愣着干吗？”她说完，就自己下了水，“你也下来吧！快点呀！”

我于是也跟着下了游泳池，我发现我的手脚还真灵便，我简直像一只青蛙一样灵便，我就跟在她的后面游，就仿佛她是我的路标一样。在水中她的身体非常灵活，在我前面纵一纵就游远了，我就一心一意地追踪起她来。有一会儿甚至抓住了她的腿，可她咯咯地笑着挣脱了。我们就开始在游泳池中嬉戏与追逐，直到我们真的玩累了，她把脑袋从水中浮出来，抖掉了头上水珠：

“咱们去个好地方吧？离这儿不算远，真的会叫你大吃惊的。”

我答应了。从更衣室里穿好衣服走出来时，又一次环视整个游泳馆，可游泳馆中仍旧没有龙米的影踪，我恋恋不舍地看了许久，才和她一起走出了游泳馆。

我和她出了游泳馆，沿着马路一直向东走。一路上我们聊了很多，我几乎都忘了今天来游泳馆是为等待龙米，而其实不过是等她——这个叫伊麦香的女孩儿。我们有一会儿又谈起了那些死尸，她告诉我她最近解剖了一具孩子的尸体最令她难忘，手术刀在肚皮上轻轻一划，那内脏五颜六色，就像是蘑菇一样一下子长了出来。可这个小孩的眼睛却是睁着的，你说这有多可怕，他的眼神像是凝结了似的。有一种清亮的依恋，对这个世界依恋，可是他却已经死了。解剖完他，我不停地洗手、洗衣服，打了不知多少遍香皂，那种气味，特别是那个男孩清亮的眼神我却无论如何也忘不了。我们的确来到了一个十分奇妙的地方，那是医学院里一间堆放了各种旧乐器的杂物间，天知道为什么医学院会有这么一间堆放了乐器的房间，在路上我猜这也许会是一个标本室呢，我想在一个到处都是人的骨架和人体器官标本的陈列室的地板上与她做爱也当真是妙不可言。但不是，我们是来到了一间堆满了旧乐器的房子里。我是从窗户中先翻进去以后才知道这一点的，而她翻窗户的身手也十分敏捷，一点也不比我逊色。黑暗之中，我的眼睛刚刚适应了屋子里阴沉的光线，就一脚踩在了一把破提琴上，那仅剩的一根弦也被我踩断了，发出了“铮”的一声响，我吓了一大跳，那种声音听上去与鬼魂的叫声一模一样。我跳到了一边，朦朦胧胧地看清了屋子里堆放有旧钢琴、手风琴、古筝、单簧管和其他各种乐器，在黑暗之中我拉着她的手踮起脚跟向前走，走到了黑乎乎的钢琴前的一片黑暗之中，我刚刚靠住钢琴，她就像一条鱼一样钻入了我的怀里，老练地贴紧了我的胸脯，头发拂在我的脖子上痒得我直想笑，可我又笑不出来，而这时她已将嘴唇迎了上来，像一头小兽一样找到了我的嘴唇，其热烈程度叫我目瞪口呆。黑暗之中我被她吻得措手不及，她乘势面向后，我把她压向钢琴。我的肘部碰响了钢琴的破琴键，发出了一连串不规则的响声，她这会儿简直像一条小鲤鱼一样扭动着，那钢琴就这样如同伴奏一样发出了奇妙的声音，我可真是心惊胆战。我以为她是那种和谁都能上床的女孩，可是她却说："你错了……我见你第一面时就特别喜欢你，就想和你一同过夜，可那天你拒绝了我，当然，我不是处女。两年前一个男人那样对我干过，我后来报复了他，我叫我的流氓朋友用刀取走了他的一个睾丸，当然还给他留一个，北京女孩是有些凶狠吧？反正我可不是好惹的，不过，我已不在乎永远拥有，我只在乎曾经得到。吻我！……"

我甚至可感受到她脸上的几滴冰凉的泪水。我缓缓地俯身吻了她。

那天晚上我们在一起睡了。我心中有一种弥补龙米给我带来的创伤和失意的愿望促使我这样做了，而且我心中甚至不无快意。我觉得龙米太忽略我，太不看重我了。我的心中流淌着一条悲愤的河流。

我们就像青藤一样缠绕在一起，也许一切真的如同她说的那样，不在乎永远拥有，只在乎曾经得到。我也终于相信了和有酒窝的女孩子做爱妙不可言的说法。

当我们倒在垫子上时看见了屋角的一具骷髅正用它黑洞洞的眼神看我。我尖叫了一声，我当真吓坏了。

早晨醒来的时候我一个人仍旧躺在那个屋子里，我的嘴里弥漫着一股苦涩的味道,这一夜的狂欢叫我猛然感到了羞愧。我突然对自己悔恨了起来。我在想也许我是一个混蛋。情感真的是一场游戏，可我却还不太懂游戏的规则。我在晨光从窗户流泻进来的时候，又从窗户里翻了出去。来到了大道上，我感到内心很空，我想着那架站在屋角的眼窝空洞的骸楼，难道我有一天也会和它一样，没有了血肉、情感、笑容和话语了吗?

三十三、在一片阴影的延伸中

很多人生活在阴影延伸的地带被一个影子追赶。

我躺在床上，被一种焦躁和慵懒所袭染。我突然地开始讨厌起自己的形象来，我觉得我不过是一个志大才疏的校园稻草人而已，总在那里自以为是，打算告诫每一个企图到悬崖边上看个究竟的人，叫他们不要到处乱跑，因为世界不只是孩子们的。我一遍又一遍地听着保罗•西蒙的歌，把自己下意识写下的废稿子一把火烧了个精光。在这样的季节，除了烧掉那些青春的痴语，我还能做出些什么？

我身上似乎仍旧残留着医学院那个女孩的气息，那个解剖了很多尸体、还解剖过一个瞪大了一双眼睛的男孩的尸体的女孩，那种气味是尸体味、福尔马林溶液、女人的清香以及某种腥甜气息混合的气味，这种气味败坏了我对一切的感觉，我连着冲了两个澡，也没能彻底将之消除干净。我不知道在这个转瞬即逝的时代里，我是否可以抓住爱情的永恒的飞鸟，但我也许有些绝望了。青春与成长的烦恼在这个夏天一齐来临，弄得我手足无措，我在床上翻来覆去，难以入眠。

这一天我收到了戴海燕写的一封便函，便条上写道：

龙米的妈妈因心肌梗死突然去世，所以龙米她回家了，因为走得匆忙的原因，她嘱咐我给你写一封信，说明原委，本来你们约定上周六见面的，但她害怕你以为她失约，生她的气。

不知为什么，这大半年来我总觉得龙米有些心神不定。过去她是一个非常开朗的人，但现在她好像内心之中有什么阴影。她就是轻松不起来。你要是有时间，就给她写信吧，我想她现在最需要的就是好朋友的安慰了。我也知道你很喜欢她。

就这样，下次再见。

戴海燕

读完这封信我感觉到生活之中那种明亮的光芒再一次涌现。我确信我仍旧为龙米而牵肠挂肚。原来龙米的母亲去世了，我的确感到震惊。我觉得自己很难过，也开始痛恨自己出于失落和报复的愿望，而且我还和别的女孩那样了。那种悔恨是无以复加的。我立即给她写了一封信去，在信中我安慰了一番她，后来又大谈了一番生与死，罗列了历史各种哲学流派对这个问题的不同看法。末了，说我非常想见她，我希望我能帮她分担一些什么，也希望她尽快回来。衣服被汗水浸湿，和皮肤粘在一起，那种感觉非常的难受。这个学期，我选了很多课，跨了十几个专业，因此时间安排得非常紧，我不知道我最终会以怎样的方式长大，以及青春本身意味着什么，或者青春本身就是失落、感伤与无奈。我开始下定决心按字母的排列顺序去读图书馆的书了。

周五，梁百黎在去食堂的路上碰见了我。

“嗨，前几天我把车差点儿给开到立交桥下面了。你要不在我身边，我开车总是非常的鲁莽，你干吗那么长时间也不理我？也不给我打电话，也不给我写信。喂喂，刚才我从前面东方文化系大楼前走过时，看见有个人在直勾勾地看着我，我从他身边走开时，才发现他的裤子拉链开着，从里面伸出一根粉红色的粗鲁的玩意儿，我尖叫了一声，赶紧跑开了，一路上走回去都恶心得不行。啧啧。”

“你怎么老跟我聊这些？不是性变态就是自杀事件，为什么这些事都叫你碰见了？你这人是不是就对这类事感兴趣？”我说。

她怔了一下，我这才明白她的确是生我的气了，而且看来还不轻。望着她消逝的背影，我摊开了双手，“得，得。”回到住处，坐在写字台前，我一个人呆呆地望着琼的照片，心想这几年过得真快，也许再过几年，我连琼也会忘得一干二净。总之这个世界就是如此让人容易忘却一切东西，包括任何刻骨铭心的爱情、事件和岁月本身，谁也不会告诉我关于成长的秘密，这一切只有我自己体会。结给龙米的信发走了之后，我便盼着她的信。这个世界总是那么的叫人觉得残缺不全。我甚至再一次地想象起了我的父亲，那个已经死去的英雄一样的普通人。从某种程度上讲我和龙米的境地一样，在这个广大的世界中，我们都是生活在一片阴影的延伸之中。我想我还会走向她的，我一定会走向她的。

三十四、破碎的主观铜镜

我把手在那个夏天的夜晚伸出，所触之处到处是那种由稠密的粘湿的空气组成的无形的墙。

梁百黎生起我的气来果然厉害，有时候我和她在校园里碰见了，我大老远喊她，可她竟像一条蛇一样躲开了我。于是我每天都写一张纸条，丢进她们班的信箱中，上面写着的大都是道歉的话。一连写了七封，也没有任何回音，我便想这样乖戾的女孩，不理她也罢！有一天我上了整整一天的课，头昏沉沉地回到了我的居所，竟然发现梁百黎正坐在我房间门口，出神地望着远方在等我。

“你，你真漂亮！”我有些张口结舌地说。

“没想到我会来看你吧！本小姐看你可怜，一连给我写了七封道歉的信，比如‘我罪该万死’、‘我是一个伤害别人的混蛋’之类的话都说了，真能把我笑死了，不过倒实在动听，我便情不自禁地就原谅了你。可你那天竟然莫名其妙地猛批我一通，真是岂有此理！不过，好朋友终归是好朋友，今天咱们去游泳吧，今天天气真热，我真想就穿着泳装走在街上。”

“好，好的。”我有些慌张地打开了门，心想这类女孩子真是难以招架，幸亏不是我的女朋友，我琢磨她那个男朋友简直是一个受虐狂，否则哪能受得了她这类北京女孩的风云变幻，我刚打开了门，她就把我推进去，一进门就找了个角落，“我现在就要换上泳装，这会儿你要老实待着，不许偷看。”她说完，叫我转过身子，自己一阵忙碌，我歇了一会儿，转身发现她仍旧穿着原来的装束，我问：“你不是要换泳装吗？”

“真傻，我把它穿到裙子里面了，真笨。”她生气地冲我说，“咱们去西城的一个大露天游泳池游个痛快。你不会被淹个半死吧？”

“我？我可是游泳好手，”我说，“咱们现在就出发，我可一点儿也不比你差。”

那天我又和梁百黎去游了泳，总之这个夏天我不知怎么和游泳池算是结了缘，我与龙米在游泳池边约会未果，我和伊麦香在游泳池边重缝，我和梁百黎在游泳池边和好，这个夏天的燥热与我的心情一样，纷乱、激越而又盲目。我非常为龙米担忧，我给她写了三封信，聊了北京的这个夏天，以及夏天带给我的全部感觉，以及怎样的青春的喜悦与惆怅。但我却一直没有收到她的回信。她到底怎么了？

那个夏天林格已经在拼命地学习外语，并且因为想在毕业前出国，已向学校递交了退学申请。因为有这样一个规定：大学毕业生必须为国家服务五年才能出国。所以，三年级学生、美国狂林格为了尽早溜掉选择了干脆利落的退学，并按每年二千五百元的培养费，一共向学校交了七千五百元，这样他就可以一走了之了。而每当想起他要生活在另一片国土之上我就感伤得要死，我没法不感伤得要死，因为作为刚刚成长起来的一个小资产阶级，林格身上有不少优点，可这年月似乎很多人都喜欢到随便哪个国家去，他们就是不愿意在他们的祖国老实待着，因为祖国太穷，而且连机会也少得可怜，可其实我打心眼里不喜欢那些要离开故乡的人，谁离开故乡，都让我觉得难以容忍。一个人永远也不能放弃自己的母语，否则他可就一点儿也不可爱了，他连生活的真正资格都业已丧失。但在这样一个分崩离析的时代中，不丧失又如何能够得到呢？

我找到了林格的时候，看上去他和叶灵珠刚刚吵了架。我分明看见了叶灵珠眼里饱含的泪水，而这会儿伪君子林格正抓着她的肩膀在不停地解释着什么。

“怎么了你们？”我问道。

“她觉得我去了美国就会忘了她，可我会吗？我不会的。我怎么会呢？”林格显然有些气急败坏地对我说。显然他和她的分手已成定局。可有一点我不明白的是，他为什么要装成特别看重爱情的虚伪的样子？林格是一个天天想着如何实现自我的家伙，他可不满足于已经到手的东西。恪守一些东西是多么困难啊。

我看了一眼叶灵珠，这时她已平静多了，只是脸庞上仍旧带着一滴泪水，那种美简直像梨花带雨一般。我还从来没见过她哭，这会儿我可真后悔见到了他们，这种场合我应该躲得远远的，但我却听见叶灵珠说：“乔可，你作证，今天我说过，我和他正式分手了，他从来没有认真对待过我，”她略微苦笑了一下，“这样的结果也是必然。”我没有说话，因为这会儿我真的不知道说什么才好，林格怔了一下，我们三个人都沉默了许久，叶灵珠的脸上有一种平静与疲倦相混合的东西，她整理了一下自己那条裙子，“林格，谢谢你给予我的一切。”她似乎是十分深情地看了林格一下，“我走了。”

看着她的背影走出房间，林格的表情十分复杂，他示意我跟上去。这个虚伪的家伙，我想。这难道又是一出悲剧吗？我有些不太明白，我于是就跟了上去。

我和她一起走在校园里，她看上去非常平静，我仍不知说什么才好。

“这一下才觉得自己长大了，再过几天，我就二十岁了，应该以新的态度面对一切了。林格和我太冲突。他这个人总是生活在欲望中，他喜欢不停地向前，而我对于他来说，不过是个加油站而已。他取得了美国某个专门资助在某个行业上谋求发展的基金。他离我越来越远了。很久以前我就盼望我们大学一毕业就结婚，可没想到竟是以这样的方式结束。永恒的东西存在吗？”

“没有，也许一切不过都是过程而已。不过，我们干吗非要等待一个结局？说老实话，与林格那家伙分手，我可不认为是什么坏事情，这样只对你好。他一向是一个志大才疏的人？跟我差不多。我从来都没觉得他能配得上你。嘿，分手才好呢。”我好像是好不容易逮住了这样一个机会，这使我终于可以发泄一下对林格以及所有像林格这类人的不满了。可是不，我却看到叶灵珠脸上闪着一些晶亮的东西，老天爷，她居然流泪了，这是我没想到的。她原来可没打算要哭出来。

“别，你别这样，这样值得吗？”我有点儿慌了神，“我们找个僻静地方坐坐？”

她的眼睛里流露出一种我从来没有见过的忧伤与绝望。那是一种东西在她的内心之中彻底死灭之后的东西。她似乎并没有听见我在说什么，她的目光只是空茫一片。也许她长这么大，的确只是第一次品尝到了生活中的灰烬一样的内容。我们在沉默之中向前走，她脸上的泪只是不停地向外涌，我急得不得了，我说，“老天爷，你别哭了。看上去你的眼睛像泉眼一样，这真叫我要发疯了。”这会儿我真的有些受不了，我从来没有见她如此哭过，而且是为林格这个狗杂种而哭。

“不，我只是为自己，为我自己而流泪。”她像个雕像那样说话了，“为我自己付出的一切而哭。我不后悔，因为我爱过。这就够了。对吗？”她凛然地把脸转向了我。

“当然，”我义愤填膺地说，“林格对你，除了欺骗就是背叛，但你问心无愧。”

我们又不说话了。空气中仿佛蕴含了更多的危险，那种东西像火药一样，是一种一点就炸的东西，这一切都是叫林格搅的。这个美国狂，真是的。“我弄不清为什么那么多人都要到美国去？”我说，“怎么有那么多的人都离开了家园与故乡？可又有那么多的歌在唱《我想有个家》《故乡的云》之类的废话，全是伪君子，这个世界上到处都是伪君子。”

“美国？美国是一块新的大陆，美国是一个想象力充分发达与自由的国度就好像全中国的优秀分子都要到北京来一样，世界各个国家的优秀分子也要到那个大陆去。当然也不是全部的优秀分子，而是一部分人去了那里，因为那里意味着机会、挑战与勇气，意味着忍受住压力、孤独和母语的丧失，意味着背叛与离开，意味着永远地与自己作战。那是一个战场，在召唤着喜欢迎接挑战的人，那里不会叫每一个付出劳动的人无所获。所以，很多人都要离开自己的家，去那块大陆发展。林格也一样，他从来不满足于已经得到的东西。我曾经因此而和他大吵过一架，我说仅仅有我一个女友还不够吗？他要的我全都给他，可是不，他就是觉得不够……”

“你看你，”我有点儿生气了，“你还是不停地替他着想为他辩护，你就不想想你自己受了什么伤害付出了那么多，可他却一走了之，就什么都没有了。”

“你知道什么叫审美的疲惫吗？我和他就是这样的。任何一个人，和另一个人相处久了，总会产生出厌烦心理，恋人之间更是如此。即使他这样对我，可我仍旧喜欢他。时间也许会抹平一切。可我接受这样的结局。你说得对，这对我们来说未尝不是好事，因为它发生在青春期、又结束在青春期，标志着我的十九岁，和青春期本身一去不复返。”

我们感叹地一边说，一边来到了校园西门新开张的一家西式餐厅——意大利餐厅边上，我灵机一动，说要请她吃热狗，因为这家餐厅的炸鸡套餐与热狗和山植猪肉汉堡十分好吃。我还为她要了一杯干白。我要了四个热狗，我发现叶灵珠的神色变得快活多了。我们一边吃一边聊，从一本叫作《人是外星人的实验品》的荒唐书说起，说起了五花八门的各类事情，反正青春期的所有的主题就是忧伤与快乐。叶灵珠提议喝白酒，于是我就又要了一小坛孔府家酒，我们就喝了起来。

可我突然听到门外不知一个什么地方在放不久之前自杀的摇滚巨星科贝恩的歌，嗯，绝对没错，我敢打赌那就是他的歌。可他却自杀了，我从BBC电台听到他自杀的消息难受得想把所有吃下去的东西都吐出来，吐个干干净净。我在那儿坐了一会儿，我仍然可以听到科贝恩的歌，他的歌几乎是新一代音乐灵魂的绝唱。这个吸毒的黄头发歌手用一把手枪杀死了自己。就像1993年他唱的那首《在阿特罗》中的一句词：“少年时代的疑惧已经偿还！现在我又老又闷”，他的脸上总有一种去不掉的忧伤。他是一个为来自典型的破碎家庭和贫穷地区——在20世纪80年代的物质世界里长大的、迷失方向的、既看不到前途、又找不到出路，尤其不知自己的位置的一代青少年唱歌的人。他组织的乐队叫“涅槃乐队”，如今他已经涅槃了吗？这正是我牵肠挂肚的问题。我仔细地辨析着那首歌，我听出来那首歌正是《在阿特罗》，我呆呆地听了一会儿，有些想哭的感觉，于是我站了起来，我跑了出去。

我沿着大马路向那歌声奔去，我站在车水马龙的大街的十字路口。但我不知道歌声来自哪里，因为它已经消失了。我站在那里看着那一辆又一辆车飞快地消逝的景象，别提有多么忧伤了。我想它一定是从某辆经过那里的汽车里发出的，或者也许它是从天堂深处传来的也说不定。我站在那里四处张望，直到把眼睛望累了，才回到了意大利餐厅，可我发现，叶灵珠已经离开了那里。那个孔府家酒的小坛子歪倒在桌子上，还在一滴滴地朝外滴着所剩不多的酒。

那天叶灵珠一个人喝醉了，她随便搭上了一辆出租车，出租车司机问她去那儿，她说想去看看长城。于是司机就把她拉到了长城边上。可那时已是下午，长城的关口不再放游人进去，她一出汽车就一个人呕吐了起来。以为她想自杀的司机就又把她拉了回来，把她送到了林格的住所——他也租了一套房子，还和林格谈了半天人生爱情理想，临了一分钱也没收。“千万别叫她自杀，要知道活着总比死了好。有什么想不开的？不就是恋人之间吵吵嘴吗？”那个司机在走的时候对林格说——我见到林格时他将这一切告诉了我。

那天晚上我和林格一起守在叶灵珠的床边。相对无言，只是一根又一根地抽着烟，到了深夜，叶灵珠一个人醒了。她什么也没说，只是满怀歉意地冲我们笑了笑便起身下了楼——而且执意不叫林格和我去送。看着她的白裙子像一朵莲花一样在黑暗之中飘远，我知道她真的再也不可能回来了。

从那以后我真的再也没有见到叶灵珠。而很快的，在那个忧伤的夏天，林格也从学校退了学，并在北京等待签证。大约是四个月之后，当时我即将结束我大学的最后一个暑假的时候，他飞往了美国。迎接他的是更远的冲突与更新的果实。当然他还没忘用借我的五十美元给我买了一枚猫王纪念章，像我在这部小说开头时讲的那样。一切在流动与变化，没有什么不变的风景，那么，这一切还有什么留在了我们心中？我把手在那个夏天的夜晚伸出，所触之处到处是那种由稠密的黏湿的空气组成的无形的墙。

三十五、日出时的蛙鸟齐鸣

从远处看，这时的城市宛如某种流体，永不停息地在黑暗之中颤抖……

我想我必须得帮助杨梅雯找到她遗忘了的那些事情的根源。我想她非常需要我。对于一个在这座城市之中一无所有、但喜欢上了一个患了遗忘症的女人的我来说，尤其如此。我们都像是灰尘一样飘浮在这座城市的上空，像洛德·斯特华金的歌那样以一种坚定的节奏向前而去。生活总在把一切都变得面目全非，可我却一直相信并期待着一种亘古不变的东西，对此我仍旧颇有信心。

在由袁大夫做过两次心理测验和精神分析之后，袁大夫便和我一起制订了一个催眠并真正找出她内心恐惧的基因与影子的基础。杨梅雯尽管十分不情愿，但她在很大程度上仍旧十分配合我，因为她知道我这样做并不是为了我自己，而是不折不扣地为了她。我已经不再做推销内衣和唱片的那份工作了，其原因在于我们的“乔可·杨”公司开张以来，事务多得叫我头昏眼花。这当然是一个时装化的世界，我们必须要把我们的时装推到每一个角落去。仅仅靠我的聪明劲儿和她的财力是不够的。我们必须要找到大的集团为我们投资，从而使立体宣传到媒介推广，再到产品的包装与销售成为声势浩大的一场活动。这就是现代都市的生活特征，以无穷的覆盖来影响人的生活。作为一个都市人，我为都市焦灼与痛苦：难道我们非得被那些铺天盖地而来的广告宣传品规定我们自己的生活吗？有无抗争的可能？抗争什么？是什么使我们今天的生活如此美妙？

我不知道，我的确什么也不知道，有一天我突发奇想，打算来一次贯穿中国腹地的汽车旅行。杨梅雯非常高兴，而我也把这次旅行看作是治疗她在这座都市中染上的遗忘症的一个方法。我们先是坐飞机到了广州，在广州昏天黑地地玩了一星期之后——其间我和她打台球输掉了至少八千块钱，然后我们租了一辆红色桑塔纳，开始由广州出发，沿着直奔北京的国道进发了。

我不想细叙我们这次狂热的横穿旅行，总之旅行比我们想象的要艰难一些，我们总是遇到一些我们意料不到的事情，比如有四个大汉一起向汽车走来要求搭车，你是搭还是不搭？比如我们连穿过一条二百米长的农村小道也被告知要交一百元过路钱，你是交还是不交？我们一路上风餐露宿，有时候我和她就在轿车的后座上做爱，像两个逃学的高中生那样紧张而又激烈缠绵，我们感到非常快活。这的确是一种在路上的感觉，也就是你永远都在路上，永远都不知道目标在哪里，你只是不停地向前，把浪游大地当作真正的目的。我们总是在夜间行车白天休息，这样会显得更安全一些。每到晚上，我和她换着开车，头顶那繁密的星星是我们从来没有见过的，那星星缀满的夜空仿佛在充满着柔情蜜意地颤抖，我和她都见到了真正的日出与日落，清晨与薄暮，大地与所有生长在大地之上的东西。我们就这样把车——直开到了中南重镇武汉，在东湖玩了两天，将浑身蒙满了灰尘的汽车交给了这家租车公司的武汉分部。杨梅雯在这次旅行中一直处于一种十分兴奋和激动的状态中，在武汉歇息的两天中，她还提议剩下的路程我们搭车前往北京。我当即同意了，我把我那把可以割断人的喉管的匕首放在我的后腰，我们开始拦住那些北上的大卡车，一程又一程，就像从子宫到出世的胎儿那样向着我们的目的地北京进发。当终于有一天，这时候已经离我们从广州出发时快半个月了，我们出现在东直门立交桥上时，我和她都禁不住叫了起来，是的，我们又回到了这座城市，这座伟大的城市，它一直在像个轮盘那样不住地转动，它可从不停下来。我注意到此行使杨梅雯的性格变得奔放多了，但她的病好了吗?

有一天我在看报纸的时候——那是一份《文化时报》，我看到有一则消息，报道旅美著名观念艺术家黄元要回到中国，进行他的一项大型的观念艺术活动。他的这次观念艺术的活动相当有雄心：他要从长江的源头开始，每隔十公里取一次水，把这种水装进一种密封的罐子中，竖到长江的入海口处。他这项艺术活动既是对孕育中国人的长江的一次文化表现，同时也是一次观念艺术等有关环境保护的艺术考察。报纸上的黄元是一个有些络腮的大胡子青年艺术家，他的眼睛里有一种坚定的目光叫你没法不正视他的这项混杂着的影视、报纸、电台等多媒体的观念艺术工程历时三个月，将出动十几辆高级越野车，从唐古拉山上一直开到长江的入海口去。

但我对他的艺术活动的关心并不比我对他与杨梅雯要强多少。作为杨梅雯深深爱过的人，我对他从内心之中竟然产生了一丝嫉妒。每当我在屋子里看到他在多年以前为杨梅雯雕刻的那尊雪白的大理石像我就有些醋意顿生。我想我得找他谈谈。我通过神通广大信息灵通的张晓得到了他的电话，他就住在亮马河大厦的某个房间之中。我拨通了他的电话：

“你好，是黄元先生吗？”

“对，是我。有什么事吗？”

“我叫乔可。有一件事我必须要得到你的帮助。你认识一个叫杨梅雯的人吗？”

“认识。她是我多年以前的一个女友，想起来已经是十年以前的事儿了。她怎么了？”

“我现在和她在一起。我们在一起做时装，只是我总觉得她可能有遗忘症和精神分裂症的可能——有一天晚上她差点儿勒死我，用一种长筒丝袜。我能和你聊聊吗？”

电话那边沉吟了许久，然后我听见黄元低沉地说：“好吧，就今天晚上吧，因为明天我就要出发了。我在长城饭店的大堂酒吧等你，好吗？”

“好的。”我挂断了电话。

这天晚上本来有一个英国支架剧团的演出，可我不打算去了，我叫杨梅雯自己带一个朋友去看支架剧团的木偶人演出——他们用大木偶头像戴在头上来演出，非常有趣。我藏好了那张报纸，为了不叫她知道黄元归来的消息。晚上七点钟，我乘坐出租车直奔长城饭店。

我来到大堂酒吧时，发现黄元已经在那里等我了。远远地望去，大堂里灯光十分明亮辉煌，那种迷人的光线可叫每一个人来这儿都感到自己身价倍增。黄元一个人坐在靠窗的一个吸烟座上，用手支着下巴在想心事。我走过去时发现他穿一套那种有着很多口袋的摄影记者最爱穿的夹克。

“嗨，我迟到了，我叫乔可。”我热情地向他伸过去一只手。

他抬起头，和我握在了一起，“不，你很准时，来点儿什么？”

“来一壶红茶吧”小姐立即去拿饮品了。我坐上来之后感觉他好像在审视我。“我身上有什么不对劲儿的地方吗？”我问他。他有一双深沉而又迷人的眼睛，拥有这种眼睛的人只有在另一块大陆上生活过，见过更多的人生悲喜剧才可以有。

“没想到你这么年轻，比杨梅雯小吧？”

“对，我二十六岁。刚刚二十六岁。”

“你们在一起多久了？”

“大概不到半年吧。我们现在一起在做时装。我在报上见到了你回来的消息。我第一次在一个酒吧里见到梅雯时，她当时已经喝醉了，可她却将我认成了黄元你，于是我就牢牢地记住了你的名字。”

“噢？”他微微笑了起来，“让我看看，对，我们俩之间有一些相像的。你瞧你的鼻子和下巴。”

“我见过一张你穿着风衣戴着墨镜的照片，的确跟我有点儿像。”

“好吧，让我们把话题回到主要的问题上来。杨梅雯谈了些什么关于我的话？”

我迟疑了一下，于是我就开始讲了。“……她说你们在中央美术学院读书时就已相恋，由于相爱至深，有一天你终于雕刻了那尊她的大理石雕像之后觉得为了保留完美而必须把原件——她本人毁掉，只有这样你才能保有你的作品的完美无瑕。于是有一天晚上，你就用长筒袜打算勒死她。后来她击昏你——具体说是将你的头撞在了那尊大理石塑像上，然后逃走了。她说此后你便一直扬言要杀她，而且去了美国还念念不忘此事。大概就这些吧。”

在我说这些的时候黄元一直在听，他的脸上现出一丝凝重的神色。“还有吗？你怎么觉得她有遗忘症和精神分裂的倾向？”

“她告诉我她经常幻听，经常在想象觉得有人要杀她，有时候在工作室工作，连那些塑料模特儿都活了过来并且向她走来。她还告诉我总有一天你会从美国回来，用那种长筒袜勒死她。尤其是当一个模特儿被人用长筒袜勒死之后，她更是非常惊恐。”

“噢？一个被长筒袜勒死的模特儿？”他的眉头猛地一跳。大堂那边传来小提琴独奏的如水之声，这样的夜晚本应该多么静谧。“那是一个有易装癖和同性恋倾向的模特儿，实际上是一个男人。他曾经在杨梅雯原先的时装模特队中干过。后来由于杨梅雯改做大型晚会服装之后，她便解散了这个模特队，这个叫彭莉的模特在大约几个月前被发现死在他自己的公寓里。当时我和杨梅雯刚好在北戴河度假，有一天我从报纸上读到这则新闻后，我便叫她也看了。”

“她看了什么反应？”

“她看完之后有一整天都没有说话，后来于当天下午便一人回到了北京。我回到北京后找到了她，她说她心理上有危机感，希望我不要打扰她。我就琢磨那个模特儿之死与她有关系。直到有一天晚上她以梦游的方式差点儿用长筒袜勒死我。”

“你怎么对付她的？”

“我睁开了眼睛对她说，你怎么了？于是她好像想起了什么，就转过身回她的屋子里去了。我在她的房间的各个地方都发现了那种十分精致的、可以勒死人的长筒袜。”

“到处都是？”

“对，枕头下面、衣柜中、壁橱里。她好像一直有关于袜子的恐怖记忆。”

听到这儿黄元叹了一口气，他的目光似乎陷入很久以前的时光之中，那样的时光像牢笼一样封存着他成长的经历与秘密。我给他的红茶里加了奶，许久，他开口讲了起来：

“……我和她在大学上学时认识的。当时我比她高一届，她在民间美术系，而我，如你所知在雕塑系。她的父亲是一个老政治家，而我那会儿则刚从浙江农村来到北京。我们相爱了，但她的父母反对我们之间的恋情，她非常尊重父母，并表示不愿意伤父母的心。有一段时间我们老是以，结果正是在那一段时间，有一个壁画系的小伙子也开始追她，她动摇了。我于是非常痛苦，给她雕了那尊塑像，算是我给她的最后一个纪念。我们分手了。后来我就出国了，在出国之前我送给她一双非常精美的产于法国的长筒袜，到那一天她才告诉我她一直爱我，哪怕过去对我动摇过，却仍旧爱我。但我还是去了美国，而且一去就是七年。我们之间的故事就这些。值得一提的是，从你的叙述和我的叙述的差别上来看，她的确可能已经有了精神分裂症。她对你讲的那些，只是已经经过了她的记忆的加工之后变形了的东西。她的话中透露了很多信息：她因为多年以前抛弃了我而一直在内心之中有阴影，我是送给了她一双长筒袜，但是并不是想勒死她的。她可能在内心之中一直存有着对我的那种最初的爱。当然，随后的生活改变了我们很多东西，对她也一样，我想可能是在这座城市中生活的压力使她的精神一天天地变得紧张了起来。她说我要杀她？哈，我们至少有七年的时间没有联系了，我杀她干吗？”

“事情看起来挺简单的。”

“对，是挺简单的。只是我倒觉得你现在处于一种危险之中，也许她随时都会勒死你的——把你当作我，在发疯的时候。”

“我非常想弄清楚那个模特儿是不是她杀的。我向一个心理大夫咨询了催眠法，我打算给她来一次彻底的催眠，叫她说出她做的一切。”

“知道是她干的又怎样呢？把她送交警察局吗？”

“还没有想好。”

“你很爱她？”

“对，不过更多的担心——担心她毁坏更多的东西，还包括她自己。”

“你要当心。”他意味深长地说。

“你呢？你对她如何看？”

“我？”他又笑了。“要不是你给我打电话说起她时的那种严重的语调，我都不会见你。”

“你很忙，我知道你在美国做艺术也不容易。对这次的艺术活动信心很足？”

“当然，因为赞助的钱全到位了。”

“没有钱，现在也很难搞艺术吧？”

他凝视着我，“当然！没有钱至少不像有钱那么做得更大。尤其是我的观念和装置艺术，必须得有钱才行。每搞一个活动，我都在想这笔钱从哪儿出。”

有一个问题我一直非常想问他，我说：“只是我一直不明白，我们为什么非要去搞艺术？艺术能够解答我们关于人类有无意义的问题吗？”

“艺术不过是追问的一个过程。也许它什么也解答不了。有时，它回答了人生的终极问题，但有时你会发现它又是错的。艺术只是追问和探寻，是方式，不是答案。老弟，你太认真啦。”

我不好意思地笑了起来，“我有时候总爱问一些傻问题。我知道你在美国做了一个很著名的观念艺术，把公厕里的污言秽语做成一个印刷拼贴，装进信封，每天选择不同的地段摆在地上供行人拆阅，名叫《天堂留言》，这很有趣。”

“是的。除了留言以外，人活着什么也留不下来，老弟，祝愿你能真正地叫杨梅雯感到幸福。还有什么事吗？”

“没有了。”

“那好，我们一起走吧。”他结了账之后说。

我回到居所的时候杨梅雯已经回来了，她的心情看上去不错。“你到哪儿去了？”她哼着轻快的曲子问我。

“我？”我说，“我一个人去咖啡馆待了一会儿。”

“那为什么不陪我一块儿去看木偶人表演？那些木偶人可有意思了。戴着夸张面具的人在表演，你说这多有趣？我觉得在生活中我们每一个人也都像那种木偶人，戴着个被既定好的木偶面具生活与行动。你最近心情好像不太好。”

“没有，”我掩饰道，“咱们公司的一些发展上的烦心事缠住了我，心情自然不很放松。”

她像一只鸟一样轻轻地扑过来，她从我背后亲热地搂住了我的脖子，我的后背可以感到她半月形柔软的乳房的形状。“放松点儿，宝贝，你没发现连我这个天生忧郁的人都一天比一天地快活了起来？”

“发现了，”我说。

“所以我非常感谢你，”她动情地说，“帮我渡过心理危机。我真的不知道上帝为什么一高兴会把你这么个美妙的家伙发给我。”

我的脖子被她的头发弄得痒极了，可我可没打算要笑。这时候我觉得窗外的夜景非常美丽，就挣脱开她。“我去弄点儿吃的。”她快活地对我说。而我则来到了窗前，俯看着整座漂浮在灯光之中的城市。从远处看，这时的城市宛如某种流体，永不停歇地在黑暗之中颤抖。它摇摇摆摆地带着多少人的梦境一同奋力向前，城市本身就是某种法则，某个迷宫，我站在那里持久地凝视着这座容纳了一千多万人口的城市，不禁在心中涌起了一股热流。这就是我在这儿生活了七年的城市，从还不算太远的大学时代到现在，我已经被它改变了多少！我还将被它无情地改变下去吗？我必须适应它铁一样冰冷的法则吗？我凝视着夜幕下的城市，握住了冰冷的拳头。

三十六、白昼的消逝

阴差阳错的镜子不见他和她。

而此刻，我比以往任何时候都更加想念我的龙米，那是一种生命内部的疼痛，或者就如同有一只手在不停地抓我的头，那种不停地抓我的痒的感觉。在我的周围，那么多人的短暂的爱情像气球一样或者一眨眼就不知逃到哪里去了，或者就在一瞬间炸成了一堆破皮。人人都在找寻着碎片和灰烬似的感受，哪里还有半点永恒的影子？所以难保我不像一个愤世嫉俗的人那样发起火来。

可是不行，整天发火会把我自己烧死，这只会乐坏H大学那帮子伪君子，我可生来就不是要叫他们高兴的。这会儿我可真想变成一棵长得老高老高、一点儿也看不见所有令人心烦的人和事的树该多好，因为我就只有一颗单纯的青春之心，它跳动着那样热切和活泼的节奏，可连这样的心灵也因为经历了各种世事而一天天变得麻木和冰冷起来。

我一直没有收到龙米的信，我料想她母亲的去世一定在她小小的心灵溢满了过多的悲哀，可我离她那么远，一点儿都不能替她分担。每当想到这一点我就恼火得不行。我保持了两天给她写一封信的节律，把我每一天的生活用十分有趣的语调告诉她。干这类事儿我可痛苦极了，因为你虽然内心并不快乐可非要装得快活得不得了，我一边在信上快活地胡言乱语我的眼泪就一边在眼眶里打转，那种滋味可难受极了。我琢磨我的信兴许会减轻她的痛苦什么的，因为很久以前她就说过她喜欢读我的信来着。也许我能做的只是这一点微乎其微的事。可她却一直没有给我写回信，在那个一天天加深的夏季里，我的心又乱又热烈，我体内又一个四季快要轮回完了。

有时候想到梁百黎，我的心里竟也升起一种暖意来。这个大大咧咧的女孩身上一定有些什么打动了我的。我当真是不明白她为什么总喜欢跟我在一起玩儿，而且每次都打扮得那么可爱，像一只美丽的小母猫一样叫所有看见她的小公猫都发出了嗷嗷的嘶叫。挑动他们的青春期性欲对她有什么好？我愤愤不平地想。再说我们还是那类好朋友，女孩子中除了龙米我就最想和她在一起待着。有一天我无所事事，就给她打了个电话。

"喂喂，梁百黎在吗？"

"我就是。"

"我是乔可。听你的声音好像吃了活蚂蚱似的，我怎么又惹你了？"

"没有，那天和你一起去游泳，结果回来之后我便感冒了，从此卧床不起，哎哟哟……那个难受哟！打了十几针了，屁股疼死了，天天只能站着和趴着。刚才我一赌气坐在了椅子上，结果你猜我疼得——那种感觉可能和生孩子差不多，我灵魂都快出窍了。都怪你，来看看我，坏蛋？我记得你说过你会按摩来着。"

我说：“好吧，不过我可不敢给你按摩。我知道北京南城有个盲人按摩院倒不错，咱们可以到那儿去。”

“伪君子！人家只要求你哪怕一点儿小事，你就拼命向后缩。”她怒气冲冲地说，“你什么时候来？”

对这类乖戾女孩我真是毫无办法，我想了想明天的课不太重要，“明天怎么样？”

“好吧。不过，今天晚上我要死了，双眼都不会闭上，你来给我合上吧。”

“又瞎说，好好养病，别再瞎说一气，明天见。”我挂了电话，一个人在公用电话亭里愣了半天，我想我必须告诉她我的心事我们的关系也会更清楚些，我这才发现由于青春年少，我自己压根儿就不会把握和女孩子的交往尺度，走出了电话亭，这样的天空实在纯净而又透明，就像十九岁这个年龄本身。

第二天我醒得很迟。因为我几乎做了一夜的怪梦，我梦见我在大海的中央待着，那里不知是谁给我铺上了一张要命的书桌，仿佛是为了惩罚我不安心学习，那儿就只有我一个人。四周静得要命，只有那些色彩斑斓的鱼，我是说只有那些在黑暗中可以发亮的鱼在我四周漂动。可我一旦动了心思要去抓它们，那也不成，它们精得像小偷一样一下子就跑开了。我还从来没有在那么安静的一个环境里待过，这使我的内心安静极了。醒来之后我仍旧被那种心底深处的安宁所俘获着，我睁着眼睛看着天花板上那幅风车图，心情有点儿怅惘。我爬起来匆匆穿好衣服，把胡子刮干净，就出门坐车向梁百黎家的方向进发了。

在路上我在琢磨一旦将我和龙米的事儿告诉了她，梁百黎会有什么样的反应？她不是特别喜欢我吧？我可拿不准，如果她生气了，我就会说“哎，我可不是来惹你生气的。我只是，只是向你吐露了心事你都要生气，那我们还如何做朋友？”我这样一想自己又高兴了起来，就哼起了“空中补给站”演唱小组的那首《夏威夷海滩》来。这会儿不知为什么我突然想起来一件事，就是在澳大利亚，口琴演奏家拉里•阿德勒对摇滚乐改编形式“亵渎”《蓝月亮》一类经典作品极为不满，因为在他看来，这样如在《蒙娜丽莎》的脸上加上小胡子。嘿，那家伙坚持摇滚乐根本算不上什么音乐，他认为它只会对人产生坏影响，只有降低智商的功用。我一边胡思乱想，一边就这样来到了梁百黎家。

每一次进她的家门，我都仍要为她家豪华的装饰给吓上一大跳。满手肥皂泡沫的梁百黎正在洗衣服，这可真成了新闻。她穿一身十分精干的洗得发白的牛仔服，“由于不能坐着，所以我只好站着干点儿事，于是我就洗起了衣服。哇，洗得好累人呀。”她委屈地冲我做出一副苦相。

“这就对了。那么大的姑娘家了，勤快点儿是对的，要不然长大了谁敢娶啊。”我递上了一把青草，“今天花店关门了，所以只好顺便拔了几把青草献上。”我这是从外国一部楚脚电影上学来的怪招，她还挺开心。

“谢谢，你真好玩，乔可。待会儿，我去换身衣服来。”她抹了一下手上的肥皂泡，跑到另一间屋子里去了。不一会儿她就换上了一条紫色的拖地长裙从里面走了出来，脚上是一双白色的高跟鞋。她穿这类衣服当真显得典雅高贵，比她有时候打扮的性感母猫相要可爱得多。而且她嘴上涂的口红十分朴素。

“我的天，你真漂亮。”我惊呼起来。

这时她已将我送她的那一把乱草在一个花瓶里精心插好，我要换拖鞋，她执意不肯，其实她这不过是为自己能在屋子里穿高跟鞋走来走去找理由。我闻到了她家地毯被清洁过的气味。

“你爸爸不在？”

“在，在睡觉吧。到我房间里去吧。”她小声说。

“好的。”我应了一声，便放轻了脚步跟在她的后面。一进她的屋子，那种强烈的香气就刺激得我鼻孔都变大了，我弄不清她什么时候也开始用这类进口香水儿了，这可是狐臭实在太重的洋人爱用的。她的屋子里的摆设倒还干净利落，没有过多杂七杂八的饰物。墙上多了一顶墨西哥风格的大草帽。百叶窗微微启开，一缕阳光渗进来，她的裙子因而显露出一种奇异的紫光。

“那些《花花公子》杂志呢？”我问。

“扔了。我看那东西干吗？性变态才爱看呢。”她瞪了我一眼。她穿高跟鞋的样子跟我差不多高，她走过来，怔怔地看了我一会儿，就把她的脑袋靠在了我的肩膀上。

这一下简直要了我的命，我想。我真没想到她会来这一手，我可连一点儿心理准备都没有呢。我可以闻得见她头发上那种草莓的清香气息，我的心口处也能感觉到她的心跳。我真的有些惊慌失措，甚至都不知道该怎么办。停了许久，我才轻声在她耳边说：“别冲动，这样不好，真的不好。”

她没有理会我，一反往日的霸道与乖戾，竟然像一只小羊那样伏在我肩上，我双手就放在她柔软的腰上，我想一把推开她跟她聊上几句，可她却贴得更紧了，这会儿我真是百感交集，但我还是使我们俩分开了。

她微微噘起了嘴，仰起脸用那种眯起来的眼神看我。她这个样子可真动人，有一种纯真的东西叫我为之感动。我们之间离得那么近，我和她对视了一小会儿，她的眼睛之中有一种热烈和期待的东西，她忽然十分坚定地对我说："吻我。"

"不行，"我果断地说，"我可，我可不能吻别人的女朋友。我是个道德至上主义者。"这会儿我十分虚伪吗？

"我其实在骗你，说真的我从来没有什么男朋友，那不过是我虚构的一个人罢了。那个晚报记者？他根本就不存在。"

"你干吗要撒谎呢？我不信，至少你也有自己喜欢的男孩，就像我有自己喜欢的女孩一样。"

"可是我喜欢的男孩子就是你，其他那些臭男孩我瞧都不瞧一眼的。"她执拗地看着我，"吻我。"

"不，"我突然变得十分残忍，"我告诉你，我并没有，而且从来也没有爱上你。"我这样说完，我看见她的脸色暗了一下，但旋即又亮了起来，她笑了笑，"可是我却爱上了你，我也没办法。你是不是觉得我脾气不好？我会变温柔一些的。"

"不不，是因为……"我刚想把我和龙米的事告诉她，我听见有一个重重的脚步声向这里走来，接着有人推门："百黎……百黎！"

她赶忙从我怀里跳开，打开了门。那个人是她的父亲。"你好，乔可，我记得你吧？"期货高手伸过来他那只戴了金戒指的大手，和我握了握。"你好，叔叔。"我有些害羞地说。

“到吃午饭时间了，一起去吃午饭吧？也不知你爱吃什么？我今天晚上坐飞机去南方，所以这是一次最后的午餐。”

梁百黎站在一边，鼓励似的看着我，示意我答应下来，我于是摊开手说：“好吧，叔叔，随便去哪儿都成。”

“太好了，那我们去能仁居吃涮羊肉吧，那儿的涮羊肉切得最薄，料也非常独到。”他说。我想去就去吧，就算把我当成了上门女婿也未尝不可，可是老天爷，我才只有十九岁，我直到十四岁时还尿床呢。我结束我悲壮而又滑稽的尿床史只有五年，我可没想过真的要给谁当女婿之类，那非吓死我不可。我们一同下楼，梁百黎不失时机地拉住了我的手，用那种简直可以被称之为含情脉脉的目光看我，看得我直发毛。我敢打赌，一个女刽子手要想叫自己哪怕是有一刻钟的温柔都比登天还难。一瞬间我都替她难为情起来，但我转念一想人家也没有错，错也只能在我，谁叫我与她在一起？这会儿有一种被绑架的感觉，而且是父女俩一同绑架了我，这可真叫我痛苦。我的浑身发冷，天那么热我也会打起哆嗦来。

我们一同坐进了她家那辆红色夏利，由她的父亲开车。“我马上换一辆 94 新款式的皇冠，这辆车就给百黎平时开着玩儿。”他转过身对在后座的我说。

这会儿她的手仍像一条小蛇一样蜷在我的手心里。我听见她说：“爸，我学开车了，还是乔可教的呢。你总是没有时间教我，要是我一个人瞎学那还不跟自杀一样。”

“我还没说你呢，上次你开车就把我的左前灯给撞坏了，有你这个女儿我可倒霉透了。”他说。可我从他的语调中听出来他其实一点儿也不觉得自己倒霉，相反他还为有这样一个顽皮女儿骄傲不已呢。

“爸，你就不能说点儿我的好话？人家乔可在这儿，你也老揭我短，真没劲。”

“好了，我不说了还不行？”期货高手无可奈何地说。

梁百黎吹了一下我的眉毛，把嘴附在我的耳朵后面悄声说：“喂，告诉你一个秘密，我发现我爸在外面有女人了。我还见过那个女人的照片，长得像个妖精似的。”

我当真吓了一跳，我嘘了一声，朝前座上指了一下。这会儿我一点儿也不想和她说话，我的心情十分低落，即使她告诉我她爸在外面有女人也不能打动我，汽车飞速地穿行在长安街上，夏日的北京有一种热烈的气氛叫我感动，我把目光放在了大街边上稍纵即逝的人群与街景，相信了一切都是变化和流动的这种说法。那些人、景、物，甚至包括时间本身都在不可逆转地滚滚向前，什么东西能够留下来不变动？什么也没有。而爱情尤其如此。这会儿我真想握住龙米的手，把我这类感伤的想法告诉她，我想问问她，到底还有多少青春的困惑与难题要叫我们流泪？我转过脸发现梁百黎正用那种不解的狐媚表情看着我，我笑了笑，胡乱岔开说：

“这条裙子简直美极了，这种紫色是那种可以叫疯子感受到幸福的颜色……”

“你一定有什么心事。”她瞪圆了眼睛看着我。

“有又怎么了？”我有点儿不在乎地接着说，“问你一个问题，你了解你自己吗？”

“当然了解！我当然了解我自己。”她对我这种答非所问的会话方式十分反感，“你不过想听我自己说自己是个偏执狂、妄想狂和精神分裂者罢了。”

看着她生气的样子我乐了，“这可是你自己说的，我可没逼供。”

“我有哪一点儿不好？”她忽然把头低下来，那种样子仿佛十分悲伤。

我一瞬间有点儿鼻子发酸，我只是没有爱上她，而实际上她当然是一个非常可爱的姑娘，她的全部缺点其实都是她的优点。我抓住了她的子，温柔地说：“你哪儿都好，真的。”

她不再说话，我们的汽车飞快地向阜成门内大街拐进去。我突然想起来“亚当•夏娃”性商店就在前头，我还为林格在那儿买过避孕套来着，可现在所有与我来往的人都将远行。汽车停在了“能仁居”门口，我们进了餐厅，我在一个靠窗的位子坐下，由梁百黎她父亲点了一大堆东西，很快地，切得非常薄的羊肉片便端了上来，热气腾腾的火锅也冒着气泡。

“吃吧，吃吧，”老梁为我夹了一堆涮好的羊肉，“一个人在外一定要吃好。”

“我自己来，”我有点儿不大习惯这样，我对梁百黎说，“你也吃啊？”

梁百黎的情绪看上去并不太好，她有点儿心不在焉，我想这肯定与我有关。她父亲觉察出了什么，“你们要好好互相对待，年轻人的事我管不了太多，不过乔可我觉得你是一个懂事的孩子，而百黎她太任性，凡事你多容忍、多让着她点就行了。百黎，你干吗一点儿也不吃？”

梁百黎朝她父亲答了一下，“我吃呢。没事儿。”一边把一扎啤酒递给了我。

我一喝啤酒，接下来的事儿就显得更有趣了，我们每人整整喝了两扎啤酒，然后老梁的话多得不得了。他又甜蜜地从他开始做鞋刷生意回忆起，一直到如何官商勾结打倒钢材水泥，以及他的股票和期货生意风云。到最后，他的两眼发红，“这个社会可他妈的复杂了，人人都想着从别人的口袋里往自己那儿掏钱，没有一个好人。所以对谁都得防着，我虽然已经拥有了几百万元的家产，可一旦被人弄进陷阱，明天我就会一个子儿都不剩，真正的朋友能有几个人？”他两眼浑浊，举起扎啤杯又与我干了一杯。“喝酒，喝酒……”

“爸，你喝多了，你一喝多就胡言乱语。”梁百黎噘起了她的嘴说。听她这么说，老梁愣了下，“对啦，跟你们说这些你们也不懂，你们还没走上社会呢。”他十分忧郁地垂下了他的头，摆弄了一会儿他那条十分棒的领带，他看上去真的喝了不少，因为他的两眼都红了。他猛然好像想起了什么似的抓住了我的手，郑重其事地对我说，“有一件事我可得拜托你。”

“什么事？叔叔。”我问。

“有一天如果我被人杀了，暴尸街头，百黎……百黎就托付给你了。我……可不知道自己会活到哪一天，”他的手像钳子似的抓住了我的手腕，“答应不答应我？”他的脸喝得通红。

这一瞬间如此深重，几乎压得我透不过气来，我从他的目光之中体会到了一种力量。而且，连梁百黎也注视着我，仿佛他说的不是一句假设而是立即就要发生的事实。我得承认这是我一辈子碰到的最难办的一件事儿，我想就连世界这一刻也停下来不转了。然后，我几乎是别无选择地、默默地点了点头。

“好，好！这下我就放心了。”老梁把目光从我的脸上收回去立即又变得浑浊与空茫了。我的心情十分复杂，我真是左右为难。这时我听见梁百黎突然啊了一声，我抬起了头，发现老梁他一手捂住了胸口，脸上的肌肉在痛苦地抽搐着。那种样子简直可怕极了。他一定是得了什么急病。莫非他也得了心绞痛？我立即慌了起来，但我旋即又镇定了，因为梁百黎都被吓傻了。我出门叫了一辆出租车，并且叫梁百黎付了饭钱，然后和餐厅里的服务员一起扶着老梁，钻进了汽车，这一刻我却非常镇定。我说："去最近的医院，快点儿。"我这一刻像个坐镇指挥的将军一样，在车内我握住了她的手，"别紧张，别紧张。"而这一刻梁百黎全没了主意，只是焦急地在哭。

我不想详叙那天的所有经过，我们把她父亲送到了医院，经诊断他父亲患了急性心绞痛，已经处于昏迷状态。经过抢救，总算脱离了危险期，但仍要住院观察。后来医生准许我们去病房探视，这时已接近黄昏了。刚才还生龙活虎的老梁脸色发白，毫无血色，只是他已从昏迷中醒来，但说不出话。看见我和梁百黎进来，他用手又抓住了我的手，看着我的那种目光像是有什么话要说，我和他长久地对视着，我知道他要说什么。他的目光与中午他说把梁百黎托付给我时的目光一模一样。我仍旧点了点头，梁百黎也把头贴在父亲的胸口一小会儿，看得出她是非常爱她父亲的。她小声地在她父亲的耳边又说了些什么，然后我们才离开了医院。

我们重新回到她家时，我觉得一切气氛都发生了变化。人生总是这样，一瞬间就会从欢乐的顶峰跌入悲哀的低谷。只是梁百黎的父亲不会死去，这我是知道的，也庆幸这一点，否则我对他的点头承诺简直无法推卸，屋子里十分岑寂，我的心轻跳着，我跟在她后面，好几次都踩着了她的裙子。"快活点儿，百黎，你父亲过上一周就会好的。"我说，黄昏的阳光和鸽哨一起涌进屋子，我却在想着如何给她谈论龙米，这时候我十分讨厌自己，我恼恨自己过于被动，以至于弄到了这般不好收场的地步。

她看上去已经从那种惊慌中解脱了出来，由于屋子里放了一盘柔和的小号，她的心情重新变得轻松了。她给我倒了一杯台湾产的香著，坐在我身边，“刚才我简直慌乱极了，我都以为我父亲就要死了，这样我就完全孤单了。真可怕。”

“没事儿了。”我说，“叫他今后多注意保养就是。”

停了一会儿，她又问我，“你对我父亲把我——把我托付给你这件事怎么看？”

我沉默了许久，我说：“我并没有接受。我点头并非出于本意，主要是不愿意伤他的心。他不过是误解了我们而已。”

“误解？不不，没有，我已给他说了，过几年我就要嫁给你。”她幽幽地看着我。

老天爷，这会儿我可真是心乱如麻，我不知如何说，我只是把她的手从我的肩上拿开，这样我会好受些。她又盯着我：

“真的不喜欢我，到了十分讨厌的地步？”

“不不，是……是另有所爱。”

“是谁？说给我听听。”

“她叫龙米，在北外念法文系——一个青岛女孩，那大约是在……”我便给她讲了起来，我这一次一点不漏地全都告诉了她，我一点儿都没隐瞒。“百黎，我真的以为你有个男朋友，所以一切都误会了，真的，这不过，这不过是阴差阳错。”我喃喃地说。我偷偷看了她一眼，我发现她的眼睛里含满了泪水，那泪水一个劲儿地在眼眶内打转，只是不往下流，看见这种情景我的心更不好受。她一直用她的手在抚弄她那条紫裙子，她不停地去抚平它，虽然那条裙子本来就连一点皱纹都没有。

“算我是个傻瓜，”她后来说，“你走吧，乔可，我想一个人待上一会儿。”

我站了起来，“好吧，我只是希望你别介意——我从没要伤害谁，我们本来就是好朋友——要是你愿意，我还可以教你开汽车。”

她的嘴角浮起了一丝淡淡的笑：“啊，是的，你教会了我开汽车，我会感谢你的。我不送你啦——”

“好的，”我一边向门口走去一边说，“叫你父亲休息好，别再为挣钱而玩命了，挣那么多钱干吗？”我走到门口时听见身后她那仿佛是从洞穴中发出的声音说：

“问龙米好，我想有一天我也会和她成为朋友的。”

“当然，”我大声地说，我回过身又朝后看了一眼这间屋子里那种金碧辉煌的装饰与黄昏绮丽的阳光，我知道我再也不会来这儿了，我深深地看了一眼坐在沙发上的她，她的紫裙子是那么耀眼而漂亮得令人感伤，然后我一拉门，走了出去。

三十七、答案在风中飘

我知道这答案只是在风中飘，像一首无字的歌一样在风中乱飘，直到飘入了天堂。我想这个世界一定有些地方的螺丝没有安好。我想拿一个大扳手去找它们，但我根本找不到它们。

我比以前所有的时候心都乱，一种与青春和生命本身相连的忧伤不失时机地袭击了我，我知道我甚至连梁百黎的友谊也获得不了了，她看上去的确爱我，但我却并未怎么料到。生命本身总是这样阴差阳错，叫人措手不及。那天我离开梁百黎的家门时心情十分沉闷。我没料到我们之间的友谊会以这种方式来结束，我想了更多，我想为什么我们每一个人的生活中都有那么多的缺失，像我，从少年时代就再也没有了来自父亲的力量与关爱，像龙米，母亲正值壮年，却因心脏病而突然死去，还有梁百黎，好端端的一个家庭分成了两半，是什么样的法则在支配着我们，叫我们为各种生活与生命中的遗憾而痛惜？

我回到我的住处时天已经黑了，我觉得自己很疲惫。可当我来到了门口时，却发现在门口坐着两个姑娘。其中一个留着被剪得齐耳的短短的发式，而另一个则背着一个旅行包，有一头长发，我觉得我很熟悉她们。待我离她们很近的时候，却发现她们正是龙米和戴海燕！我的心怦怦乱跳，我一直期待着与龙米见面，几个月来我都在这样的思绪中度过，可我没想到她的来临竟是如此的突然。

“你们是在等我吗？”我高兴地说。

“对，乔可，等你等得天都黑了，”戴海燕对我说，“你看是谁回来了？”

她们俩站了起来，龙米没有说话，她穿着一套发白的牛仔服，她那一双幽深的眼睛在黑暗之中仍然是那么美丽，如同黑夜本身。有一丝淡淡的忧郁凝结在她的嘴角，她怔怔地看着我，借着屋子里泻出来的灯光，她似乎并不相信眼前的这个人就是我，但那种疑惑只在她的眼睛里残存了一瞬间，然后，她笑了，我拉住了她的手，我还闻到了她身上那种多次在我的梦境中出现的香气，以及残存在她身上的一丝咸腥的海风。这一刻我真的有一种强烈的冲动想要拥抱她，但由于戴海燕在场，我只是将身子俯过去在她的额头上亲了一下，然后我欢快地说：“我们进去吧。”

我打开了门，我们一同进去，我帮她把那个背包放好。“刚刚到北京？”我问她。我发觉她的脸上有一种前所未有的倦容，那种哀愁像风一样藏在她脸上的角落里。

“下午刚到，去了宿舍一趟。然后我们就一起来了。乔可，我要说——全靠你那些信，我才度过了那些哀伤的时日。”

“我真的，”我给她们倒了水，“我真的非常想替你分担些什么，可我只能给你写信，我也没有别的办法了。”

“这就挺好，乔可，”她放下了茶杯，用那种非常清亮的目光注视着我，“非常感谢你。我真的非常感谢你。”

“别这样说，这样我觉得我们之间的距离就太远了。”我不耐烦地挥了一下手，“还没有吃晚饭吧？”

“吃了。”她说。这时我们都听见戴海燕在一边傻里傻气地叫了起来，原来她看见了天花板上那幅风车图，那幅孤独地旋转着的风车图。她在惊叹着它的美丽。每一个能够为青春和生命本身而感动的人都会喜欢这幅画的。历经长途旅行的龙米也仰起了脸，耐心地欣赏着那幅画，“真的很美。”她的额头反射出了台灯的灯光，她所具有的那种异乎寻常的美又一次叫我无地自容。一点也安静不下来的戴海燕像只鸟儿一样在我的屋子里蹦来蹦去，一边嚷嚷着说我的屋子里太乱了，“你们聊吧，我帮你收拾一下房间。”她一边打开录音机，放了《校园民谣》歌曲，一边帮我收拾屋子里我扔得到处都是的脏衬衫、散乱的书籍之类。这一刻，由于和龙米坐在一起，我的内心非常的安宁。我一时都不知说什么才好了。我们俩就那样并排坐着，只是我不知道为什么龙米再不像过去那样喜欢凝视我，由于很久没有见面了，纵然有那样几个我们之间共同拥有的诗一样的夜晚，但我想她仍有一种对我的陌生感。她的小手就藏在我的手里，只是目光却在我的屋子里移动。她发现了在我的写字台上放着的琼的照片，“那个就是琼吗？上次我来这儿曾见过这张照片。”

“是的。”我说。

“真漂亮，她的眉宇之间的忧愁与我的一样。”她凝视着琼的照片。她看了好久，在我们耳畔回响的是老狼的那首《同桌的你》，一时有一种十分感伤的气氛在屋子里弥漫开来。停了一会儿，我的手上却感到有什么东西落了下来。我发现她流泪了。

“别哭，别哭，有我呢，”我说，“我父亲死的时候我都没哭。”

但她脸上的泪却不断地落下来，仍是那样的哀愁与伤心，以至于此刻我知道任何言语上的安慰都无济于事，任何一个人的母亲去世，都是非常大的打击。大约过了好久，她看了我一眼，目光之中有一种抱歉的成分。“对不起。”

我把她的手紧紧拉住，我说：“没事儿的，一切都会好起来。”

戴海燕戴上我的 Walkman 在另一边坐着看书，她并不想打扰我们说话，我知道。我听见龙米说：“其实我的父母并不是我的亲生父母。大约在我六岁的时候，我亲生父母把我送给了现在的养父母。他们对我非常好，尤其是我的养母，待我之好简直都无法、无法用言语表达。可是我心中总是有一种挥不去的自卑，毕竟我是被遗弃的。我就不明白，我的亲生父母为什么要遗弃我？仅仅因为我是个女孩？或者养活不起？我在长大以后多次问我的养父母，我的亲生父母是谁？可他们也真的不知道，只说那是一对来自海边的渔民，带了三个女儿——我是最小的一个，于是就把我送给了他们。我一直想，我要是找到了他们该多好啊！我当然并不打算再做他们的女儿，我只是想问问他们，为什么他们要抛弃我？”她的声音之中的那种悲哀是我从来没有体会过的。我没想到她有这样的身世与遭遇，“所以，当我的养母去世后，我心里那种伤痛非常之深。本来这个世界上就没有多少人真正地爱我，我也比其他更多的人渴望爱，因此，养母的去世叫我觉得这个世界上少了一个支柱。”她不再流泪了，叙述的语调中带有几分坚强，“不过，总算挺了过来。因为我明白，人总要有一死，什么都挡不住生命的终结，而且，还有你的信在安慰我。”

“还有三封信写好了没邮寄呢。”我对她说，“待会儿都交给你。”

她又仰头看了我一眼，“谢谢你。”她看我的那种目光既非常远，又离我非常的近。她忽然想起来了什么似的，从她的包里取出来了一只精致的自盒子，“猜猜看，我给你带来了什么礼物？你说过你非常喜欢的。”她又变得快活一些了。

“啊，是海螺！”我大声地说。

她一点点打开盒子，并一层层去剥开包装着它的纸。然后，一只非常大的海螺呈现在了我的面前。“你可以从它里面听到海的声音，你说你非常喜欢海。”

“当然，”我兴奋地说，“谢谢你。”

那天戴海燕借故先回去了，我们送走了她，重新回到屋里时我知道大地之上，那所有的黑暗之地已经亮起了灯盏。我们不再说话，我把她抱了起来，这一刻我觉得她可真重，我把她像放一架中提琴那样放在了床上，然后我们开始默默地吻了起来。我从她的额头开始，一点点地梳理下来，后来我又解开了她的衣服，吻了她的乳房。当我把手放在她的下腹时，我发现她的脸上再一次地布满了泪痕，那是一个真正忧郁和绝望的人才会具有的。我问：

“你怎么了？”

“乔可……，我三天后就要走了。我再也不会见到你了……”

我可真的不会相信她的话，“你胡说些什么？你要到哪儿去？”

“我这次来就是办退学手续的。乔可，真的我得了严重的忧郁症，我必须去住院治疗。”

“为什么？”我感到这一刻我真的头很晕，“为什么？”

“因为我天生就是这样，我必须告诉你。乔可，我……从来就没有真正爱过你。我一直爱的人叫刘林。他是一位画家，大约一年多以前我在北京的一个聚会上认识了他，就爱上了他。他比我大六岁。他于去年夏天去了美国。记得吗，我们第一次在‘力士’酒吧见面之时，那天是我听到他死讯的一天——他在美国街头给别人画画时，叫一个黑人用枪打死了！所以那天我是那样的悲伤。我想我把我全部的爱都寄托给了他，可他却死了！是叫一个恶棍打死的……于是那天我喝醉了，也认识了你，所以我一直感谢你，正是你叫我正视了我心灵之中的怯懦与自卑，但我只是喜欢你，并不是爱。我只是把你当作了我失去了刘林之后的一种缺失的弥补。但我只是爱他，我全部的情感都在他身上，因为他曾经答应过，两年后我毕业了就嫁给他，而他却死了。为什么会这样？为什么？为什么我总是遭受遗弃？为什么我想要的上帝一样也不全给我？”她的声音之中有一种撕心裂肺的东西叫我心碎，“我从小被亲生父母遗弃，我爱的人又死在异国他乡，而对我含辛茹苦的养母也被疾病夺去了生命。这到底是怎么了？”她一下子哭了起来，她哭得是如此的伤心和绝望，以至于那一刻我以为到了世界的末日。我当然理解她的心境，她的全部的处境，以及她内心所有的创痛与阴影，我到今天才觉得她比以往任何时候都更需要我，我把她搂在怀里，只是听她哭，过了许久，我说，“龙米，还有我呢，我是爱你的。”

“不，不不，”她推开了我，“那不一样。那种爱与我对你的情感不一样。乔可，你当然非常好，可刘林带走了我的心，即使他死了，我的心也和他一同去了天国……我不可能再爱谁。我要离开这个恼人的城市，它日复一日像个机器一样企图碾压我。乔可……原谅我，我是如此的叫你伤心，可我却只能住进医院。我只能住进医院才会把我的心灵修补完好。再这样我会发疯的。”

“我已经发疯了。”我说。

她在这一刻抬头看我，这时候我们都感到对方是那么的陌生。生活的洪流在一刹那推开了我们，即使我们是多么互相需要，也已经不可能了。我们就像是两个陌生人那样深深地互相凝视着。我知道我们相隔已远，纵然我们之间共有的那几个月夜再回来，也不行了。

“你走吧，现在。”我说。

“你是在赶我？”

“不，”我说，“我送你回去。”

那天晚上我送她回去。我在出租车里一句话也没说。一种非常陌生的东西叫我和她隔得老远，看着她的背影消失在学院大门之后，我的泪水一下子夺眶而出。

那天晚上，整整一夜我没有睡觉，听着掠过屋外田野上的风声，我的脑子里乱极了。这世界上一定有些什么不对劲的地方，就好像有人在洗一副牌，把所有的牌都洗错了。每一个人都得不到他们想要的东西，仿佛这个世界本身就是由缺失构成的。这就是青春给我们带来的答案吗？我知道这答案只是在风中飘，像一首无字的歌一样在风中乱飘，直到飘入天堂。我想到了马佳、林格、叶灵珠、梁百黎以及龙米，这一个个鲜活而生动的生命却都为了缺失与遗憾而哭泣，我想这个世界一定有些地方的螺丝没有安好。我的脑子里昏昏沉沉的，我想，像我拿着一个巨大的扳手走在茫茫的世界中去寻找那些没有上紧的螺丝，可我却四顾茫然，因为我根本找不到它们。

早晨从昏睡中醒来的时候，迷迷蒙蒙中我知道我失去了龙米，那种伤痛叫我非常难过。我的脑海里不停地出现那种空旷的海滩幻觉，我又昏沉沉地睡了过去。到了黄昏，我才又醒过来，感到口渴极了，我去冲了一把脸，又伸嘴大喝了几口，在镜子中我发现我的脸苍白得如同一张纸，我不知道这一刻哪里是我该去的地方，然后我像个傻瓜似的哭了起来。

到了第三天傍晚，我无法排除内心之中那种茫然无助。我决定再找龙米谈一次，可我到了她的宿舍，被告知她已经回青岛了，而且永远也不会来了，“她必须养好她的忧郁症，”戴海燕对我说，“坚强点儿，乔可，嗯？”

可生命中毕竟有些东西不可改变的，我悲哀而又坚定地想。

三十八、黑沉沉的冰箱

后来我终于用脚将冰箱门踢开了，我像个圆球一样滚出了冰箱，像一条快死的鱼那样大口地呼吸着。

那次和黄元的见面，使我终于相信杨梅雯是一个精神分裂症患者，虽然她和我在一起一天天地变得快活，她那隐藏着的病症也越来越不容易察觉，但我相信它总有一天会爆发出来。她仍旧经常像过去那样，为那种遗忘症所困扰，经常忘掉刚刚做过的事情，然后瞪着她那双迷茫的眼睛，“我的绘画笔呢，乔可？”我当然可以立即给她找到。值得我庆幸的是，她的幻听幻视的毛病已经改变了不少，她不再梦见那些毛巾都变成魔鬼向她走来了，有我在她身边，她似乎觉得自己非常的安全，她一天天地信赖我，而我呢？

我觉得我像一枚气球那样正在一天天地远离她。从我第一天在“木桶”酒吧之后到现在，我却觉得她越来越陌生，我知道在现在我还无法离开她，因为她需要我的看守。我突然想起来多年以前我喜欢的另一个女孩龙米，她同样以精神疾病的一种——忧郁症而永远离开了这座城市。在上次和杨梅雯一同到达北戴河海滨时，在海滩上漫步，我仍旧试图找到她的影子，可她却像一只忧郁的鸟儿一样毫无影踪，也没有要归来的任何消息。我为什么会在两个相同的夜晚，见到两个同样喝醉的女人，并且与她们交往，继而走进她们忧郁的心灵？龙米和杨梅雯，都像是上帝送给我的见证一样叫我去体验生命本身。然而我是无法拒绝这一安排的，生活中就是有一种什么法则在支配着我们，叫我们在各种时刻碰到你命中注定要碰到的人，比如现在，坐在北京音乐厅里听一场音乐会，我的思绪却在胡乱地飘飞。而杨梅雯则沉浸到了马勒的音乐里去了，马勒当然是一个天才，我想。我闭上了眼睛，却在听着这座城市在大地之上转动的声音。是的，这一刻我敢打赌我听到了那种声音，那种整座城市像某个巨兽一样喘气的声音。城市在任何一刻都像是一头巨兽，它一刻也不停地呼吸着，有时候发怒有时候也开怀大笑，而我们每一个人则像吸附于其上的虱子一样跟着它的节奏而摇摆。

音乐会结束后，我们俩打算沿着长安街走走，于是我们就沿着六部口一直向东，后来我们来到了广场上，在深夜里这里显得异常的安宁，这里所有的灯都已经全部打开了，那种灯光是橘红色的。杨梅雯挽着我的手，她的步子非常轻快。

“我非常喜欢马勒的音乐，刚才我都几乎被马勒带走了。”

“可我都差一点儿睡着了，”我说。

“你睁着眼睛都能睡觉？”她好奇地问。

“不，其实我在想一些事情，乱七八糟的事情。”

“想些什么？你不告诉我不行。”

“好吧，”我说，“想些与这座城市相关的一些事，比如这座城市的属性。”

“它像一头大象，”她说。我笑了起来，她把这座城市比作一头大象可是温和多了。

“笑什么？难道它不像一头大象吗？”

“像，像极了。”我说。

我们来到了广场，在这偌大的空无一人的广场上散步，仿佛这一刻广场只有我们两个人。我爱这座广场，因为它那么广阔，这里是真正的舞台，只有历史才配当主角从而在这里上演。我们平静地走了一会儿，感到了一些庄严肃穆的东西。然后我们又朝中国历史博物馆方向走去。

我看了她一眼，说：“你觉得和我在一起非常好？”

“非常好。尽管你带我去看什么心理医生，可有你在我身边，我会安心多了，我不再那么恐慌了，而且你瞧，在你的帮助下，我的事业，我们的时装事业也在顺利发展。我想象不到没有你在身边我会是个什么样。”

我们经过王府井大街街口时，我说：“咱们在这儿立上一个牌子，把公司的牌子立在这儿，叫更多的人看见它。我们要赚很多钱。我一直想买一幢带游泳池的别墅，在北京郊区最便宜的别墅也得一百二十万元以上。”

“我们会买它一幢的，明年咱们就可以去买上一幛，我们会挣很多钱。”

“人是有欲望的动物，按照通常所说的，满足了欲望人就可以获得那种幸福的感觉，但人并不是尺度。”

我终于决定给她做一次催眠了，我必须了解到那个易装癖模特儿彭莉之死的原因与过程，我确信这一切与杨梅雯有关，尽管她要嫁给我，可我却仍旧要探寻这一秘密。我先给她说了我仍要给她做一次心理测试，她答应了，“既然你认为那样对我有好处，那我们就来一次吧。我可不怕。”她说。我把地点选在了京城大厦我们公司的工作室，时间是今天晚上七点钟。

我为这一刻已经准备了好久，我想我就要揭开一个秘密了。但是到了下午一起吃饭的时候，杨梅雯忽然一脸的阴云。“我中午看了电视，黄元回来了。黄元就在北京。他一定是来害我的。”糟了，我想，她怎么不早不晚偏偏在这种时候看了那该死的电视呢。我看着她，许久，我觉得我有必要告诉她真相。

“是的，他回来了。但他不可能来害你，我已经与他见过一面了。我们聊了聊。”

“什么——你和他聊了聊？”她的呼吸变得急促了起来，“聊了些什么？”

我握住了她的手，“聊你。聊你和他。”

“那聊了些什么？你怎么知道他不会来杀死我？”

“不会的，”我温柔地说，“他不会杀死你，相反他已经将你忘记了，他记不起你是谁了。后来在我的提醒之下，他才想起来你是他过去的一个女友，他还为你做过一个大理石塑像什么的，后来他去了美国，于是就和你分手了。他还向我问了你的近况，我说你现在做时装，做得非常好。他叫我转告他对你的祝福。就这些吧。”

她听了之后怔了一会儿，“他一定还说了一些别的。”

“不，他什么也没说。你为什么总是在妄想自己要受迫害呢？就算有，还有我在。你又有什么感到害怕的呢？”

“他一定还讲了些什么。”她仍旧是那么的固执。

“她说你是一个不错的姑娘。”

“他说我们为什么分手吗？”

“他说那是因为他要去美国，不得不与你分手。”

她想了一会儿，忽然咄咄逼人地看着我，“可你为什么要去找他？”

我心平气和地说：“为了对你负责。因为你说过他会杀害你，于是我就打算先和他聊聊。这一切都是为了你。”

她看着我的眼睛，她确信我是真诚的，“谢谢！乔可，你总是……总是在为我着想。”

“那心理测试还做吗？”

“做，只要你喜欢。”

到了晚上，我觉得她的情绪变得有些不太稳定。她总像在若有所思地想着什么，看得出她被记忆的一些细节所纠缠着。可当她发现我在观察她时，她就冲我微笑。这一刻弄得我觉得自己成了个间谍人员。我和她一同来到了公司的写字间，我一进去就发现那些塑料模特儿全都被穿上了“乔可”牌时装。“开始吗？”她喜气洋洋地对我说，“你想知道我童年的多少事？”

“一丁点儿，”我说，“最关键的那一丁点儿。”

“好吧，我是不是应该躺上去？”她指了指更衣室里的一张床。

“对。”

她躺了上去，调皮地冲我挤了一下眼睛，“开始吧。”

我慢慢地对她进行催眠。我的语调很轻，以便于她尽早进入大脑仍可以进行活动的昏睡状态，十分钟之后，她像只蝴蝶那样睡着了。

我端详着她的脸，我当然是爱她的，要不然我也不会如此和她在一起。我在她的额头上轻轻亲了一下，然后我轻声地在她耳边开始发问了：

“你是谁？”

“是我？我是……杨梅雯。”

我可以看见她那闭合的眼睑之下，那沉入梦境的眼球在转动。“在今年九月十二日，就在你的工作室里，你看见了什么？”

“我……什么也没有看见。”

“想想看，看见了什么？”

“……我看见了那些塑料模特儿都穿着衣服，站在那里。其余的人都走了，整个工作室中只剩下了我一个人，我感到孤独……和害怕。我不喜欢一个人待着，但我遇到了危机，我突然对一切都发生了怀疑，我甚至对我要进行的服装设计本身也已没有了信心。那天晚上，我就一个人坐在那儿想……”她的声音很轻，仿佛是从大海深处发出的某种喘息。

“想什么呢？”

“……我在想这人、城市、事业、爱情……，我的脑子很乱，我想了很多。我刚刚解散了我自己组建的模特儿队，因此内心之中空空荡荡，我就坐在那里，我在想……”

“想起了什么人？”

“想起了黄元。对，我想起了黄元，正是黄元，我的最早的一个男朋友，我伤害了他的心。其实我是爱他的，是多年以前的事了。每一次做梦，在梦中我都梦见他用他心我的长筒袜勒死了我……我伤害了他，因此他是有理由这样做的……”

“你觉得你怎么伤害他的？”

“我欺骗了他的情感，我和他玩猫和老鼠的游戏，我……以背叛他为乐趣。我一方面和他在一起，可另一方面，我却和壁画系的另一个高个子男生在一起，我宁愿和他上床。我喜欢看到黄元被我折磨的痛苦的样子，看到这种样子我就感到开心，也对一切重新有了信心，也许我靠对他感情的折磨从而来确认他爱我？我也不知道。当他有一天知道了事情的真相，于是他自然地离开了我。而他一离开我，我就感到了某种缺失，到后来我才发现我比他更痛苦，因为我的原因，促使他离开了我……”

“你怎么知道他要杀你？”

“……我想他是恨我的，他一定非常恨我，是我叫他痛苦，叫他尝到了被欺骗的滋味。我想他送一双长筒袜的用意就是要用它来勒死我，我了解他，即使他去了美国也同样不会放过我……”

“九月十二日，你坐在那里还想到了什么？”“我坐在那里想象他有一天会来找我，用那双他送给我的长筒袜慢慢地把我勒死。我越想越后怕，我坐在那儿，当时是我一个人……”

“只有你一个人吗？”

“……不，等等，好像是两个人，我坐在那儿顿时觉得敌意袭来，我感到了一种恐惧与害怕，我想也许黄元已经来到了我的房间，他很可能会找我算账，在我的那个房间里，布置了很多塑料模特儿，他们都穿着我设计的衣服，当我向他们走去时，我有一种感觉……”

“什么感觉？”

“……一定是黄元藏在他们中间，穿着我设计的衣服来找我来了……于是我就不知从哪儿找来一双长筒袜，我悄悄地走进我的塑料模特儿的队列中，我一个个地察看，我是从另一角落观察他们，不，从它们的背部向前察看，然而，我却看见有一具模特儿的后颈动了动。我立即紧张了起来。那是一具女模特儿，可我可以确定也许那就是黄元装扮的，我在后面慢慢走向它，不，向它走去……”

“然后呢？”

“我用长筒袜勒住了它，是的，果然……它是一个活人，他叫了起来，发出了男人的嘶叫，我这一刻更加认为他就是黄元了。要不为什么他会躲在我的工作室？当时所有的人都已经下班回家，世界沉入了黑夜的渊底，他却站在那儿，等待着勒死我……我狠命地勒着他，因为他的力气大极了，有一刻他差一点儿就要挣脱我了，但我还是最终、最终勒死了他，对，我勒死了他，因为他要害我，要害我……”

“他倒下了吗？”

“……他倒下了，他不再有了呼吸，可我却害怕起来。我应该拿他怎么办？我仔细端详着他，我剥去了他的上衣，却发现，他好像并不是黄元……”

“那他会是谁？”

“……是谁呢？好像是……彭莉。对，是彭莉，因为他是一个可恶的同性恋，一个易装癖，他是我模特队的一员，我解散了他们，可他为什么要装成塑料模特儿站在我的房间里？我感到十分困惑……”

“他可能很喜欢你？”

“不，我说过他是一个同性恋和易装癖，他令我讨厌，我从不跟他多说话，可他为什么要站到我的工作室里呢？我已经解散我的模特儿队好久了，好久了呀……我有点儿慌，我想也许这是黄元的诡计？我立即紧张了起来。这是一个充满了敌意的房间，我想我必须离开这里，于是……”

“于是你又干了些什么？”

“……我从彭莉的口袋中取出一把钥匙，那是他寓所的房间钥匙。我决定把他送回他的住所，我把他装进了冰箱里，然后又把那个一人高的冰箱用盒子装好，然后我给搬家公司的人打了个电话，叫他们把冰箱送到了他所在的亚运村的一栋公寓楼里。然后是我把它运进了电梯，我坐了上去。还好，他的房间刚好就在电梯口的对门。他住在九层楼高的楼层中。我把他从冰箱中取出来，放在了他那张床上。然后，我就离开了那里……”

“什么痕迹也没有留吗？”

“我戴着手套，由于天已经黑了，没有多少人看见我的行踪。但一回到居所，我就既后悔、又后怕起来，我根本无法想象我干了什么，我杀死彭莉干什么呢？纵然他是一个令人讨厌的同性恋和易装癖，可他在我的模特队里干得还不坏，我对他既不喜欢也不讨厌，我为什么要杀他？可我一直弄不明白的是，为什么会是他躲在那一大堆穿衣服的塑料模特中？他不是已经到另一家时装公司里去了吗？”

“为什么他会来到你的工作室？”

“……为了与我开个玩笑？我觉得不像，可我却心乱如麻。于是我立即去了‘木桶’酒吧，我要喝酒，我要在酒精中忘掉这一切……”

一切正如同我料想的那样，正是杨梅雯杀死了那个易装癖兼同性恋模特儿彭莉。杨梅雯是一个精神分裂症患者，她还有遗忘症和迫害妄想症。只是我同样也弄不清楚，为什么她解散了她的模特队，可彭莉仍会在那天晚上到她那里去呢？他和她也没有任何亲近的关系，这是为什么？我注视着杨梅雯那张熟睡的脸，我曾经是多么喜欢这张脸啊，可正是这张脸忘记了她自己就是一个杀死了另一个人的人。我默默地想了好久，也想不出办法应该怎么办。把她交给警方吗？我摸了摸口袋中的小型录音机——她刚才讲的我全都录了音。可我们——我和她的生活才刚刚开始，我为什么总跟神经病女人来往？

我皱起了眉头，我慢慢朝有塑料模特儿的大厅走去。看见那些塑料模特儿，我的心里涌上来一些疑问。彭莉为什么会像个塑料模特儿那样站在那里，他只是为了吓唬一下杨梅雯吗？我穿上“乔可”牌西装，也站在了那些塑料模特儿中间，我想体会一下站在那儿是个什么滋味。

我没有想到危险就是这样来临的。我站在那里大概只有一分钟。我突然感到有个什么东西勒住了脖子。我在那一秒钟的时间反应了过来，我看清了那是一只褐色长筒袜，我被拉倒在地上。仿佛有一把剃须刀切入了我的喉咙，我根本就发不出一点儿声音，我想大口地喘口气都不成，我的喉咙里发出了泡沫破灭的声音，我想我就要死了。我弄不明白她为什么要朝我下手，她是什么时候从那张床上醒来的？“黄元！你是黄元！你打扮成乔可的样子要杀死我！黄元！你是黄元！黄元！你为什么不能饶了我？你为什么总要乔装改扮，一次次试图毁坏我的生活？你说话呀黄元，你为什么就不从我的生活中离开，像个影子那样一直地跟着我？我恨你！”杨梅雯像一头狮子那样用几乎一打长筒袜勒住了我的脖子，我已经没有任何机会来说话，我想她又一次发狂了，我一直提防着这一天，可我仍没有想到，黄元叮嘱我要防着她可这事仍旧发生了，我像一条麻袋一样被她拖着向前走。杨梅雯，我微弱地想说，我从来没有想过要害你，我只想要帮你，你为什么不放开我？你为什么像一头狮子那样毫无理智？你的劲为什么那么大？你的内心到底有多少阴影？你在这座城市里到底经历了些什么？这座城市又毁坏了你多少东西？我为什么要穿上“乔可”牌时装站在那些塑料模特儿中间？你为什么要把我当作黄元？你为什么就不能忘掉他？你的手劲真大，你都快将我的脖子勒断了，你这是要把我拖向哪儿？我不想沉入那种真正的黑暗，那是这整座城市的底部，我不想去那里，我是乔可，我是在“木桶”酒吧与你认识的乔可，你为什么连我也不认识了？你为什么像个疯子和梦游的人那样对我嘶叫？难道是黄元，或者是我毁坏了你的生活？……

我在冰冷的空气中醒来的时候以为我已经来到月球。我都快冻僵了。我的四周是一片黑暗，我几乎什么都看不见。我后来判断我是在冰箱里，她要把我带到哪儿？带到世界的尽头吗？我浑身疼得如同刀割了一下，我就张开了嘴，却听不见我发出的任何一点声音。我感到我的喉咙处像是已经被切断了一样，我稍稍适应了冰箱中的黑暗。这个冰箱可真大。我想，也许它就是曾经装过彭莉的那个冰箱，现在轮到它来装我啦，我悲壮地想。

后来我终于用脚将冰箱门踢开了。我像个圆球一样滚出了冰箱。我倒在走廊里殷红的地毯上，像一条快死的鱼那样大口地呼吸着，并且张开手掌伸向了迎面朝我走来的一个戴着眼镜的写字楼女职员，她突然看见眼前冒出来的我，扔掉了手中的文件本，尖叫了起来……

三十九、战栗与徘徊

很多人在那一天都看见有一辆红色夏利凌空而起，从高高的立交桥上飞身而下，如同一束火焰。

在随后的几天中，我听说了梁百黎的事。她开着她家那辆红色的夏利，冲进了靠她家最近的一段护城河。事后我知道那辆车她父亲已经送给了她，可那并不是叫她用来自杀的。这个任性姑娘以自杀的方式来回答青春与成长的一道试题着实叫我吃了一惊。很多人在那一天都看见有一辆红色夏利凌空而起，从高高的立交桥上飞身而下，如同一束火焰，向着护城河碧绿的夏季水流落去。但她并没有死，车门在落水时打开了，她滚了出来，立即被人救了上来——那时候她那已经痊愈的父亲正在广州做他的期货生意。她的左胳膊骨折了，却并没有其他的创伤，这难道是一个奇迹吗？

我给她打了个电话，说我非常想见见她，我想和她聊一聊。她在电话中说，“不必了。我已经忘记了你。你以为我还会死吗？经历过一次自杀，我知道我这一生得好好活着了。你是不是很失望？”她快活地对我说。她已经不再那么绝望了。

我放下了电话，我被一种来自生命内部的忧伤给抓住了，因为我同样是一个伤心人。我不知道我的龙米已经去了何方，我同样也没获得我想要的东西。我将梁百黎借给我的三百元钱寄给了她，算是彻底了结了。然后，在那个浓重的夏天，紧张的期终考试又淹没了我。七月来临之后的几天里，我终于在蝉声紧密的日子里开始了我的暑期生活。

在那个夏天里，我经历了太多的变故，林格已远走他乡去了美洲大陆。不久之后，叶灵珠也去了法国留学。马佳像个天使那样升入了天国，龙米则到了青岛海边一座疗养院，很可能她的下半生都要在那里度过。在十九岁的年龄里，我经历了这么多人去楼空的感受与变故，内心之中渐渐形成了一片巨大的青春的阴影，那刻骨铭心的青春期伤痛叫我在每一个早晨醒来之际都感到茫然无助。我还能抓住些什么？

在那个暑期我进行了一次真正的远游。七月的一天夜里，我带着父亲留给我的一件皮夹克，在夜空中布满了星星的一个夜晚，登上了去成都的火车。我带了《带星星的火车票》和《在路上》这两本书，以及“猫王”的一个专辑。我还把那幅风车图也带在了身边。火车在黑暗天空下拉响汽笛，我像个朝圣者那样登上了我的旅途。

多少个夜晚，那些星星都细碎地在我的头顶旋转和破碎，我第一次感到了夜空和大地是那么美好。火车到达了四川和西藏交界处的一个小站，我就下了火车，登上了去西藏的长途汽车。在很多个白昼里，那汽车在庞大的山体上开凿出来的盘山路上爬行，在我眼帘中盘旋的全是岩鹰。那些山和岩鹰、风与大地中的一切都叫我惊奇。我惊奇于多少万年前它们就那样存在着，可我是今天才与它们相遇，并觉得那么美好。我的心胸不禁变得开阔了起来。

我到了西藏拉萨，在那里，我见到了各种各样的高原人。他们那古铜色的面孔告诉我生命的更多内容。我还见到了朝圣者，他们的额头、膝盖和脚上全是鲜血，但他们仍旧一步一磕头地向圣地进发。我见到了天葬，我看见那些鹰分食人的尸体，明白了生命不过是热量的延续，是生命的大循环。在那些日子里，在那样高远的天空下，仰视喜马拉雅山那样庞大的躯体，我明白了我不过是尘世中的一粒砂，这个世界有那么多遥远的事物需要我去猜测与怀想，这是属于青春之外更为广大的内容。

我从拉萨又向新疆喀什进发，在和田附近，我见过像吉卜赛人一样流浪的部族，我处身于那些天性快乐幽默的维吾尔族人当中，仰望远处不停地连绵而去的昆仑山和天山，第一次觉得我长大了。

我在喀什又登上了去乌鲁木齐的长途汽车。我还想向天山进行一次朝拜，因为它与我的父亲有关，是一座父亲山。在为期一个多月的旅行中，我忘却了所有青春与成长的烦恼，世界蜂拥着朝我涌来，我贪婪地接受着，感到这是我十九年来第一次和世界真实地相遇了。也许生命本身就是一次旅行，我已经走在了路上。我是否将继续行走？我背着那幅风车图，那幅象征着青春与生命本身的风车，它仿佛寄存了我有关青春的秘密，纵然所有的人都将老去，但风车会在风中永远旋转，永不停息，只要这个世界上还有风在吹。

四十、体K啦——砰

我不知道我何以产生如此孤独的感觉。我想也许这间酒吧的人都是孤独的，每一个人跟另外一个人都一样。人类从远处看，是一种奇怪的植物。我从不会徘徊在一个地方，即使所有的人都已离我远去。

我现在坐在“木桶”酒吧里，我为我眼前的灯光变幻而十分感伤，我要了一盎司“Tequila”酒，我非常喜欢喝这种酒，我轻轻地咬一口左手掌心的柠檬片，又舔了一口右手掌心的盐，然后大喊一声“体K啦——”，就将手中的圆口大杯往吧台上重重一墩，听见吧台上发出了“砰”的声响，然后我就将那酒一口喝了。这种龙舌兰烈酒的滋味非常奇怪，我怀疑它甚至是以蚂蚁为配方制作的，或者说它就是生活和爱情的滋味。在今天晚上，无论我耳边的音乐多么狂躁，无论有多少人的面孔在我身边浮动，我都感到无动于衷，感到四周其实是那么的空旷，就如同周围是一片荒野，所有的声音都已经死寂，而只有我一个人在大声地吼着“体K啦——”然后“砰”地一下，喝掉我的酒。

我不知道我何以会产生如此孤独的感觉。我想也许这整座酒吧的人都是孤独的，每一个人跟另外一个人都一样，如同所有的创伤都使心灵发疼，可我也不会去理会他们中的任何一个人。在我的心中，响着一种令人战栗的节奏，我真的是在战栗，我的的确确在浑身战栗，我想这绝不仅仅是那种“Tequila”酒的作用。

那天我从那个巨大的冰箱中滚出来时，我可一点儿也没有战栗。在随后的时间中，警察带走了杨梅雯，也带走了我给她催眠时录下的那盘录音带。警方很快就确认了杨梅雯就是杀死男扮女装的模特儿彭莉的人。只是，经过了精神病院医生的鉴定，证明她的确有严重的精神病，这同时也是我给警察局的证明内容——她只是在发病的时候企图杀死我的。不久之后，杨梅雯被送到了这座城市西郊的一座精神病院。她这一次发病，可能就再也不会复原了。她已经真的病了，她会忘掉一切吗？她仍会每天都觉得，有人要用长筒袜勒死她吗？

我曾经去那家医院看过她，她已经完全认不出我来了。我去的那会儿她显得非常的安静，任午后的阳光洒在身上，就好像她从来也没有发疯过。她依然那么美，但那种目光之中有一种冰冷和漠然的东西是我所不熟识的。我与她的目光相遇，我说：“杨梅雯，我……是乔可，我来看你了，你还记得我吗？”她也没有什么反应——她一点儿也认不出来了。我长久地凝视着她，如同凝视着那尊黄元为她在多年以前雕塑的雕像，到底她和那尊雕像，谁更美丽？这一瞬间我差一点儿就流泪了。也许我再也得不到答案了。她表情迷茫，仿佛已被记忆的蛛网所缠绕，并已永不能走出。大夫告诉我她是由遗忘症、妄想型迫害狂等几种病症综合的精神分裂症患者。而且她可能要一直待在这儿了。

我曾经那么喜欢她，她也同样，可如今，我已在她的记忆之中漂远，像水漂一样沉入了她记忆的水底。她再也不可能记起我来了，回忆起我们之间的激情、欢乐与伤痛。那天我在精神病院待了许久，我见到了各种各样的疯子，从而对人类本身都产生了更深的疑问。是什么在折磨着我们人类，叫我们作为大地之上的短暂者也倍感伤痛与煎熬？离去的时候，我冲杨梅雯摆了摆手，她也茫然地对我摆手，只是她却不知道是在向谁告别。我知道我再也无法向她靠近了。

可我还活着，坐在“木桶”酒吧里喝这种能带来无穷快乐的“Tequilla”酒，这就是生活本身的快乐，尽管它非常简单，尽管生活中有更多的内容仍叫我战栗不已，叫我在四个方向的路口徘徊，尽管这种战栗与徘徊是生命必需的一种节奏，可我仍在期待着什么。

在我眼前，午夜狂欢的人们已经全部到来，他们都是黑夜里的舞蹈者，他们在黑夜里展开生命，把孤独当作柠檬和盐一样咀嚼。这就是这座城市带给我们的战栗，以及久远的徘徊。我又不停地一盎司地要着这种“Tequila”酒，大声地喊着“体 K 啦——”，然后再喝掉它。在我的眼里，我周围所有的人都已变成了树木，变成了在音乐和风中战栗的树木，他们都在成长着，尽管有一天我们会被砍伐殆尽。人类从远处看，真是一种奇怪的植物。

我来到了大街上，在我肚子里的那种龙舌兰烈酒叫我发热，可那迎面刮来的冷风仍叫我发抖。我一边走着，一边又一次听到了这座城市心脏的跳动，它那么有力，一下又一下地跳着，它这会儿真的像一头巨大的动物在喘息，即使在黑夜里也不会停止。城市以它固有的法则与节奏改变着每一个到这里来的人。城市将塑造你，不管你想不想成为它所塑造的那种人，你都得接受这种法则。我仍旧两手空空，孤独一人向前走去，是的，我已在这座城市中生活多年，就是它使我明白了战栗的真正含义。在城市的怀抱里战栗！我想我一定会重新开始的，我在风中裹紧衣裳，一直向前走，到世界上最大的广场上去。我从来不会徘徊在一个地方，即使所有的人都已离我远去。